世事如常

Things are as usual

罗伟章 著

北京出版集团公司
北京十月文艺出版社

第一章

如果我知道那天会出事，早上起床的时候，就不会那样轻浮，说日子过得太平常，太没有意思。我记得我还向妻子抱怨，说活得太累，今年做过去了，明年就想歇下来，把船承包出去，自己再找点松松闲闲的事情。妻子也不知道会出事，因此完全赞同我的意见，包括说过得没意思。她看了看手机上的时间，六点零五分。窗子上映着土黄色的亮光。往天也是这时候，晨光按时来临。要是晨光早来或晚到一点，也可见出些微的变化，赏给我们哪怕寸阴的新鲜，可自从立秋过后，连续十多天，窗子差不多都在相同的时间醒来。无需证实，我们还知道，河面上一定起了雾，雾气如煮，挟着鱼虾鳖蟹和水草的气息，蓬蓬勃勃溢出河床，弥漫到困意未消的街道，若这时候去街上走，人跟人对面不见，只听见雾雨簌簌有声，落在头发上，脸颊上，衣服上，不知不觉，整个人就湿了，整条街也湿了，人和街，都有了河水的清冷和腥味儿。这么大的雾，原本不好出船的，但不出船就意味着这天白过了，就更加没有意思。妻子也是这样想的，但她还是坐在床上跟我商量，说，今儿个是不是可以晚些？我这肚子阴痛阴痛的。说话的同时，把肚脐眼的地方使劲揉，且用牙缝间挤出的咝咝声，表明她那里确实痛，她的理由有多么充分。其实不需要理由，反正没意思，晚些就晚些，又没人逼我们；而且老实说，我们并不缺钱花，我们想多挣钱，无非是一种习惯，无非是表明我们能够挣钱。

我又躺回到床上去。

妻也躺上来。她本来已经穿好了内衣内裤，却很不怕麻烦地又把它们脱掉了。她的身体带着秋天清晨的凉意，让我感觉到一丝隐秘的邪恶。不过我喜欢。喜欢那种凉意，也喜欢那种邪恶。我一寸一寸把她焐热，她再把我焐烫，然后我们做爱。算上昨夜的，这是第四次。在这件事情上，我们都有些贪，是吃饱了还不知道放碗的那种。做爱后的疲乏真是妙不可言，沉静到命里去，像鱼在暴风雪之夜沉入温暖的深渊，无思无想里，游荡着轻烟一般找不到方向的悲感。类似的情绪我时常会有，但不如做爱后来得饱满和真切。

一做爱妻的肚子就不痛了。

我是她的药。

我好像是她宿世的药。

她自己承认，跟我恋爱二十天后，她就准备撤退了。她从十七岁被沾染（有证据表明，还可能比这更早些），跟我时是二十一岁，四年乃至更长的时间里，有多少人从她河流上蹚过？我问过她，她的回答是：数不清哪！由此我知道她是一个爱面子的人，也是一个争强好胜的人。她生怕跟过她的人比跟过我的少，才说数不清。但她不懂得一个道理，凡是数不清的东西，或者假装数不清的东西，都缺乏真正的力量，恒河的沙砾，天上的星斗，多是多，可究竟跟我也没有多大关系，跟任何人都没有多大关系。所以她反过来问我的时候，我就没那么傻，我扳着指头，一个一个数，数出了十二个。这当然是胡扯，我把那次在菜市场看到的一个长辫子姑娘的背影也算上了。其实过后想起来，我还是傻，我不该数那么多的，我就应该只说一个，比如说我大学时的初恋，她必然会全神贯注地咬住那一个，把我跟我初恋女友的白天黑夜，翻来覆去作没有尽头的猜想。不过，十二个总比数不清好，她明显不开心了。她不开心我就开心。让女人开心是简单的，让女人不开心才是男人的本事，她不开心，证明她吃你的醋了，吃你的醋跟爱上你，很多时候是可以画等号的。她骂了一声他妈的，后面还有一句是：我受不了你，我要跟你撒手。后面一句当时没说出来，是她后来告诉我的。当时她骂过那声，噘起嘴巴，眼睛里下着狠劲儿，那样子好像是说：在跟你撒手之前，我要让你成为我的过客，我冉小花已有数不清的过客，再多一个无所谓！她果然这样做了。那天她穿着无袖衫，两条光溜溜的手臂，蛇一样滑，蛇一样缠住我的颈项。我像是等死的样子，把眼睛闭了。她几乎跟我同时做出了这个动作（我得承认，这是人世间最美妙的动作之一）。人言，闭上眼睛，就能找到嘴唇，这话不假，我们用嘴唇交换着液体，并由此把一切变得顺理成章。

这是我俩第一次做爱。

事实上那天不适合干这事，因为她头疼。

古怪之处也是她的头疼。

做爱之后，她的头不疼了，我的头疼了！

有了这次奇特的经历，她不打算跟我分手了。她还想再试试看。后来，她的腰痛，腿痛，喉咙痛，最不可思议的是经期前的腹痛，我都能一揽子接管过来，真正做到头痛医头，脚痛医脚，而且当即生效。我在大学读的是汉语言文学专业，曾跟我初恋女友一起，为“江流有声，断岸千尺，山高月小，水落石出”，以及“道生一，一生二，二生三，三生万物”之类浩荡而朦胧的言辞，深深着迷，没想到碰上冉小花，才知道自己是个不折不扣的实证主义者。每次为她医治过后，我都能把她变成一只小老虎，而我自己却成为一个病人。当第十二次试验不爽的时候

（非要到十二次，我觉得她是有预谋的），她像个训练有素的女流氓，捏住我的下巴说：天哪谢明，我咋舍得离开你，你是一个神奇的男人，即使我不爱你，就算我不爱你，我也不应该离开一个神奇的男人。然后她把脸埋在我的胸膛上，凌乱的发丝铺天盖地，表达她对神奇的动情。我神奇吗？神奇我就不该把自己搞得这么狼狈。但我无法拒绝她，每次她有了个三灾六病，就扭住我。我无法拒绝。我觉得她确实不爱我，觉得她是多么自私，甚至觉得，她是《聊斋》里的女妖——问题恰恰出在这里，被女妖缠住的男人，即使被高人点穿，也往往执迷不悟，还越陷越深。我算是有点觉悟的，我利用去县城采买机器部件的机会，悄悄去问过县文化馆的一个忘年交，他研究相学，也研究佛经和易经，是个一事无成的杂家，他毫不犹豫地对我说：你前世欠她的。

这算什么屁话！

我咕哝了一声：无聊。

牢骚归牢骚，我竟心下认了。既然前世欠她，今生自应偿还。我原谅了她的自私，也几乎原谅了她不爱我。我跟她相逢，不是男人和女人相逢，更不是恋人和恋人相逢，我们是债权人和债务人的关系。明确了这一点，我就没什么不平衡的，当她哪里痛了，要我为她医治，我都觉得义不容辞。医一次，我就还一次债。我并不清楚自己欠了她多少，想必不是个小数目，即使本金没几个钱，把一生一世的利息算进去……真不敢去想。某些时候，我很累，累得话都不想说，气都不想喘，她却歪歪叽叽地又抱怨自己哪里痛了，我就烦她，背过身去不理她，可背身的动作，让我感觉到我的丑陋和可耻，感觉到我是个小人，是个欠债不还的家伙，从而厌恶自己。人家容易吗？前世没找到你，把一辈子混到头，坠入万古黑暗，在险象环生的冥界，不知穿越多少的幽灵谷，蹚过多少的巨流河，才跟你一样，万分幸运地转入人道，千百度众里找寻，终于把你揪住，你却还要赖着不还吗？这么一想，我又强打精神，为她治病——痛也罢病也罢，回龙镇人都统一叫病。

那时候，我还没买采沙船，我在镇子上街被洪水冲成空坝的地方，搭了个棚子，开磨面厂。一个“厂”字，让我很受用，觉得自己也是个老板。其实生意很惨淡的。我这人老是做些不搭调的事情，大学毕业后，我在县文化馆当干事，嫌那里太清闲，也可能是嫌那里太清水衙门，非要往城管局调。别看那单位面目不清，却是一块面目不清的肥肉，我黄昏时分去葵花巷吃串串香的时候，经常碰见城管员来清场子。那是一条断头巷，车路不通的，也偏离正街，但普天之下，莫非王土，那些趁着夜色鼓捣着推车去巷里做生意的小贩，照样要受城管的辖制，他们倒不像街面上的挑担小贩，城管一来就鸡一样扑开，他们镇定自若的，等城管员过来时，手一伸，再缩回，城管员就走了。手伸出去时握着拳头，收回时五指松开。我知道递了红包。我开始简直没想到问一问红包里包着多少钱，后来准备往那里调，才想到要问，可这时候又不好意思问了，这时候问显得太过无耻。我这人还是有底线的。不过无耻不无耻也与我无关了，本以为煮熟的鸭子，我在单位上都宣布了，结果鸭子飞了。从此，馆长对我有了意见，按他的说法，他本打算栽培我，我的背叛（他使用了这个词）让他伤心，我也因此失去了栽培的价值。再待在那里，大眼瞪小眼，实在别扭加无趣，我心肠一硬，索性辞职，去城中心一家公司帮人做文案。我的意气用事很快付出了代价。当某天我踏着钟点去上班，才发现公司空了，老板跑了。那时候我已经干了四个多月，一分钱没拿到，因为我相信老板的话，干满半年分红。红没分到，却弄得眼前发黑。被欺骗最不可忍受的地方，是怀疑自己的智商，是深入骨髓的挫败感。我就怀揣着这样的挫败感，回了老家回龙镇。我本该继续在县城找事做，县城找不到，还可以去别处，去无人认识的远方，但那段时间我一点力气都没有；关键问题是，没有梦想，何必去远方？回龙镇距县城有三十多公里水路，清溪河从镇外流过，我回来不久，清溪河发了六十年不遇的大水，把上街将近百米的街面冲了个精光，晚清留下的万寿台和一尊牌坊、部分商铺，变成了长方形的空坝子，好像一百年前就那么空着。洪水退去不足十天，又连续下了三天暴雨，这场暴雨让街道沸腾了三个白天，三个夜晚，安静下来后，镇上的淤泥和腥臭被洗得干干净净，却让下游的县城再次遭灾，差点冲进了龙王庙。过了些日子，空坝上长出鹅黄色的小草，居民敞放的鸡在那里啄食；草越长越深，深草里不仅有鸡，还有野鸭在里面为自己准备产床。从情形上看，至少短时间内，政府没有重建的意思，我便没跟父母商量，自作主张，东拼西凑，买来钢架、石棉瓦和机器，在空坝上占据一角，开磨面厂。我完全不懂市场，也可以说基本不懂生活，连村民都是家家户户一个小磨面机，谁还费心劳神把麦子背到你这里来？

她呢？如果是在县城，她就是城管员的菜。她骑着三轮车，沿街卖馒头，骑累了，就站下来卖，站下来就是个摊子，摊子就要影响市容。幸好她在镇上。个别村子的路比较宽一点、平一点，镇上没卖完，她就一路弓腰骑行，卖到村里去。车头一个烤漆脱光如瓜瓤般老迈的干喇叭，抖抖索索地叫：馒头馒头，老面馒头，北方馒头。频率不紧不慢，却比猫还固执。狗屁，麦子是回龙镇产的，面是她自己磨的，馒头是她自己做的，不知道怎么能跟北方馒头挂上钩。可她就说是北方馒头，干喇叭里的声音是她录进去的，尽管跟她的本音很不像，但那种肉乎乎的感觉，用手一摸就能摸出来。大家分明知道她做不出“北方馒头”，却都那么认，有回我去下街办事，另一个馒头贩子动员街边乘凉的几个大爷买他刚出笼的新鲜货，几个大爷却都缓缓地摇着头，带着无比的优越感，又慈祥又高傲地说，我们吃惯了冉小花的北方馒头。我不知道是他们故意装疯卖傻，还是人脑真是可以洗的。

我跟她搅和到一起去，是因为吵架，确切地说，是想吵架。

那天，她把车骑到我的工厂外面，喊了声“谢老板”。

她说，喂，谢老板，要馒头不?

我自己早把自己看成老板了，偶尔别人这样叫我，我嘴上谦虚，心里满足，虽然我只领导我一个人，虽然我厂房里的机器，就跟我本人在县文化馆一样，闲得生锈，闲得一点价值感没有，恨不得立马跳槽，但至今说不清楚缘由的是，她那天这样叫我，我却突然来了火气。我冷了她小半分钟，说：去你妈的。她本已掉了车头，身下的车轱辘慢悠悠转动，这时候停下来，把脸侧向我，你骂谁?骂你！你再骂一句。去你妈的！一直没停歇的干喇叭，这时刚好喊出“北方馒头”，于是我又补了一句：去你妈的！她歪了歪嘴，说：一点不像读过大学的人，难怪。然后她骑着车走了。她的上身甩来甩去，幅度相当大，明显是故意气我。待看不见她，我气得肚子鼓起来，脖子顿起来。她那声“难怪”，像猫爪子直朝我抓。难怪什么?难怪我在国家单位里待不下去?难怪我要从县城回到镇上?难怪我的厂房里除了我自己放屁的声音什么声音也不出?尽管跟她不很熟悉，但毕竟住一条街上，她还是我妹妹的同学，她那些粗枝大叶的事情，我是知道的，高中没读完，她就停了学，从镇上消失，去了重庆，说是投奔姑姑去了，哼，鬼才知道！她不是说“数不清”吗，如果她去重庆是干那种事，还真就数不清。当然，我也不能把她太往坏处想，因为她回到镇上后，并没看出有什么钱，而且起早贪黑地做馒头卖……可无论如何，你也不能说我“难怪”。你他妈没资格这样说我，更没资格以那样的口气说我。

当天晚上，街灯刚把黄昏逼退，我找到她家里去了。

很好找的，她的家门低于街面，左手是一段灰砖残墙，墙上书着计划生育的大红标语："女儿也是龙的传人！"像是有意写在那里的，要那些重男轻女的人们，以冉小花的父母为榜样；在这条伟大的标语出世之前好久，她父母就有这境界了，生下她就不再生了。她是独生女。我去的时候，她父母都不在，昏暗的灯光底下，只见她系着围裙，背向门口，在一块横着的大门板上和面。后来想起来，如果她面向门口，或许会有完全相反的结局，许多事情，都是由瞬间印象决定的。面疙瘩像块石头，她举起来，啪，摔下去，再举起来，啪，再摔下去。其间，她的脊背水波似的漾。做着男人做的重活儿，她却并不显得十分吃力。我本是去吵架的，最恶毒的语言已装进枪膛，准备找到她就眼睛一闭发射出去，我才不管是射中她的脸，还是射中她的胸。可这时候，我感觉枪膛里进了水。俗话说，再深的仇再大的恨，也不能朝人的屁股开枪，这底线我有。趁她短暂歇息的空当，我滋了一下脚。她转过身，吃惊是免不了的，可也不怎么吃惊，甚至可以说就没有吃惊。这非常地不好解释，我从没到她这里来过，来了，她至少应该吃惊一些才对。可她没有，她说：有事啊谢老板？口气淡淡的，像我来过一万回了。不过能听出她在挑衅，她把"谢老板"三个字，说得慢了两拍，每个字一样粗细，像切割均匀的面块。我的回答是：去你妈的！说完我就走了。听上去是句粗话，其实那是我的口头禅，我以前也没有这样的口头禅，是在大学养成的，我们寝室个个说粗话。与我准备的那些恶毒语言相比，这句话比刚收下来的棉花还要柔软，甚至带着阳光的香味儿。我走出很远，还能听见身后嘻嘻的笑声。我的愤怒早被晚风吹散。身后的笑声像花朵。天哪，那张脸啊，那张脸啊，为什么那么白呀，为什么那么白呀。比她做的馒头还白。比秋空里的云还白。比白还白。脸也是花朵。屁股也是。圆如满月的花朵。

　　我们是怎样走到了一起，该死的，我却怎么也回忆不起来了。可你知道，我现在连一粒尘埃也不愿错过，更别说那么重要的事情。但那一大段日子，偏偏是空白。空白之页。不是一页两页，至少翻过数十页，我们才开始手拉手。然后就是给她治病。

我治好了她各种各样的病。

再这么治下去，我将成为一包药渣，一个废人。

正这么暗自担忧的时候，她对我说：谢明，我们结婚吧。

我记得我抽搐了一下。听见这话我抽搐了一下。

她感觉到了，说，你像是不愿意？你不愿意就明确告诉我，别他妈含含糊糊的。她以前不说粗话，是跟了我才学会的。她接着说，你可以玩我，但你开始就该对我说明，你不说明，我就以为你是要跟我结婚的。

我真想扇她一耳光。照她的话想下去，她以前那些“数不清”的男人，都明明白白是要玩她，他们对她说，冉小花，我想玩你。她说好，我同意。于是长得像人的一男一女，变成了一对狗男女。我真想扇她一耳光。但我心里敞亮：若是扇了她，她就会以她的聪明脑袋（我本来以为她只是个耐看的傻妞，没想到她极其聪明），揣度出我的想法，就以为我吃她的醋。吃醋这东西是很奇怪的，并非某人比你优秀你才吃他的醋，某人分明比你差，差老远，你照样可能吃他的醋。我眼下落魄，这是事实，但我并不认为她以前的那些过客会比我好到哪里去，可我就是吃醋，想不承认都不行。再分辨仔细些，又觉得不是吃那些过客的醋，而是对她的堕落吃醋。堕落也能让我吃醋，我这人真是不可救药了。

不管怎样，我不能让她看出来。我克制住不扇她耳光，用手干干地抹一把脸，心平气和地说：你如果打定主意要跟我结婚，也行，有什么办法呢，我欠你的。

我把县文化馆那位朋友的话说给她听了。

意图很明显：我谢明同意跟你冉小花结婚，并不是爱你冉小花。

结果出乎意料。她笑了。我能闻到那笑里的蜂蜜味儿。她款款地偏下身子，躺在我跷起来的二郎腿上，我的傻孩子呢，她抱住我的大腿说，世上啥都是可以欠的，不只是欠钱，虽然山珍海味离不得盐，走遍天下谈的是钱，可你念过大学呀，怎么也只是这样的钱心眼儿。你欠我的，不是钱，是情！你前世欠了我的情，你前世是陈世美，我前世是秦香莲，你欠的是这个！——看你还好不好意思不娶我！

这么说来，我确实不好意思。

地方还是那个地方，事情还是那些事情，但我的感觉完全变了。这个我们无数次做爱的房间，成了我们的洞房，这架我们无数次摸爬滚打的床，成了我们的婚床。就这么一点点变化，却让我饱满起来。说饱满带有修饰的意味，其实是完整。如果不是跟她结婚，我根本不知道自己以前是不完整的。我的身体在这里，心在那里，心和身体，像两个互不相干的流浪汉，吃着各自的食物，吹着各自的霜风，晒着各自的太阳。现在它们合而为一，彼此也都才找到了归宿。她也有类似的感觉吗？她没说，她像往常一样，进屋就上床，也像往常一样，脱得溜光再上床。她没有羞耻感。我奇怪她怎么没有羞耻感。婚前同居，带着贪婪和攫取的狠劲儿，还可能带着堕落、破坏乃至毁灭的快意，可以把羞耻感忽略掉，现在我们结婚了，这是我们的第一个洞房夜，整个夜晚都是属于我们的，哪怕全世界都在窥视，我们也无所畏惧，因为我们是正经夫妻了。我得承认，结婚真是个好东西，它让本是偷偷摸摸的事情变得理直气壮。当然你尽可以说，理直气壮的事情，就不好玩了——这也是事实，却是部分事实，部分事实的意思是，只有在某种条件下才成为事实。通常而言，跟偷偷摸摸付出的代价相比，好玩不好玩，其实没那么要紧。人终归需要正常的生活。结婚就是给你正常，所以我还是说结婚是个好东西。在我看来，洞房夜适度的羞耻感，也该是一种正常，没有就不正常。但她丝毫没有，她还是那样急急慌慌又大大咧咧。我只好学她的样。把她的头安放在我臂弯里的时候，我的失望感变得固体般沉重了，她的一举一动，一言一语，包括身体的温度，呼吸的节奏，似乎都不是我的新婚妻子。我们像是老夫老妻了。对身体的渴望像新婚，对过程的打理像老夫老妻。她实在是聪明的，聪明到真是敲敲脑袋，脚底板都会响，她从我皮肤的颜色，也能猜出我正转什么念头。她轻声问我：你好像很注重仪式感？没等我回答，她说，这应该是女人注重的事，男人么……她说话的腔调，让我想起她的“难怪”。我总觉得，她刺探到了我的某个暗角，这个暗角不大，却存在，她躲在那里看不起我。或者说，她看不起我的那个暗角。这是我不能允许的，因此打断她，以不易察觉的含讥带讽，表达了我的失望。她听后，却比我更加失望。她把脸扬起来，以毋庸置疑的口吻，大声说：本来就是呀！你跟我上了床，不就是夫妻吗？算一算，大半年了，可以叫老夫老妻了。你以为我当真让男人玩哪？

她是想表明，除了跟我，她从没跟别的任何男人上过床。

这他妈纯粹是不要脸。我妹妹还不清楚么，当妹妹知道我跟冉小花在一起，问我是不是打算娶她，我回答得含糊其词，妹妹不知道这是由于我不够自信，拿不准冉小花最终是否愿意嫁给我，因此把我的含糊其词，当成我并不真正喜欢冉小花，更没打算跟她结为夫妻，于是说：冉小花在回龙中学读高二的时候，就跟学校旁边的火锅店老板搞上了，老板娘发觉后，闹到学校，站在教学楼大厅里指名道姓地骂，说高二三班那个冉小花，那个白腿子大眼睛的骚货，夹着两片小×，勾引我家男人，大前天才去给我男人打了胎……我妹妹说，老板娘的话完全可能是真实的，因为那之前有一阵，冉小花在课堂上也会捂住嘴突然跑出去，还在走廊上，就嗷嗷嗷的，像要咬人。被老板娘骂过后，她辍了学，去了重庆。她在重庆待了三年。那三年是个黑洞，再亮的探照灯也照不透。懒得去照算了，反正照不透。回到镇上后，在跟我之前她是否还跟别人恋爱过，影影绰绰的，我说不准，但我不是她的第一个男人，这是毫无疑问的了。我没看见她开出的红梅花。尽管这并不能构成标准，尤其对经常骑车的女性，但毕竟是一个标准。古老的标准。我清楚这些事，可听她说自己不要男人玩她，我还是很高兴的，并且立即以她的第一个男人自居了。爱情也好，婚姻也好，其实都在鼓励谎言，也需要谎言；谎言是爱情和婚姻的催化剂，某些时候，没有谎言，就没有爱情和婚姻。从本质上说，谎言并不是欺骗对方，因为谎言常常是自身卑微的投影，是害怕的表现——害怕失去。

所以，岂止爱情和婚姻，整个人生都是需要谎言的。没有谎言，世界将呆若木鸡。

见我高兴起来，她双手一抡，把脸捂住，可怜巴巴地说，我鼻子痛。

这再一次给我打击。我不是她的丈夫，而是她的债户，不管是钱债还是情债，我都是债户。我把她的手拿开，把她的身体摊开，正要给她医治的时候，她哈哈大笑。

你当真以为我痛？

……就是说，你第一次说痛的时候就不痛？

她又笑，笑得更疯。

这家伙！

可是她马上否定了自己的话，说她确实痛，唯有我才能治好她的痛。

我并不相信她，只是不想跟她争辩。

然而，如果她的痛真是装出来的，每次做爱过后，她说痛的部位，为什么我会痛？

这只能证明你确实欠我的，她说。说得很是伤感，完全不是她的风格，仿佛她前世果真是秦香莲了。正是在她伤感的时候，我奇异地体味到了我想要的完整。我和她，是一家人了，人家在谈论我们的时候，会说，你不认识冉小花？就是谢明的婆娘啊。反过来也一样。谢明的婆娘，冉小花的男人，成了一个人，雌雄同体的人，这个人把空坝上的那个厂房拆了，机器当废铁卖了，干喇叭和三轮车也处理了，贷一笔款子，去靠近县城的地方，弄回来一条差不多快要退役的采沙船。这主意是她出的。回龙镇还没有一条采沙船，兴房起屋，都是去上游的黄金镇弄河沙。主意出得好，船也很争气，它跟我们三年了，还吞吐自如；有时候，我会把它看成一名任劳任怨的老牛，或者一个余热灼照的老兵。

我的妻，冉小花，尽管没有痛，也没有病，还是经常嚷着要我给她治。这成了我们之间的一种暗号，一种私趣，一种我不说出来外人就永远也不可能知道的秘密。但我必须说，如果给我时间，我要无休无止、事无巨细地说下去，细到她的每一根体毛。遗憾的是，我没有时间了。没有时间所以更要抓紧时间。我讲过的，在给她治疗那方面，我们都是吃饱了还不知道放碗的那种。跟以前不同的是，治好了她，我自己却不痛了。这本来是件好事，她却因此有了失落和焦虑，生怕我还清了她的债务，就会大摇大摆离开她。她不知道，我早就心甘情愿地做她的私人医生，我想医她一辈子，成为她一辈子的药。

有时候我想，她虚构的病痛之所以对我不再起作用，没别的原因，心境变了而已。我不再是那个落魄的人。即便是小小的成功，也不仅能建立信心，还能成就健康，所以成功跟结婚一样，是个好东西，我要深情地赞美它。我早就还清了贷款，如果我愿意，完全可以搬离父母指派给我的这套四十平米的老房子，自己重新去买一套。我原本看上了回龙宾馆背后那个楼盘，开发商来自市里，是个土得掉渣却富得流油的女人，她刚在回龙镇现身的时候，好些人对她指指点点，都不相信她是传说中的那个大老板，他们不知道土得掉渣是另一种时髦。那女人真能干，她以自己无与伦比的土，引领着我们新州市住房消费的新风尚，那个楼盘的规划图我看过，漂亮极了；说它漂亮，是指它在布局上充分地理解人，尊重人，它懂得家并不是父母妻儿的简单组合。可惜没搞成，动工没几天，就挖出了战国墓群。我们这条长约百里的清溪河流域，特别是回龙镇，曾是巴人聚居地，古墓是容易挖到的，当然主要是平民墓，里面除了一把枯骨，连把勺子也没埋下；据我所知，有些开发商挖到后立即铲平，就像那东西从来没有存在过，那些凝固起来的时间，那些死去的生命，在他们眼里不值什么。可那个女人不一样，她要求立即停工，立即报告文管所。文管所到来之前，她出高价雇人严加保护。鉴定结果出来后，她干干净净地退出了；回龙镇其他地方还有大量楼盘可做，但都局促褊狭，上不了规模，她没有兴趣，于是就此离开，去了别处。人家有那个品位，有那个气质，有“大商无算”的生财之道。我要满怀敬意地说出她的名字，她叫王秋菊。名字也土得这么可爱。

王秋菊走了，我就跟冉小花商量，暂时不打算买房。打消了买房的念头，钱捏在自己手里，倒觉得轻松和踏实，花起来也没什么心理负担了。准备买房那段时间，我们感觉自己又变成了穷人，因而缩头缩脑，夹手夹脚；由是可知，成功感是可以消费掉的。我不能消费掉，我要享受它，该吃吃，该穿穿，该请朋友请朋友，什么事都做得体体面面，大大方方。我甚至提着价值不菲的礼品，去老单位看了馆长。馆长已经五十多岁，马上退休，他栽培的人即将接任（从情形上看是这样）。见我去看他，馆长伸出双手跟我握，说小谢呀你走对了，你一走你就发财了。这时候他还没看见我布包里装着什么礼品，更不知道那是送给他的，他这么说，完全是一片真心；他一直在关注我，早知道我在回龙镇外的清溪河上有条采沙船。他说话时眼眶都湿了。这让我感动，也有点难为情。我来看他，有没有炫耀的意思在里面？我不敢担保。不敢担保，就可能是有的。好在我不是来气他，肯定不是，我并非那种小肚鸡肠的人，也不是那么没见识的人。当我把布包递给馆长，说是一点烟酒，不成敬意。馆长不停地推辞，十二分认真地推辞，像这是件不得不严肃对待的大事。他那种受礼时的拘谨，我已经很久没见过了，准确地说是有三年多没见过了。我以为世界上再也没有这样的人。我不得不打交道的河务官，还有镇领导，包括部分县领导，也包括从我这里购买河沙的包工头，从来不把别人的礼当礼，因为他们觉得“理”所当然。礼的范围很广，钱、物、吃、喝、玩、乐，都算，对这些，他们只嫌少，不嫌多，稍微久了一点没送，就找你索要，找你索要证明他跟你关系到位，你还得感恩戴德，若不找你，你就麻烦了。馆长那天穿着洗得发“汤”的白衬衫，袖口扣得规规矩矩，他的办公室，就一张桌子，一把椅子（老式藤椅，放屁股的地方窝进去很深，扶手摸得发黑），桌上堆着书报，他的爱好和特长，是填写歌词，桌上铺着稿笺，稿笺上压着自来水笔。这些东西，在我看来都成古董了。馆长写的歌词都是歌颂祖国大好河山的，我去的时候，有首词正写完上阕，我瞄了一眼，看到这样几句：“清溪河宛若翠绿的纱，一头挽着金色大地，一头挽着烂漫云霞。”馆长真是个古人了，他生活在古代。清溪河我还不清楚么，当我的采沙船把铁爪伸进它的胸窝，抠出它的心，它还怎么翠绿？更别说跑来跑去的汽划子和快艇，成天突突突响，机油漫洒，像长在河面上的癣疥。

可不知为什么，在那一瞬间，我竟然相信馆长写的是真的，也非常留恋起了文化馆这个清水衙门。我本来打算把礼送了就走，至多再去另一间办公室跟那个一事无成的杂家打声招呼就走，却在那里坐了整整两个钟头。

好像就是这次回来过后，我觉得生活没有意思了。

这其中的缘由，我说不清，我只是感觉到，馆长也好，杂家朋友也好，都是一杯水溢出去的那一部分，而我是想方设法要成为杯里的水，且自我感觉就是杯里的水，杯里的水怎么会在溢出去的水面前，觉得生活没有意思？……我还感觉到——是进一步感觉到，人人确实都是一个深渊，也都是一个旋涡，可以濯洗，也可以吸附。我就像冉小花的那个烤漆脱光的干喇叭，本来不是北方馒头，说得多了，就变成了北方馒头；我把没意思说得多了，冉小花也觉得没意思了。

或许，她本身就跟我是一样的想法？

第二章

没有意思怎么行呢，没有意思就没法过下去。往透里去追究，人这一辈子，要的不就是个有意思吗？让我再去文化馆上班？且别说不可能，就是可能，我也绝不会去。想一想也觉得难以承受。我在羡慕着某种生活的时候，才更加真切地感觉到，那种生活其实正是我要抛弃的。主动抛弃。必须抛弃。已经抛弃。馆长才没有意思，那个杂家才没有意思。

这么说来，我在我的没有意思当中，事实上已经发现了意思。

我的妻，冉小花，真是跟我一体的，在这个秋天的清晨，我们做爱的过程中，她说，叫小春和李良先去干着吧。她还是舍不得丢掉晨光里的活路。

小春是我堂弟，李良是她表弟，也就是她嫁到重庆去的那个姑姑的儿子（我非常厌恶提到她的那个姑姑，那会让我想起她在重庆的三年，想起她的“数不清”），他俩都在我们的船上做活，小春负责选矿，李良收拾尾沙。

李良是个浪子，吃喝嫖赌样样来，只差没有吸毒，父母拿他根本没办法，听说我们需要人手，今年刚过完春节，他母亲亲自把他送过来了，说是让他吃些苦头，吃些苦头可能就改邪归正了。这让我听上去很不舒服，像我们开的是集中营；而且我也不同意吃苦头能让人改邪归正这种说法。他才二十岁，儿子却有半岁多了，这是他母亲改造他实施的另一种手段：让他结个女人。他母亲相信女人是土地，有藏污纳垢的本领，也有化污垢为养分的本领。母亲去派出所为他改了年龄，他实际年龄只有十八岁多，就把一个刚满十七的女人塞到了他床上。据说，女人生孩子的时候，他站在医院外的梯坎上抽烟，母亲出来骂他，说你个狗日的，你婆娘生娃娃，你不进去看着谁去？他的火气比母亲更大，说我各人还像个娃娃，婆娘就生娃娃，我好不好意思嘛！这话倒透出几分可爱。待见了他，我真是有些喜欢他，圆头圆脸，皮肤有婴儿的屁股那么嫩，也像婴儿的屁股那样富于光泽，而且非常有礼貌，把我一口一个"哥哥"，叫得像我跟他是一个妈生的。不过，到吃饭的时候，他就现出了原形，喂每一口饭，都歪着脖子，把嘴巴张到极致，还翻着白眼。我终于明白为什么要用"饭桶"这个词来描述那些无用的家伙了。他母亲离开前，特意把我拉到一旁，很动情地对我说：他姐夫（她这样称呼我），尽管良子还小，但再不使力扳，他就明显是个废人了；我跟他爸爸商量过，如果我们老两口命长，争取把他养到五十岁，接下来就交给豆豆养了。我不知道豆豆是谁，想必是李良的儿子。他母亲说到这里，眼眨眨地看着我，眼神厉害地弯曲着。我能给她承诺什么呢？不能的。我开的不是集中营，也不是劝诫所，不敢保证能把她儿子"扳"成什么样；即便能，也不敢保证。在他到来的这大半年里，倒没什么出格，只是跟癞蛤蟆一样，拨一下跳一下，跳那一下也跳得不高，有那么一点跳的意思罢了。他住在他姑父母也就是冉小花的父母家，每天不打电话，就不知道出工；他姑父母可能是因为没有儿子的缘故，对他稀奇得不行，我们的电话不去，就不忍心叫他起床。

小春倒是很自觉。所谓自觉，是不管给他安排什么，他都很卖力地去做，不安排就清风明月地闲在那里。即使他先去了船上，我们不到场，照样无用。

当然我可以在电话上安排，我没这样做，是觉得，我们在床上做爱，却叫两个兄弟去船上干活，很不地道。冉小花没有坚持，并很快忘记了窗外的世界，把心思都用到身体上了。身体是另一个世界，自给自足的世界，仙境般完美的世界。她有很多花样，每换一个花样，她都问：你这样舒不舒服？又说，我笨，不知道怎样才能让你更舒服。她怎么懂得那么多花样呢？是谁教她的呢？我不想这些，我宁愿把她想象成身体的天才。我相信行行出状元这句老话。有时候，她在进行的途中，会突然停下来感叹：唉，只有跟自己爱的人才会这样！那时候她显得很放荡，她的意思是，只有跟自己爱的人才会这样放荡。这话同样让我浮想联翩，百感交集。我还是不去想，我只相信她真的爱我。有一次，她从我身上下来，捉住我因过度劳苦而失去了意识的兄弟，嘟着嘴说，哟，你看你这个俘虏！她拎住它更像是围巾的衣领，摇晃着，让它完全昏迷的头摆来摆去，又说，何必这样子呢，又没枪毙你。玩够了，她才把它放开，深情地扑到我的胸膛上，轻轻唱：到处是两只脚的人，我只爱两只脚的你……

那是很久以前的事了，我一直记得，记得她唱的那两句话。

在这个初秋的早晨，我再一次把她变成了小老虎。她就像货真价实被喂饱的小老虎一样，汗津津地贴住我，脸在我肋骨上拱来拱去，鼻头给我的感觉，不浅不深，不轻不重，不多不少。拱了一会儿，她的困意上来了，迷迷糊糊地说，睡吧，再睡会儿。

于是我们就睡了。

待睁开眼睛，阳光正嬉皮笑脸地趴在玻璃窗上，色眯眯地看着我们裸露的肩膀。

至少是九点过后了，雾早就散了。

——所以，在那天后来的时间里出的那场事故，与大雾没有任何关系。

我跟冉小花出门下楼，还在楼道上，就听到哀乐声。事实上，我们早上醒来就听到了，我们第四次做爱，就是听着哀乐做的，我开始没那样说，是觉得不敬。以前的老镇长死了，他女儿女婿在为他操办丧事。从早上五点到夜里十点，哀乐持续不断地在全镇响起，因为他女婿在房顶上的东西南北四个方位，都装了高音喇叭。老镇长活得风生水起的时候，举手投足都是正经干部模样，退休过后，家里家外也一直保持着庄肃气派，到弥留之际，却变成了地地道道的农民——他本来就是农民出身；他对女儿女婿说：我要在家里住十天。意思是，他死后，要睡进冰棺里，请来先生为他作满十天法事，才准把他拉回老家的山上，傍着祖坟埋了。我们那里，一般住五天就埋了，老镇长却要求住十天，这证明他是个死了还怕死的人，他觉得只要还“住”在家里，自己就没有死。他贪恋那十天的生的假象。但他到底又是个共产党员，是个唯物主义者，知道人终有一死，知道埋进土里，才是人的最终归宿。时至今日，在清溪河流域，镇上的死者拉到县城附近去火化的也不多（村上的更不必说），只要山里有坟地，死者都穿靴戴帽地睡进棺材，按照古老的方式，敲锣打鼓地送去坟地下葬。今天是老镇长落气后在家里住的第六天，我们听了六天哀乐，还要听四天，那扯心扯肝的乐声才会止息。但也很难讲，镇上有二万多人口，生和死，都是你追我赶的，像河里的波浪一样；就我所知，上街叶平的父亲犯了脑溢血，流涎，呕吐，抽风，县医院传回的消息说，他只是在混天数了。中街黄老师的儿子被车撞得不省人事，往医院送的时候，脑壳就肿得像怀胎婆的肚子，最终能否捡回一条命，老天爷也打不了包票。有可能，老镇长家的哀乐刚停，别人家又响了起来，就如同中街邱波的儿子刚剪断脐带，下街李兴的儿子就发出了第一声啼哭。

实在的，那是多么平常的一天啊！

但请允许我没完没了地回忆那天的事情，也包括那天之前的一些事情。回忆是被动的，我知道，但那是你们说的话，在我这里，已经无所谓主动和被动了。我要没完没了地回忆，因为我只有这一次机会。我以后不会再说话了。我要赶路去了。那些事情中的一部分，我当时就注意到了，更多的是在后来不足五秒钟内想起来的。其中的某些事，按理我不应该知道的，但我却拿出来说，你一定会大惊小怪。其实不必，那些事不仅我知道，镇上许多人都知道。无论大事小事，只要与己无关，人们都会针对它想出形形色色的问题，自问自答，也让别人回答，一方提问八方回应式的人肉搜索，不是网络时代才有的，老早就有了，所以小镇上没有秘密。何止小镇，人没有秘密，现代人更没有秘密。即使没有摄像头，没有窃听器，照样没有秘密，因为，好多自以为是秘密的秘密，其实跟别人的秘密大同小异，甚至惊人地相似。但我并不打算辩解什么，我现在所要做的，只是诚实地说出那些秘密，与你分享。我相信，到最后，你非但不会嫌我说得太多，还会责怪我怎么没有看到一切，没有想起一切，没有猜透一切，你希望我继续说下去才好。

九点半左右，我跟冉小花下了三层楼梯，来到街上，懒心无肠地听着哀乐，去下街的胖儿餐厅吃早点。胖儿餐厅其实就是个包子店，菜包子做得特别好吃，好吃到什么程度？回龙镇坊间流传着这样一句话：如果某人认为胖儿餐厅的菜包子不好吃，那人就不值得交往。意思是那人要么没品位，要么不诚实。街面倾斜，我跟冉小花一前一后，迎着阳光朝下街走。这是冷场天，少有人活动，被雾气淋湿又被太阳舔干的尘土，粒粒清晰，平平稳稳地躺在街面上。我们没有温度的影子，悄无声息地从尘土上碾过。在我们前方，有一名土狗的影子，土狗的影子小步奔跑，跟我们相向而行。那是一名流浪狗。三年前的五月间，发大水，它从上游的某个地方，冲到我们回龙镇，一个浪头将它打到岸边，它像虫子那样爬上来，四蹄乱颤，连抖掉水珠的力气也没有，却还转过头，看了一眼黄浊的大水，像一时分不清哪是岸哪是水。它现在的家在南门码头的广场边，有人傍堤坝给它搭了窝棚，还有人送饭。所以它算不上真正的流浪狗。它是所有人的狗。它叫财娃。这名字也不知是谁起的，一旦叫开就被公众认可，财娃财娃！喊上去朗朗上口，又吉祥如意。

上月中旬，回龙镇兴起打狗运动，凡没注射疫苗的狗，不管家狗野狗，一律消灭。注射一针要三百块钱，需狗主人支付。作为所有人的狗，财娃等于没有主人，只能灭掉。我记得很清楚，那天是七月十七号，天空明亮，却无端地下着小雨，像雨不是从天上来的；下午两点钟左右，几个膀大腰圆的打狗队员光着头走向南门广场时，我正爬上码头的石梯。财娃睡在窝棚里躲雨，对即将来临的危险浑然不觉。或者感觉到了，只是没心情理会。那是一名忧郁的狗。它毛色乌黑，眼珠发灰，它的忧郁跟它的眼珠是同样的颜色。它似乎在睡梦中都在回忆以前的幸福生活，回忆旧主人曾经给予它的恩典，对未来的命运，不再作任何计较。几个人我都认识，我上前给他们敬烟。雨点落在烟身上，洇开绿豆大小的湿印。抽了两口，其中一人将打狗棒挥了几下，空气乱躲，呼呼喊痛。打狗棒是团木做的，有铁那么重，一棒下去，狗即使不当场毙命，也会像喝醉了酒那样转圈圈，再复一棒，狗就倒了，七窍流血，魂魄烟散。正是他挥那几下木棒，惊动了旁人。广场上撑着许多穹隆似的遮阳伞，无事可干的老头子老太婆，在穹隆下面搓麻将，此外还有理发的，刷鞋的，掏耳朵的。有个老太婆走过来，问是不是要打财娃，得到肯定的答复后，她就抹眼睛，抹了几下，撩开衣襟，从裤兜里摸钱。她摸出了七块三角钱。更多的人走过来，都摸钱。有三块的，两块的，最多的是十一块。他们都老了，对钱失去了支配的权力，加上打的是小麻将，坐上一天半天，输赢都在十块以内，因此也用不着带更多的钱。

我要说，人的本性之一，是特别容易受到感染。我向来排斥被感染，其实心里明白，我只不过是大河之中的一滴水，自己并没有流，是被推着流。开始，我根本没打算摸钱，这时候也有了那种冲动。但我知道，我身上没有零钱，都是百元钞，我们回龙镇把百元钞叫红皮皮，我总不能为了一名狗，拿出一张红皮皮。我把手放在屁股上，钱就揣在后兜里。打狗队员叼着烟，数钱。一共八十三块。还差两百多！我后悔死了。我真不该在这时候出现。我想离开，但脸面上过不去。在场的很多人都跟我熟，都知道我有一条采沙船，在大兴土木的年头，有一条采沙船，采上来的就不是河沙，而是金子——他们都会这样想的。镇上很多人都会这样想的。他们只知道自己有本难念的经，觉得自己的那本经最难念，不知道人人都有一本难念的经。我每年交的税，进的贡，够他们打十年麻将！而他们才不管你，他们只认数字，会说，谢明那龟儿子，拿出去的都有那么多，不晓得给各人留了多少！如果钱是他们的，拿出半张红皮皮也相当于割他们的肉，长在我身上就不是肉。而且从不承认我的贡献，我跟冉小花亲自去船上劳动，冉小花月经期间，也把半截身子埋进水里，察看矿浆分配器是否运转正常（她在这方面比我能干，她在很多方面都比我能干），这样一年累到头，自己挣了一点，同时也给国家交了那么多税，算不算贡献？当然我的那点贡献不足挂齿，人家王秋菊，税金以百万千万计！可人们不谈这些，只谈她的富有，言下之意，像她的每一分钱都来路不明。人们不再相信世间有公正的和不依靠剥削得来的财富了。对此，不知王秋菊怎么看，反正我是觉得，人跟人，总是在相互指责，还往往把自己的偏见当成指责对方的理由，因此很难想到一块儿去，既然想不到一块儿，就用不着去管别人怎么想。

话是这么说，做起来可不容易。七月十七号那天下午两点钟左右，我的手一直放在屁股兜上没动，但心里不是没有波动。人家看着我呢。无需证明，就知道有许多双眼睛正盯住我。空气死了，变得僵硬了。尽管我做出面不改色的样子，继续跟打狗队员聊些天高地远的话题，但我吸进去的是块状的空气，块状的空气卡在我的喉咙，哽得我难受。我的心思都用去打理我的难受，完全没意识到手一直放在屁股兜上，又为什么放在那里，更没意识到下一步该做什么、怎么做。这期间，我朦胧看见理发师和掏耳师过来了。他们好像商量过，过来时每人手里都拿着一张红皮皮。红得刺目。

理发师把钱递给打狗队员的时候，居高临下地瞪了我一眼。

还差十七块，又是那理发师掏了。

打狗队员都随身携带麻醉枪、疫苗和耳牌，谁给了钱，立即给谁家的狗注射，注射之后，再给狗别上耳牌，耳牌相当于良民证。

他们走向财娃的时候，我走向家里。我并不愧疚，只是恼怒。我有被众人挟持的感觉。愧疚是几天之后的事，我看到财娃，看到它老是处在回忆中的忧郁的眼神，就觉得对不起它。那时候没有旁人，我便亲切地叫它：财娃。它看都没看我一眼，只晃动一下天蓝色的耳牌，就慢条斯理地离开了。而它对别人不是这样的，别人叫它，它会走过去，在那人腿边站立片刻，若是特别亲近的，比如中街的马婆婆，它会像孩子一样依偎着，恨不能将前腿变成手，牵住马婆婆的衣袖。不过它对马婆婆这样是有道理的，我无话可说。要不是马婆婆，它来到回龙镇的当天就会死。那天马婆婆正在它上岸的附近看水，发现它后，她去抱它，那时候它还是一名小狗，马婆婆却抱不动。它里里外外都被水泡肿了。马婆婆把它连抱带拽地弄到干坡上，找来柴火，把它烤干。估计那个窝棚也是马婆婆为它搭的。她家里不能养猫狗，她老伴对猫狗的皮毛和气味过敏。她把窝棚搭在广场边，是让它不寂寞，自己也可以经常看到它。最初，是马婆婆一个人喂，它的身体很弱，她不仅顿顿给它肉吃，每天早上还给它买盒牛奶喝。但马婆婆第二年四月份突然死了。另一个王姓妇人——她在中街和下街的交界处做棉花糖生意，我一直不知道她叫什么名字，平时见面，只叫她王嫂——去喂它时，给再好的东西它也不吃，王嫂劝它，说，财娃呀，人是铁，饭是钢，你已经三天不吃不喝了，你还要犟到几时？我晓得你心里想啥，但马婆婆得脑溢血死了有啥办法？人都是要死的，脑溢血能让人死，癌症、车撞、水淹、刀砍、怄气，都能让人死，人有一千种死法，马婆婆算死得好的，她那天去新桥卖废品，顺便来广场给你送饭，她骑在三轮车上，没骑几步，就从车上栽下来，送到医院已经落气。她没受什么苦。人要死，狗也要死，人得的病，狗同样得，邱波家那条吉娃娃，不是得乳腺癌死的么？你该见过那条吉娃娃吧？哦，你见过的，邱波跟马婆婆住邻居，他两口子忙生意，有时候见马婆婆出门，他们就把狗交给她，让她带它溜达，有回马婆婆还把它带到广场上来过，它见了你就狂吠，你记得不？它是家狗，你是野狗，家狗都要对野狗狂吠，你要理解；再说现在它已经死了，死者为大，你更不该跟它见气。我提起它，是想告诉你，狗跟人是一样的。得的病一样，遭的灾也差不离，你去年五月间差点被水淹死，未必你忘了？狗遭的灾比人还多呢，人再穷，再贱，谁要想一刀把他杀了，也要拿话出来说；杀你就不一样了，杀了就杀了，还能捞几天狗肉吃！……说到这里，王嫂流下泪来。好在她的这番道理，财娃听进了心里去，知道珍惜生命了。

王嫂没有马婆婆精心，送饭有一搭没一搭，饿极了，财娃就夹着尾巴，满街乱窜，窜累了还没弄到吃的，就回到窝棚附近，在广场外的堤埂上转悠。堤埂上铺了很厚的土，住在滨河路上的居民，便指手为界，各占一块，栽种蔬菜，一眼望过去，翠绿的藤蔓，在如林的黄荆棍上盘绕，那是豇豆和丝瓜；长在低处的茄子和辣椒，像是豇豆和丝瓜的孩子。在滨河路买房的，都是有资格的镇上居民，因为那里的房比较贵，从村上来镇子购房的住户，都是跟着“土老板”走的，“土老板”们钱少，能修一幢是一幢，梁柱细如羊腿，楼梯窄得老鼠也嫌，比大老板们修的小区自然便宜很多；资格的镇上居民，对庄稼缺乏足够的情感和耐心，菜地边长满了野草——财娃就贴着野草转悠，时不时嗅一嗅那些野草，它可能在想，我要是一名羊就好了，我是一名羊，就能吃这些草，今天吃这里，明天吃那里，一路吃到头，新草又长出来。但它不是羊，它是狗，狗吃野草，要么是顽皮，想学学羊的样子，要么治病，要么解渴，反正饥是解不了的。于是财娃断断续续发出低沉的哀鸣，跟人抽泣的声音特别像。终于有人看不过，也听不过，给它送饭了。我说过，人是容易被感染的，这个送了，那个也跟着送，后来，送饭的越来越多，财娃便成了所有人的狗。

其实也不是所有人，我和冉小花，就从没给它送过饭。

如果只有我们没送过，它对我不理不睬，还情有可原，但事实并非如此。就我所知，滨河路上的何大盛也没喂过它，我还听何大盛说过它那张皮好，他将来要收它的皮，还说，如果它再老一些，皮就没那么好了，最好是现在就收。何大盛跟团去韩国旅游过，回来就开了家韩式烧烤店，说是从韩国学来的正宗做法，呸，辣得人三魂出窍，麻得人白夜不分，明明就是典型的川味儿！但镇上人听说是进口来的，虽是从邻居韩国进口，也算洋货，便有理无理往他那里蹿，像去他那里吃很有身份一样。我总怀疑，何大盛某一天会把财娃杀了、剥了、剐了，将皮钉在墙上，将骨肉送进烧烤店卖钱。他暂时没杀它，只因为财娃成了大家的狗，耳目太多，嘴巴太杂，一时不好下手。难怪他要对那些把它爱如儿孙的人，比如马婆婆，很不屑，说了一大堆相当难听的话，说对动物宠爱过分，其实是一种冷漠。

然而，何大盛老远唤它，财娃也会跑过去，静静地在他腿边站立一会儿。

在它眼里，我连何大盛都不如了。

它对我的那副态度，让我的愧疚瞬间消失。

你财娃也不想想，要不是我给打狗队员敬烟，他们就会在不惊动任何人的情况下，把你送上黄泉路，你他妈真是忠奸不辨，好歹不分。

往后的日子里，我见了它也懒得招呼。

这天——我跟冉小花睡懒觉那天，望着它小跑过来的影子，我同样没有招呼。

当然，它也不需要我招呼。我们各走各的路。

太阳阴了一下，像负重的人闪了一下腰，然后又站直了。太阳闪腰的时候，我看见妹妹从她的杂货店出来，站在街沿梳头。除了赶场天，她几乎都是到这时候才起床，起床后并不在家里梳洗，而是到店子里来，慢慢梳，慢慢洗。她那一头好头发！细细的脖子歪着，黑郁郁的发丝直往下泻，你要是愿意听，能听见头发下泻的声响。落在我后面的冉小花赶上来，碰了一下我的胳膊，朝妹妹的方向努嘴。

她这是别有用心。昨天晚上，我们还说到我妹妹。我妹妹名叫谢晓秋。冉小花说到她，并非因为她们是同学，想起了她们做同学时的旧事要跟我分享，而是谢晓秋近来太喜欢打扮了，且不像以前那样，整个白天，只要没人去她杂货店买东西，都能看见她坐在门市外面，安安静静地绣她的十字绣。有好些天没看到她绣过了。冉小花说，她拿到心里绣去了。我不想回应她，这话题太敏感。我觉得她对谢晓秋抱着成见。

关于她和火锅店老板搞出的那些名堂，我从没向她提起过，自然也就不可能透露是我妹妹告诉我的，所以她对谢晓秋抱着成见，并不是因为这个，而是——她们是同学。天底下所有的关系中，同学最不可靠。这是我的经验。我大学毕业三年过后，学校搞八十周年校庆，我们班的支部书记一声吆喝，大家就回学校去了。校庆跟我们没什么事，现在的校庆相当于一个募捐箱，有归宿感的是钱，而非学子情。我们就是想同学之间聚一下。那是我最后悔的聚会。彼此三年不见，见了，叙旧自然是有的，问问现状也在情理之中，但主要是在骨子里较劲，比谁现在混得好。我当时已失去馆长的信任，正在去留不定，非常苦恼的关口，结果收获更多的苦恼。我们县有个相识的老大哥也是那学校毕业，也回校跟同学聚，我在自己班待不下去，就去找他，谁知越发不堪。他们的年龄大约四十四五，我去的时候，三十多人正坐在一间教室里（我们只能去茶馆聚会，他们能弄到一间教室，是因为班上有人是大老板，给学校捐了五十万，校方请那老板去坐了席，同时看他面子，给他同学批了间教室用），作古正经地挨个发言。都在庆幸，说幸亏今年聚了，要不再等几年，大家都要带孙儿孙女，接着就要拄拐杖了……天哪，四十四五岁，不正当年华么，却已自觉自愿地举起手来，向人生投降，为人生封顶。那种日薄西山的垂暮感，令我浑身发凉。所以同学不是个好东西。同学的功能就是映照你的落寞，此外还帮你看见自己脸上的皱纹、心上的伤口。冉小花跟谢晓秋，从幼儿园念到高二，都在一个班，同学的时间太长了，瓜葛也会跟着长，如同长在一起的两棵树，想不互相缠绕都不行。具体她们有些什么瓜葛，我不知道，但肯定有，冉小花说谢晓秋“拿到心里绣去了”的时候，扁了一下嘴；妹妹告诉冉小花跟那火锅店老板的事情时，神情也极鄙夷。她们都看不起对方，从道德上审判对方。她们都是法官，也都是被告。

关于妹妹把什么拿到心里绣去了，我是有所耳闻的——这是逃避的说法，其实我不是一般地有所耳闻，而是听妹妹亲口承认过——但我不愿意说，至少暂时不会说。那是一桩耻辱的事，且不是人们想象的那种耻辱，它远远超出了人们的想象……

胖儿餐厅跟我妹妹的门市隔得不远，老板就是跟邱波同一天得子的李兴。李兴不胖，是个瘦子。他把餐厅取成这名字，是跟自己幽默一下。他是那种喜欢说反话的人，他把说反话当成了幽默，不知道这是最低级的幽默。不过他在我面前不那样幽默。他对我总是很尊敬的样子。被尊敬是相当无趣的事，我的观点是，你要是不想跟谁交往，但出于某种原因，又不得不交往的话，就下死劲儿去尊敬他，直到把他憋死为止。

不过李兴没我这么阴暗，他是出于真心。他爱读书，从小就爱。有段时间，他不知从哪里——像是从某个被遗忘了一个世纪的仓库或山洞里——搞到一批旧书，八十多本，大多是老版世界名著译本，也有中国古书译注，几乎都脱落了封皮，书页黏黏糊糊的，一块一块泛黄，散发出尿骚味儿，仿佛那仓库或山洞里有个不死的古人，兴致一来就对着这些书小便。当然，是老鼠或蝙蝠尿也未可知。李兴如获至宝，坐在餐厅里，稍有空闲，就在那里读、读、读，还几乎天天熬夜地读；自从有了那批书，他的餐厅就比以往晚开半个钟头（他家的菜包子实在好吃，他有这底气）。他把我这个大学文学院毕业且在县文化馆待过几年的人，天然地当成了导师，有好几次，我去他那里吃饭，他都想坐下来跟我讨论，可是我没有兴趣；我越没兴趣他越尊敬我，举手投足极其谦卑。老实说，他的谦卑让我感动，同时也让我空。毕业过后，我就没正经看过书了。现在更不看书。完全看不进去，古人发明的那些惊风泣鬼的文字，如果不是用来发手机短信，用来签商业合同，在我这里就是苍白、柔弱和无用的。我连报纸也不看。回龙镇有两种报纸，一是《新州晚报》，一是《新州广播电视报》，早班车从市里拉上来卖，我一律不看。有时冉小花会买份晚报，看到好玩的，先自个儿在那里笑，笑够了把报纸递给我，我从来不接；除了好玩的，她觉得有意思的也让我看，我照样不接。我说你给我讲讲不就行了吗？我过着远离书本远离文字的生活，且越来越醉心于这样的生活，但李兴想跟我讨论的时候，我还是厉害地感觉到空。说不清为什么，我隐隐约约地有些恨他。

李兴比我年长十八岁，念书时名贯整条河流，初中毕业后以全县头名身份考上了新州师范学校，却未能入学，是因为体检时查出患有胸膜炎，而且说胸膜炎是跟肺结核一脉相承的；他只能回到家里，治他的病。那时候大家都穷，他家相对好些，他父亲打铁，是清溪河中下游闻名遐迩的李铁匠，可再有名，铁匠要挣的钱，其实跟铁一样硬，不好挣的，说透了还是穷，他的病因此治得断断续续。等他断断续续把病治好，年龄早就过了，无学可上了。他治病多用偏方，比如把魔芋包在鸭肚子里蒸，那东西舔一下就能麻断人的神经，严重影响了他的胃口，使他变得出奇的消瘦，且再没胖起来过。后来，他去铺子里帮父亲，成了小铁匠。这段经历与其说是帮父亲，不如说是帮他自己，他锻打的不是铁，而是自己的身体，那瘦瘦的臂膀上，竟有了细细的肌肉；细细的肌肉被炉火烤得黑红黑红。就在那段时间，他结了婚，有了女儿。女儿十岁那年的六月，他黄金镇的大舅子骑摩托时摔坏了腿，他去看他，本说去去就回，大舅子和大姨子非要留他歇一晚，午饭后无事，他便去把玩大舅子的那辆嘉陵摩托，把玩一阵胆子大了，发动起来，在逼仄无人的街道上学着骑，只小半天就学会了。大舅子说，反正我一时半会骑不了，你想骑就骑回去。于是他骑了回来，空了开着到处跑，主要是往县城的书店跑。当回龙镇兴起客运摩托，他索性离开父亲的铺子，专跑客运。跑了两年客运，才把车骑到黄金镇去还了。他大舅子的腿那回摔得有点瘸，但并不影响骑摩托，早就在等他还回去，一等不还，二等不还，又不好开口要，就断了念想，谁知他却又还回来，还回来的车如果是个人的话，就是二目凹陷，皮包骨头，伤痕累累，只剩最后一口气的垂危者。这反而惹得大舅子很不高兴，说：咋这么快就还了？你借的时候是六月初十，今天才六月十三，你只骑了三天。其实三天之前还要加个四年。或许是心里有愧，他像是没听出大舅子嘲讽当中抑制不住的怒气，回答说：我技术不行，还是你骑。说完就转了身。都要走出街口，马上到汽车站，大舅子才去追他。大舅子被老婆骂了，说你本来就没打算要，人家还回来，至少还能卖几斤废铁呢，你又冒啥屎火？大舅子一想也是这道理，有了悔意才去追的。追是追上了，却没把他拉回来，使再大的力也拉不动。他毕竟打过铁。大舅子只好放他走，分手时对他说，你莫跟我见气哟。他笑了，笑得不开，稍嫌古怪，但笑了就行，证明两人没因此交恶。他回来后没再进父亲的铺子，一是不习惯干那活儿了，更主要的是，种庄稼的越来越少，锄头铁耙弯刀斧头之类的农具，以前是大宗，现在成了零星活儿，有时好长时间零星活儿也没有，那些还留在田土上的农人，现在都喜欢去店里买机器制造的乖巧成品，用坏了又去买新的，连修修补补的事也几乎绝迹。世间不大需要铁匠了。那段时间，基本看不到李兴的人影，两个月后他才又现身，在家前面的街口租了间门面，开起了这家名叫胖儿餐厅的包子店。

就是这样一个家伙，却给了我某种压力，让我感觉到空。当然我没表现出来，他跟我谈书，我都只是傲慢地对他说，这部书好，那部书不好，至于怎么好怎么不好，是不说的。他期待地望着我，我就是不说。我用神态告诉他：我说出来你也不懂。偶尔，他会怯生生地透露几句自己的感想，我沉默着，不置可否。对他而言，失望是免不了的，但我的傲慢并没对他构成伤害，因为他本来就把自己放得很低，很低很低；奇怪的是反倒对我本人构成了伤害，我坐在那里装样子，简直是受折磨。尽管他自视卑微，可我总觉得，他跟冉小花一样，在某个暗角里看不起我。他的眼神深处，似乎隐藏着另一个世界，他的身体在这个世界，精神在那个世界，那个世界才是真正安放他的处所。

如果他仅限于跟我谈书，再受折磨，我想我也能够忍受，老实说，偶尔，他的话我是能够听进心里去的，比如有次他提到一个尼日利亚作家，那个尼日利亚作家说，地球是圆的，每个人都是中心，每个方向也都既可以构成前方，也可以构成后方，我就想，这家伙是不是在提醒我应该退一步？假定后方代表过去，前方代表未来，过去和未来在某种情况下是不是可以互换？在我眼里，李兴和财娃有相似之处，都在打捞逝去的日月，而我跟他不一样，我渴念未来，因此专注于现在，那么他是不是在提醒我，“现在”之所以这么喧嚣和芜杂，就因为盯住它的人实在太多了，完全可以退一退，退一步天宽地阔……当然，即使他真的是在提醒我，我也不会退，半步也不退。我宁愿汗流浃背地去跟人挤，不然我就心慌意乱，像丢失了什么东西。但至少我把他的话在心里过过。另一次，他说他刚读完的那本书里的主人公，花一百六十七年时间，走遍了世界的各个角落，还乘坐外星飞船，巡游了银河系，可最后他发现自己生活的空间过于逼仄，服毒自杀了。这是不是对现代人的一种隐喻？现代人把地球也变成了村子，却越活越窄，确实是不争的事实，因为现代人丧失了独处的能力，不愿也不敢回归内心，不明白内心的宽度大于宇宙，同时不再像杞人那样忧天，也不考虑地狱和天堂，对世间的因果，只在乎果，不在乎因……类似的念头，因为李兴的缘故，都闪电般光顾过我，如果他只跟我谈那些，我再肉身沉重，也还知道闪电的新鲜、亮度和灵动——可麻烦的是，他还要跟我谈“信仰”！老天，我真不愿把这个词说出口，我羞于说出口。我根本就不能跟它面对。每当李兴提起这个词，我简直都要有生理上的不适，骨头发胀，胃部痉挛，特别想上厕所。一方面，我觉得这个词应该跟我发生什么关系，但我拒绝这种关系，另一方面，我用生理上的不适鄙薄他，你，一个小店主，老老实实过你的日子好了，你别以为你家的菜包子做得好，就一招鲜走遍天，能撇下柴米油盐吃喝拉撒，去谈论你完全没有能力也完全没有必要谈论的事情。

我总觉得他神经有点问题。

这倒不是污蔑他，在县文化馆待的那几年，我跟随采风组走过不少乡镇，在好几个乡镇都遇到跟李兴类似的家伙，他们几乎说不上有什么文化，也只见过簸箕那么大个天，关心的问题，却比北大教授关心的还要高深。有次我们去黄金镇，有个姓桂的中年男人听说我们去了，衣衫不整地跑来见面，没有任何虚礼，开口就说：我今天想请教诸位，既然啥都有个出处，时间是从哪里来的？它是男是女？爹妈叫啥名字？有没有兄弟姐妹三姑六婆？会不会沾灰？要不要变老？能不能用水洗干净？或者拉皮动刀让它变年轻？可不可以转让、买卖和注册为私产？……绕来绕去，说了一大堆。那次带队的是我们馆长，当地人提了问，馆长首先有责任回答，然而我们馆长无论走到哪里，都希望从粪便中揪出鲜花，然后写成歌颂祖国大好河山的歌词，这才是他的光荣使命，你这些问题实在无聊。馆长为人忠厚，没说无聊这个词，他只是和善地笑笑，说，这些事情跟你没什么关系的。谁知姓桂的嗤笑一声，慢腾腾地站起身来，伸出食指戳了戳头顶：星空跟你也没关系，可要是没有星空呢？说完就走了。走两步咕哝出一句话：看来我找错人了。馆长历来都是被尊敬的，现在被奚落，闹了个大红脸。接待我们的是个上了年纪的副镇长，对着离去的背影高声骂，但姓桂的没应声，也没回头，只扯着嗓子，像唱川戏那样，字正腔圆，大声念唱：“火那么壮大，水却熄灭它。水那么壮大，土却掩埋它。土那么壮大，风却吹散它。风那么壮大，山却阻挡它。山那么壮大，人却铲移它。人那么壮大，权位生死爱恨名利却动摇它。权位生死爱恨名利那么壮大，时间却消磨它。”后面是几句道白：可是呀，时间呀，我的心肝宝贝呀，你……再后面没听清，因为副镇长又骂开了，骂声比他的道白更响。看来，副镇长早就熟悉他的戏文，从某种角度上还很欣赏，否则不会一直望着他的背影。待那人走过街口，钻进了一条巷道，副镇长才转过身，对我们说，那龟儿子是个神经病，成天游手好闲，屎事不做，家里穷得叮当响，先后结两个婆娘，两个婆娘都没和他过满三个月，就跟河上来的人跑了。馆长听了这话，慢慢平静下来，再次和善地笑。

李兴跟姓桂的不同，他有正当的事情做，也有健全的家庭生活，因此可以断定他的神经病没有姓桂的那么严重，但一定是有的，否则不会刚给客人端上两个菜包子，转过头就说些倒三不着两的话。他有次就信仰这个话题，七鼓八杂说了一大篇，跟他向我请教文学书籍时的怯相判若两人。我本是不要跟他谈这些事的，但那次实在躲不过，因为有两个小学教师在场，还有我母亲在场，我要是不接他的腔，那两个教师就会把我看扁，我母亲也觉得没脸，因此我说道：信仰是个人的事，只要有了某个比较长远的想法，就算是有了信仰。你把它说得太高了，其实它没有高下之分，甚至也没有对错，它只要合情合理就好了。我母亲笑微微的，两个教师频频点头，李兴却一脸茫然。

茫然就是对我的否定。

他那茫然的样子让我恨他，也让我备受折磨。

有许多回，我想去吃他的菜包子，为了不受折磨，就不去了。

好在最近的这半年左右，他大多数时候都不在店里。因为他遇到了麻烦事，确切地说是伤心事。关于这件事情，我后面会说到的，如果我想得起来的话。伤心事还没过去，喜事又来了：他刚得了儿子。对受伤的心而言，喜事有时是在伤口上撒盐，甚至是在旧伤处再戳一刀，增加伤口的深度。如果是邱波，或者何大盛，喜事是强力肥皂水，能把伤心事轻易洗去。邱波是否有过伤心事，我不十分清楚，何大盛的伤心事是众人皆知的，他女儿吸毒，再怎么戒也戒不了，他就把女儿赶出了家门，他说滚，这不是你的家，这里也没人认识你，再敢回来，老子打死你！大半年时间，女儿不知在哪里落脚，只偶尔听人说在县城的某个巷道里见到她，那时候她抻长脖子，口翻白沫，被两个挑东西挣钱的民工（我们那里叫“棒棒”）架着，“棒棒”不是把她架往医院，而是架往巷道的更深处。传话的没把话说明白，但大家心领神会：她毒瘾犯了，身上没钱，两个“棒棒”去嫖她，她卖了淫再买毒品。前年春节，正月初一那天清早，何大盛拿着一串鞭炮打开门，准备去门前的空地上放，门钮刚启开，女儿蜷曲的身体便顺势倒进来，但已经硬了。儿子比女儿小两岁，以前好好的，姐姐死后，不知道为什么，他竟也开始吸毒，且比姐姐吸得更凶，现在已吸成骷髅模样了。要是别人，眉毛早愁出虮子，何大盛像是无所谓，依然活得兴兴头头，跟邱波一样，说话牙帮里都是劲。他认为对动物宠爱过分是一种冷漠，不知道他心目中什么才不是冷漠。我相信李兴跟他是不一样的人，所以有把握他今天更不会在店里。

果然不在。店里只有他父亲，也没别的客人。胖儿餐厅开起来后，他父亲关了铺子，熄了炉火，时不时地来餐厅打杂，由以前的儿子帮父亲，变成了现在的父亲帮儿子。可炉火一熄，他自己的火也熄了；原先他是多强旺的人，脸就跟炉火一样红，筋骨就跟铁器一样响，动静之间，自有一种傲然的江湖气派，且无论寒暑，都光脚趿双半截拖鞋，只要离开铺子，就见那半截拖鞋踢踢踏踏地在街面上翻飞。然而，自从不再打铁，他猛然间就迟钝下来了，变得木讷而笨拙。他笨拙地把菜包子给我们端上来、稀饭给我们添上来后，觉得有些凉，我们并没要求，他又主动拿回去热。热了再端上来时，我妹妹进来了。

哥哥，我妹妹说，你今天这么晚？

你听出来了，我妹妹没给冉小花打招呼。冉小花分明跟我坐在一起，她却不招呼她。她完全可以说成你们今天这么晚？这样也算顺带招呼了，可她就不加那个“们”字。她连看都没看冉小花一眼。冉小花嫁给我后，她从没叫过一声“嫂嫂”。她觉得冉小花不配做她嫂嫂，更不配她叫嫂嫂。实在躲不过去的时候，就叫名字，心情好时叫小花，心情不好叫冉小花。冉小花一般是不答应的。尽管她从没说过，但我明白，她固执地想听到“嫂嫂”两个字。她要那两个字，是要一个身份。过去她跟谢晓秋是同学，彼此当然叫名字，而现在，她是谢晓秋哥哥的女人，她可以对谢晓秋直呼其名，谢晓秋却该叫她嫂嫂，谢晓秋不叫她嫂嫂，就是对她的冒犯。我觉得她的要求是正当的，同时也暗自欢喜：她那么看重眼下的身份，证明她乐意做我的女人，在乎做我的女人。我希望妹妹满足她，有次我还对妹妹半开玩笑半认真地说过，我说晓秋，你只有一个哥哥，你不把冉小花叫嫂嫂，这辈子你就没机会叫嫂嫂啦。妹妹只是冷笑。她一冷笑我就不好说啥了。我觉得自己在她面前矮了三分。要是我不知道冉小花过去的那些丑事，也就罢了，知道了还跟她结婚，是不自重；冉小花的丑事是谢晓秋告诉我的，我不把她的话当回事，也是对她的不尊重。

有时候我觉得，妹妹是在嫉妒冉小花。一个念高中时就给有妇之夫打过胎的女人，一个把丑事传扬得满城风雨的女人，居然有正派男人娶她，无论如何，也是让正派女人们嫉妒的。冉小花卖“北方馒头”时，妹妹就嫉妒她了，她的生意实在太好了，一个“那样”的女人，怎么该有那么好的生意？不该的。那时候妹妹就已出嫁，且开了杂货店，杂货店的生意冉小花怎么能比，可妹妹还是嫉妒她。待冉小花嫁给我，妹妹的妒火烧成了烈焰。在妹妹心里，她哥哥完美无缺，一米八二的个子，刀砍斧削般的脸，披垂至肩永远都脏兮兮的头发，没潜心计较什么时眼神里的云淡风轻，都是让女孩子们着迷的。可惜你是我哥哥！——妹妹十九岁那年的某一天，这样对我说过。那时候我读大三，放暑假回来，有天仰在阳台的躺椅上午休，妹妹来到我身后，把我的头发在手指上绞来绞去，我让她绞，那种轻微的疼痛感和妹妹的女心无限，使我沉醉，就在我沉醉得快要睡过去的时候，听见她那么说了一句。她把自己的哥哥当成了标准，根本不问来由；她甚至把我一段时间的落魄，也全部归咎于乖蹇的命运。她觉得，冉小花一定是使了什么难以启齿的手段，才把她哥哥迷住了。当然这种认识不是她的发明，而是下街的裁缝张大嘴说的，说的也不是我，而是她表弟，张大嘴的表弟住在县城，生得高高大大，一表人才，找个女人却又黑又瘦又矮又丑，家里所有人都反对，可那小伙子就服那包药，九头牛也拉不转；对此，亲戚当中，张大嘴首先想通了，说，肯定是那女人的功夫好。又说，男人么，上头嘴巴，下头鸡巴，两头服侍好了，男人就归你管了；比较来说，下头比上头更重要。张大嘴的这些话，不仅无数次对镇上的街坊邻里说过，还去对她姨妈也就是那小伙子的母亲说过，她责怪姨妈：当初他把她带回来的时候，你就不该准许他们两个睡一间屋，你以为自家出的是儿子，不亏，不晓得那不是睡睡就完了的，男女之间，即便女人的功夫不算很好，也是日久生情的。她把那个“日”字说得很重，表明用在这里，不是名词，是动词。我妹妹从张大嘴那里受到启发，认为我跟冉小花，与张大嘴的表弟两口子，属于同类性质。某些时候，如果只有我和妹妹两个人在，她会拐弯抹角地提到张大嘴的表弟。她的神情恨恨的。这让我心里很不舒服。妹妹管得太宽了。

这天（事实上是那天，请原谅，我现在经常混淆时间），谢晓秋不看冉小花，冉小花却把谢晓秋下细地打量了几眼。谢晓秋进来的时候，菜包子的香味就被她身上的香水味赶走了。尽管我没作调查，但我敢肯定，发明香水的那个家伙，一定是个性暴力分子，至少有相当严重的性暴力倾向，香水本质上与女人无关，它是男人欲望的变种，也就是说，世界上最高级的香水，绝不只是用花精制成，而是调和进了男人的欲望，欲望越强，香味越浓烈，越醇厚，女人们也越喜欢。会识别香水的人，不仅能闻到，还能看见，它是有形体的。谢晓秋身上的香水味，就被冉小花看见了。冉小花自己不洒香水，但她太懂了。她看出了什么模样？背梳头，额头上有块常年不退的瘀青，左眼的眼白上有个米粒大的红点，鼻子壮实，牙齿有钉子那么长，个子不算低，却圆滚滚的，远处看去，像个皮球那样矮……

第三章

那天后来的事情是妹妹出了胖儿餐厅，我跟冉小花也出了胖儿餐厅。妹妹走向她的店子，步态妖娆。妹妹比我小三岁，但她比我先结婚好几年，也就是说，她比她的同学冉小花先结婚好几年。她的儿子已经四岁多，冉小花还没有子女。听我妹夫说，他们还想生一个，该罚多少款，罚就是。那时候不像现在这样可以生二胎，那时候县里规定，生二胎罚三万五，生三胎翻三倍，生四胎翻四倍，以此类推。我妹夫无所谓，他有钱，所以说那话时他很显出几分自得之色。如前所述，他家有个门市，虽然只是个几十平米的杂货店，但生意蛮好，特别是烟酒和鞭炮生意。镇上婚丧嫁娶日日不绝，烟酒和鞭炮的需求量相当大，且越来越大，因为人跟人是要比的，你家老人过世，放了五千元鞭炮，我就要放八千；我们老镇长在家“住”了六天，据说已有两万多元炸成了灰，“住”到结束，也就是他自己要求的十天，还不要三四万么。当然，他当过镇长，生前死后，本来就该闹出更大的动静，老百姓再自不量力，也不会去跟他比，通常情况下，把死者各路亲友放的鞭炮加起来，也就在万元左右。这已经相当可观了。鉴于此，镇上卖鞭炮的特别多，大店不说，小店，真要算妹夫家的生意最好。这可能跟他们两口子的为人有关，妹夫见人就打招呼，就散烟，妹妹则以她成熟的果子般的安静，天然地产生一种吸附力。

当然，妹夫有钱，妹妹卖货所得是次要的，主要来源是他开车。他有两辆车，一辆长安牌货车，一辆本田牌轿车。清溪河上的水路只走客船，有时在客船里夹带货物，比如偷运到县城销售的水杉料（处理一下，做成家具，当成红木家具卖到新州、重庆、成都甚至更远的地方）、瘟猪肉、注水牛肉以及锦鸡、野山羊等国家保护动物的尸体，正经送货得走陆路，差不多十年来，我妹夫都在县城和回龙镇之间开货车。但最近两三年不大开了。这是因为，回龙镇发现了储量巨大的天然气，分布在五个村子，中石化便在这五个村修了水泥路，回龙镇人叫硬化路，硬化路从井口跨岭度崖，直达镇上。中石化虽有尚方宝剑，要顺利开采，也还有不少的烫手山芋，比如拆迁、赔付、刁民的无理取闹，这些事情，中石化是处理不下来的，他们得仰仗地方政府，具体打交道的是村干部，因此中石化自入住之日，就跟村干部达成了默契，村干部跑前跑后的，为他们扫除各种障碍。而村干部们都早在镇上购了房，平时是住在镇上的，现在要随时回村理事，就叫我妹夫开车接送。我妹夫就为这个丢下货车，买了轿车，从此成了村干部的专职司机，跑个单趟，几公里路，就要一百块，一个季度结一次账。对方乐意付给他，反正这钱是找中石化出；更重要的是，我妹夫特别会服侍人。他是部队复员的，一米七七的个子，满身的肌肉疙瘩，曲曲手肘，肩部背部和胸部，就像吊了一串串金黄的南瓜，每个南瓜里都蓄着力，回龙镇烧液化气，一罐液化气百多斤，他从三百米外的充装站，一手拎一罐就拎回了家——这样一条铁汉子，送村干部来来去去的时候，都是恭恭敬敬地先把车门打开，如果干部穿着长大衣，他便弯了腰，提着那衣服的下摆，小心翼翼顺进车里去，等干部坐踏实了，他再把门关上。村官们被他服侍，自然就有了首长的感觉。这感觉一定很值钱，否则他们不会给了他高得离谱的工钱，还把从中石化“裹”来的油水赏他一部分。

我妹夫自得，除表明他有钱，还想表明自己觉悟高。毕竟在跟干部们混，总要混出些觉悟来。他说第二个孩子最好是女儿，子和女，才凑成一个“好”字。——这就是觉悟。重男轻女是个老话题，现在不大说了，好像这问题已经不存在了，其实是存在的，特别是在乡镇上。回龙镇与别处又有不同，别的地方，有了儿子，确实也喜欢再有个女儿，但回龙镇人生十个，恨不得十个都是儿子。他们是巴人的后裔，巴人是世界上唯一一支以战争书写自己历史的部族，男儿的使命和归宿，都已注定，他们是墙，男儿越多，墙越厚实，越有保障；加之巴人是不断迁徙的，迁徙的悲苦，似乎男儿也更能承担，或者说，男人不忍心让女人去承担。这种血统里带来的阴沉回响，使回龙镇人偏执地需要男孩，某些家庭生了一个女孩，又生一个女孩，如果事先联系上了人家，就偷偷送走，没联系上，在孩子还没来得及睁开眼睛，没来得及发出第一声啼哭时，就溺死、掐死。“孩者，小儿笑也”，没让孩子哭一声就叫他们死，大概是不想听他们哭，只想听他们笑的。哼哼。我只能说，这是人类古老文明的一部分。生命很重，但你永远也别期望它真有想象的那么重，否则就不该有弱肉强食、物竞天择、优胜劣汰之类的说法；说它轻吧，又不是轻得能飘起来，比如我——此时此刻正对你说话的谢明，知道自己应该飘起来，但我就是不能。我的骨头里蓄满水泡，水泡开着形如蒲公英的蓝色花朵，它们渴望阳光，渴望飞升，渴望抵达，但是不能，它们跟我一样，在时间死去了的地方等待奇迹。正如那些被溺死掐死的女孩，冥冥中分明知道自己的命运，却依然勇敢地孕育成人，本身就是奇迹。溺死掐死并非新鲜事，回龙镇位于大河之畔，风自在地吹，水自在地流，日里夜里，不该没有新鲜事发生，单就生养这事而言，某些家庭，女孩长到好几岁了，她可能已有两三个乃至更多的姐妹被送人或死于永恒的黑暗，后来母亲又怀上了，去县城打B超，给医生塞个红包，医生会告诉你是男孩女孩，若是男孩，回家之后，瞅个时机，把女儿的手指剁掉一根，她就是个残疾人了，按照政策，孩子残疾，可以不交罚款，接着再生。开初是剁脚趾，可拿去鉴定的时候，人家说，少一两根脚趾算不上残疾。总不能把几根脚趾都剁掉，那样就没法走路了。怎么办呢？——剁手指好了，少根手指该算残疾了吧？回答是：算。于是，想要儿子的父母，都瞄准了自家女儿的手指。回龙镇少掉一根手指的女孩和女人，特别多。一般都剁掉食指或边指，这两根指拇的用处相对小些，也不十分显眼。

我记得很清楚，打狗队准备去消灭财娃那天，我离开广场，忿忿地朝家里走去时，碰到了邱波的女儿，她叫贵英，八岁，正急急慌慌往学校赶。在她之上，恐怕连她爹妈也不清楚灭掉了她的多少个姐姐。邱波行事果决，态度坚定，只要是女儿，开始就不留，如同负责任的农人不在庄稼地里留一根杂草。之所以留下贵英，是医生告诫，说他老婆此后再也生不出来了。结果几年休耕，老婆竟怀上了摊开来是个“太”字的家伙。好家伙！我碰到贵英那天，她弟弟很快就要降生，因此我特别留意了她的手。不出所料，左手断了食指，连根断，看来是早就切断的，长出的皮已经陈旧，隐隐泛白。我说过，我这人心理阴暗，加上刚在广场上莫名其妙地受了气，便拦住贵英，问她，你那手怎么回事啊？她停下脚步，脸蛋子红花格格地望着我，以小孩子那种无邪的夸张口吻，认认真真地说：叔叔，我削苹果，这样削这样削（她用力地比画着），苹果皮没削下来，把我各人的指拇削断了。言毕，她很羞涩地低了一下头，然后跑了。

你千万别以为，她真的不知道自己的手指是怎么断的，她知道；不直接知道（干这件事情的时候，父母都要给孩子喂下安眠药，有的还打麻醉针），也会从同伴的经验中间接知道，但她不按知道的那样说。她撒谎。为了家族的利益，她们从小就懂得牺牲自己，并且以谎言去隐瞒这种牺牲。然而，你又千万别以为，她们真的是在撒谎，她们的脑子被洗过了，真真假假，假假真真，在她们那里都是真诚的。人脑确实是可以洗的。洗人脑比洗掉衣服上的油渍还容易，不信你试试！洗脑的诀窍是营造一种气氛：群体气氛。当你进入那个群体，脑子就会慢慢膨胀，膨胀的速度越来越快，腾出无限的空间，让千万只手蜂拥而入，千万只手在那里揉搓，几搓几揉，你的脑子就干净了。我们回龙镇，洗脑的气氛历来就有，否则冉小花的“北方馒头”就没那么时兴。洗女人脑的历史更悠久，手段也更在行，所以她们能做到真诚地说谎。贵英的单纯和羞涩，让人动容。什么都可以装，单纯和羞涩是装不出来的，谁想装也可以，但瞎子也能识别；装的意义是不让人识别出来，既然那么容易露馅，再装就没意思了。何况贵英还是个孩子。

正因为她是孩子，我的体内才蹿过深秋似的悲凉之气。这情绪就像感冒，过一阵就会犯一次。就在前些天，我从张大嘴的裁缝摊前过，张大嘴不在，只看见她二女儿——张大嘴已经四十岁了，她十九岁生了大女儿，生下后就板结了一样，直到五年前，大女儿在出嫁之前突然失踪，她板结的土地才松动开。所以镇上人都说，张大嘴的大女儿是她弟妹的拦路鬼；张大嘴自己也是这样看的，大女儿失踪后，她的眼睛红了一段时间，当她又怀上，就把大女儿忘了，又开始一如既往地有说有笑了。——那孩子不满四岁，推着摇篮在那里玩，摇篮里是她七个月大的弟弟，她用断了一根指拇的手，轻轻去揪弟弟的脸，弟弟弟弟！她欢天喜地地这样叫着，做各种鬼脸，摆各种姿势，逗得那小东西笑出一串串黏稠的口水。这景象差点让我下泪。我这人真他妈没出息，也难怪在国家单位里待不下去，且从县城滚回了镇上。我连那些只上过小学的都不如。他们似乎天生就懂得，只要有两个人在，就自然会形成某种权力结构，权力的本质是主导和顺从，强者主导，弱者顺从——这还用说吗！弱者往往把顺从当成皈依，某一天让他不顺从，他会恐惧的，失去了未来的恐惧。所以这个世界有理由歌颂强者，因为他们不仅主导着弱者，还让弱者有了皈依。如此，对弱者的所谓同情，很可能是自作多情。当然，有一些弱者，没有皈依，只有苦难，这种人真正值得同情，但你的同情，也很可能只是软弱和绝望的表现。举例而言，那些带着同情和善良之心去放生的人，从中感觉到的，难道只有慈悲和平静，就没有软弱和绝望？你放掉它，但你还是知道它是任人宰割的，正像马婆婆死后，王嫂对财娃说的那样。善良，很多时候是善良者为自己的善良殉葬。这话扯远了，我是想说，在我们回龙镇，女孩能在父母身边长大，已是了不起的伟业，少根指拇不算什么。少根指拇还那么高兴，还那么爱她的弟弟，我还有啥屁话可讲？可是你，谢明，竟差点流下了羞耻的眼泪。包括那次对财娃，因为没出一分钱给它打疫苗，你还愧疚呢……想到那次愧疚，我才真该愧疚。我的脸红了。我的脸没有温度，但照样要红，真不可思议。红了接着又青。在我青紫如鬼的面庞上，刻着一句话，那句话是我大学一年级某个夜晚读到的，写下那句话的那个奥地利瘦鬼，心思比我的还阴，比深冬还冷，他说："猎犬们还在庭院里戏耍，但那猎物却无法逃脱它们，尽管它正飞速穿过一片片树林。"读到这话的瞬间，我就被镇住了，我想的是，如果那个奥地利人跟我生在同时代的回龙镇该有多好，他就能给我教育，他会对我说：谢明，我的朋友，我的兄弟，猎犬还在戏耍的时候，猎物不该徒劳地穿过一片片树林，猎物也应戏耍才对，因为结局是一样的；世间的每一个笼子都在寻找鸟雀，每一座牢房都在寻找囚犯，你想逃，逃得过吗？如果我受了这样的耳提面命，很可能生活得更顺当些。

但也很难说……

不过我为什么要想这些事呢，我不能再这样胡思乱想了，我该去想想那些更重要的事情。我的时间是宝贵的，因为我没有时间。我的时间死了。说到底，我只需为我自己高兴就行。我的妻子冉小花，妹妹谢晓秋，跟我关系非常密切的这两个女人，不仅在家里长大，还完好无损，这就够了，就足以让我高声赞美这个世界。

对谢晓秋，我不能说更多的话，对冉小花我是有发言权的。此时此刻，冉小花完美的胴体把我的眼光吃住，我啥也看不见，只看见她的胴体。我说过——好像说过，她身上肉乎乎的，但那是手感，不是视觉，她肩头丰腴，乳房饱满，腰部结实……这些现成的词语不能说明什么，她的美在语言之外，所以语言是人类的牢房。那个奥地利人说错了，是人类自己在寻找牢房，人类需要牢房，才有了牢房，并最终离不开牢房，就像离不开衣服，离不开屋舍，也离不开语言。我无处可逃，还是只能依靠语言来画地为牢，来向你描述我的妻子。我的妻，冉小花，两条大腿像两条鲜花盛开的道路，臀部是路头的亭子，不要费什么力气，轻轻一跨，就能跨进那亭子里去，作称心如意的小憩。她的整个身体，以峰岭为桥，以波谷为路，水逐鱼流，鱼随水动。我喜欢她的身体。说喜欢不够，是迷恋。我迷恋她的身体。可能是过于迷恋的缘故，有时候我会想，如果缺失了对身体的迷恋，还会不会产生爱情？甚至，爱情是否就是对身体的迷恋？正像一位著名的性实践者所言，爱是“做”出来的，不“做”，就说不上爱，比之虚无缥缈的所谓爱情，“做”，能让人看得见、摸得着、享受得到……我乐意接受这样的暗示。我知道我是平庸的。街景，河景，山景，天景，还有天地之间的我，都是平庸的。特别是我，平庸得简直无以言说。最有力的证明，并不是我在国家单位和县城里待不下去，也不是我在只有初中文凭的李兴面前常常受着精神的折磨，而是我老觉得今天和昨天是一样的，每一个今天都是昨天的明天，所以明天和今天也是一样的。我连季节和天气的变化也感觉不到。只有身体经营出的过程才让我陶醉，我往往陶醉其中，且把享受这过程，当成是剔出了尘世凡俗的纯粹魅力。

她呢？她也是这样吗？

探究这问题让我沮丧。某些个别的瞬间，我会想起张大嘴的表弟，我觉得我就是她的表弟。每当有了这样的心境，妹妹暗示的那些话就产生了效果，我的情绪也因此糟透了。我明显感觉到，在与冉小花的权力结构中，我处于被主导的地位。她是病人，我是医生，医生却被病人主导。这让我深感自己丧失了起码的尊严。更不可忍受的丧失在于，她嫌我瘦。相对于我的身高，我的确瘦了些（其实是我的身高让我显得更瘦），我胸部扁平，肚子扁平，整个人扁平，去船上操劳了几年，肌肉是长了一点，却跟李兴一样，是细细的肌肉，要做足了架势，才见它们在我棕红色的皮肤底下谦卑地扭动，哪像我妹夫！不过冉小花喜欢的，不是肌肉。我正是从她那里，才知道并非所有女人都喜欢看男人的肌肉。她是希望我胖一点，要我长脂肪。我的饭量一般，通常吃两碗，可跟她接触没多久，见我放碗后，她会立即起身，再给我添一碗来，而且逼着我吃下去。你要让自己胖起来，听到没有？她以母亲对儿子的口气对我说。接下来的话变了一种口气：那样我在你身上晃悠的面积就更大一点，你最好让自己胖得像个地球，我骑在你身上，就能日行八万里。说完，她在那里嘻嘻笑。嘻嘻。嘻嘻。嘻嘻嘻。而我，只觉得她太无耻，想揍她。那个杂种，那个火锅店老板，就很胖，虽然没胖得像个地球，确实也胖得像个球。在我眼里，那是世间最丑陋的形体，她却要我也长成那样。我曾听县文化馆那个朋友说，再固执的性格，也没有身体的记忆固执，身体就跟小狗一样，谁喂它第一口奶，它就认谁作娘。这么说来，冉小花把胖得像球的男人身体，输入了她的程序，这个程序不兼容，要想进入她的程序，是你改变，不是她。我不想改变，她就逼我改变。女人改变男人，是这条河上的古老传统，这里把下饭菜说成绑饭菜，再给我添份绑饭菜——吃客们这样说。饭是主食，却要被捆绑才能下咽，才能生效，男人是主角，也要被女人捆绑和改造，才能成为真正的主角。在我们回龙镇，女人还是女孩的时候，要以损失身体的完整为代价，去为主角和未来的主角让路，一旦成为女人，男人就成了她们篮子里的一棵莴笋，掰掉哪些，留下哪些，都由她们说了算。尽管掰掉的男人们会偷偷捡起来，但毕竟是偷偷捡。我父亲如此，我妹夫如此，许许多多的男人都如此。女人改造男人的方法各有奇招，但我相信，没有谁能跟冉小花比，我是说从生猛的角度，她是和过几年面的，我亲眼看见她怎样把一大块面团在案板上摔打，我现在就是她手里的那块面，她嫌这块面太细瘦，要把我弄成球的形状。

她太无耻了，我真想揍她。

如果一个人把想到的事情全都去做，估计还是青春美少年的时候就要被累死，我不想那么快累死，因此只是想想而已，并没真正动手揍她。

但我还是很恼怒。我恼怒自己常常被她的无耻打败。

聊以自慰的是，我没有顺从。我至少没有顺从。跟她做爱的时候，我不再怜惜，我以我的奔腾、汗味和嘶鸣，告诉她，我是马，她是草原，马可以在草原上为所欲为，而草原只能承受。谁知这正中她的下怀。她以焦躁到痛苦的声音说：我要你暴暴的，我的天使，我要你像刚才那样暴暴的。这再次陷我于被动。我不可能做到一直那样，那不符合我的性格，更不符合我对她的真实情感。于是她反过来暴暴的了。她要让自己成为马，让我成为草原；如果我是马，她就做骑手。空气里弥漫着潮乎乎的气息。但无论多潮湿，多狂暴，她都不允许有任何闪失。我们从不采用安全措施，婚前就不，用与不用，也是她说了算，我问过她，她说不用吧，穿上袜子洗脚，你觉得舒服吗？舒服或许是舒服了，却也让我紧张，在我的印象中，至少有四次，分明是她舍不得丢开我才在危险地带崩溃的，过后她却对我横眉竖目，皱着鼻子，翘着嘴角，怨毒地说：哼，如果你让我怀上了，我绝不饶你！她这意思并不是说，怀上了她就要赖着嫁给我，因为她后面还有一句：我爱惜自己的羽毛。我直想朝她吐口水。一个读中学时就为有妇之夫打过胎的女人，一个想把丈夫变成跟那有妇之夫一样呈球状的女人，一个明目张胆地表白自己有着“数不清”的过客的女人，还好意思说爱惜自己的羽毛。除非她的羽毛是焊接上去的，否则早掉得一根不留。然而，我说过，爱情需要谎言。我接受了她的谎言，就没朝她吐口水。

婚前怕怀上，婚后她竟然也怕。

当然，她表现得没有婚前那样极端，但在某个时间段里，她会一脸轻松地告诉我：这几天是安全期，你随便。这证明她不想怀孩子。

有次我对她说：你不爱我。

这是明明白白的索取，因为她从来就没正面说过爱我的话，她的确扑在我胸膛上唱过“到处是两只脚的人，我只爱两只脚的你”，可那究竟是一首歌还是她对我说的心里话？我觉得那更像一首歌，虽然我从没听人唱过。不管怎样，她没直接说过爱我。

现在被赶到刀锋上，她也只好认。

爱呀！她惊讶地回言，不爱你我为啥要嫁给你？

理由充分，却没有多大说服力。有好多理由，特别是那些咄咄逼人的理由，根本就没什么说服力。爱的人不一定是嫁的人，这是常识，比如我妹妹，我就不信她是因为爱我妹夫才嫁给他。那么她为什么要嫁？

妹夫家比我们家有钱，这是事实，但我的父母，尤其是妹妹本人，并非那种见钱眼开的势利眼。是他长得帅吗？不是。满身吊着南瓜的男人，真的说不上帅，何况他长的还是张砖头脸。是他很有风度很有情趣吗？也不是。妹妹在十九岁那年，就表白了她心目中风度和情趣的标准。她之所以嫁我妹夫，说穿了简单得很：她到了出嫁的年龄，恰恰又有人把她和那个从部队复员的男人撮合。妹妹只能向她自己设定的标准妥协。她凭直觉懂得，真正的人生，其实就是漫不经心和鸡零狗碎的人生，就是不断妥协的人生，标准不标准，留给少年时代的梦吧。妹妹不爱那个男人，却在婚后大半年，义无反顾地给他生了孩子，冉小花说爱我，却不愿意给我生孩子，这从心理学上是讲不通的，女性心理大师欧文·杰生告诉我们，爱的深刻内涵，不是爱本身，而是越陷越深的恐惧，恐惧是因为害怕失去（这跟爱情中为什么批量生产谎言是一样的性质），当女人爱上一个男人，就要想方设法复制那个男人，孩子便是那个男人的复制品。冉小花不想复制我，可以从两方面去理解，一是她吃得住我，二是她不爱我。两方面都让我受伤。更让我受伤的是，两方面似乎都得到了印证。见我不被她的理由打动，她轻蔑地说：你别以为除了你谢明，我冉小花就嫁不出去了。意思是，她有很多个选择，我只是她众多选项中的一个，她还有之二之三之四之五以至无穷，就像她自己说的“数不清”，她嫁给我，跟我妹妹嫁给我妹夫一样，仅仅是机缘凑巧。她并不在乎我。她希望谢晓秋叫她嫂嫂，不过是想表明自己的家庭地位在谢晓秋之上，不能表明她在乎我。

我真想刺她一下。就拿她的同学谢晓秋去刺她。既然那么多男人都盛在你的果盘里，你为什么不早早选定一个，像条虫子那样钻进果子里去，吃在里面，玩在里面，睡在里面？人家谢晓秋嫁人了，生孩子了，坐在街沿安安静静绣十字绣了，你却还骑着个破车，绑个烤漆脱尽的干喇叭，满街乱窜地去叫卖“北方馒头”！……但这些话是刺不痛她的，我知道。刺不痛她，却能刺痛我，她嫁给我后，比之前承担了更多的劳苦。

退一万步讲，她又说，我这辈子不嫁还不行么？

我内心里震荡了一下。

我再没心没肺，也能感知到她话里的某种绝望。

那时候我俩在床上，她双臂圈在头顶，趴着。县文化馆那个朋友讲人的睡姿，说侧龙卧虎平摊尸，卧，就是趴着睡，她特别喜欢这样睡（难怪每次做爱过后，她都变成了小老虎）。人言，倒下的女人站着的树，意思是，再小的树站起来也很高大，再矮的女人倒下去也显修长。这话说不出道理，却有道理。冉小花的个子在回龙镇的女性里属中等，比我妹妹至少矮半个头，可她俯卧在床，从头看到脚，却给我溢出床外的感觉，无穷无尽的感觉。某些时候，我更愿意看她的背面，正面分布着身体的传奇地理，器官复杂，修饰的成分重，背面就朴素得多。无可挑剔的朴素，无可挑剔的美。就连脊窝里那颗淡绿色的痣，也像是故意安排在那里的。这简直是绝唱，身体的绝唱。她说自己可以不嫁，就是拒绝生育从而让自己成为绝唱吗？她的绝望也由此而生吗？这使我痛惜。

如果我像我当初的馆长那样是个诗人，是个词作家，我也就会像个诗人那样说：亲爱的，我的妻，你看那蜻蜓在雨后的水洼里产卵，狗子在院前的路口上吠叫，鱼儿在网袋和刀俎间蹦跶，你看它们是多么爱惜自己，可它们哪里知道，那正是痛苦的根源……[①]

或许，我真的是太贪了，她对她自己的爱也让我难以承受。自从

① 化自杨键诗《暮晚》。

她的病痛不再通过做爱过渡到我身上，我就忘记了前世欠她的事情，固执地要她爱我，好像我成了债主，她成了债户。我打心眼里并不把欧文·杰生的理论太当回事，不像普天下别的男人那样，结了婚就等着她复制我，然后心甘情愿地退出爱情的江湖，让她去爱那个复制品。那即使不是虚假的，也是虚妄的。我就要她爱我，爱她前世的债户，爱她宿世的药！

对孩子，或者说对我的复制品，我真没有什么特别的企望，这可能与年轻有关，就像一棵年轻的树，知道自己会年年开花，也就不愁能年年结果。我没有企望，父母却有，这同样与年龄有关，他们都说不上老，五十多岁，但也足够老了，对普通人而言，到了这把年纪，想的早不是凝风聚雨，而是平平静静地晒太阳，期待被岁月磨蚀的老枝老桠上，多来些雀鸟，从早到晚叽叽喳喳的热闹（想想我去参加校庆时那些四十四五的人说的话吧）。他们，尤其是我母亲，经常在我面前提起冉小花的肚皮；所谓提起，就是抱怨，抱怨冉小花的肚皮为什么还那么平坦，我母亲觉得，婚后两三年还不怀孩子，完全是女人的责任。我父亲的上辈是农民，母亲上数三代都不是农民，因此她不可能跟种子奸商有过任何接触，她不怀疑种子，只怀疑土地。对冉小花跟那火锅店老板的事，母亲当然听说过，既然她打过胎，证明土地没有问题——正是火锅店老板验证了冉小花那块土地没有问题，我和冉小花结婚，母亲才只是象征性地反对了一下——没问题怎么不怀呢？是不是那块土地贫瘠得只够种一季庄稼呢？不是一季，是半季；半季也算不上，因为无收成。无收成的庄稼不是庄稼，是草。但世间的庄稼，开始都是草，所以草暗含着成为庄稼的可能。

对此，我不好跟母亲交代，我只能对她说，我们现在需要挣钱，没时间怀孩子，再过两年，钱挣够了，怀孩子还不是天底下最简单的事么？我母亲叹息一声。每次我这样说，她都会叹息一声。别看她只是邮局的小职员，一辈子待在回龙镇，一辈子没见过什么大世界，却对大世界有着自己非同寻常的理解，当房价如雨后春笋，眨个眼就蹿高一截，我母亲说：哟，现在的房价呀，比李兴的信仰还要高呢。她坚定地认为高房价不是市场调节的结果，而是国家为实施计划生育采取的策略，前些年，计划生育搞得太没水平，对超生的拉猪拉牛、扒房拆屋，把那些怀了二胎的女人撵得遍地跑，只要撵上，不管是田头地垄、牛棚羊舍还是街口河畔，几个大男人就把那女人放倒，将裤带一扒拉，一根毒针就锥进那翘起的肚皮里去，这跟骟猪骟牛差不多，跟打狗队员干的事，也有着本质上的雷同。我母亲说，现在国家没那么傻了，国家利用高房价，让你自觉自愿地节育。当你还年轻的时候，没存下钱，连个狗窝也买不起，生下孩子往哪里放？待你年过三十甚至更晚，有个狗窝了，女人却已临近生育的危险期，生一个也怕闹个大出血，别说两个三个。母亲这样讲，是因为她觉得，生孩子只能依靠狭窄的产道，而不是划开肚子，松松活活捧出来完事，她认为用产道生孩子是女人的天职，那样生孩子的女人才叫女人，那样生出来的孩子也才叫孩子。她接着说：再有，孩子生多了，拿什么去养？拿什么去育？你的那个狗窝已耗尽了你全部积蓄了，你生下那一个，当他还是婴儿的时候，你就得筹划将来为他买房子，没房子，他就找不到女人（母亲这样说的时候，心目中想的只是男孩）。你为自己受苦受累担惊受怕的中途，又接下另一副担子，为下一代受苦受累、担惊受怕。现在的人为什么没有无忧无虑的青春，为什么到了二十岁就个个老气横秋、精于算计？为什么过了四十岁就觉得该为自己打总结？那都是压的！不用高房价压你，还会有别的办法压你，高税收，高物价，高失业率……哪样都比你高，哪样都骑在你的头顶上。

母亲的这些话，让我再次想起我回母校参加同学会见到的情形，那位老大哥和他的学友们，之所以早早地向人生投降，为人生封顶，看来是情非所愿，是有苦衷，不得已而为之，我不该责备他们。如果我活到那岁数，恐怕也会那样吧？

正因为母亲有如此见识，她在我面前抱怨了冉小花的肚皮，过后也只是叹息一声，并没像有些当婆婆的那样，朝着媳妇甩脸子、出恶言。

母亲的态度固然重要，但事实上，不管母亲怎么想，对骨子里埋着倔劲儿的冉小花来说，都是不难越过的。她是迈不过自己那一关。我隐隐约约地感觉到，她的内心里有道门，这道门跟墙合体，也跟墙是同样的颜色，因此我找不见那道门的位置。

完全是一次偶然的机会，让我发现了一线亮光。那天我们很疯，我告诉她——不如说是乞求，因为她下死劲箍住我——说我不行了。她说我快了，你再坚持一下，我的天使你再坚持一下！于是我就坚持了一下。其实只是极为短暂的强撑，当我分崩离析的时候，还没完全退出她的门。我就像烂醉如泥的酒鬼，前脚迈出主人家门槛，就不顾体面地吐了一地。她把我推开，迅速跑进卫生间清洗。我近乎悲伤地想象着她清洗的姿势：坐在马桶上，双腿尽力劈成“八”字，一口接一口地深呼吸，自上而下地运着气，同时将淋浴的喷头握在手里，水开到最大，对着那地方冲刷。我悲伤着土地对种子的拒绝。土地的意义，便是让种子苏醒，如同母亲的子宫让某个孩子苏醒，当苏醒成为不可能，世界便只剩下墙，墙里边是黑暗，墙外边还是墙。我悲伤着那种拒绝。好像又不是。我只悲伤着那些种子。它们被驱赶。每一粒种子都来自时间的深处，都充满新奇的梦想，那些充满梦想的种子，还没与土地接触，就被野风一路追杀，驱赶到大漠、盐碱地、戈壁滩，然后死在那里。没有人知道它们存在过，也没有人知道它们死在何处，更没有人知道它们那些梦想的颜色。我这人啊，确实是内心阴暗，我不止一次坦白过了；内心阴暗的人，心思是要往刀刃上去的，因为我需要切割，需要透过淋漓的血肉，看到发红的骨头。你说这是哪码子事呢，我却想到开发商王秋菊刨出的那些战国墓群上去了。那墓群一直未发掘，填埋之后，又捂在那里。那是古代的巴人，古代的巴人就是一直被追杀的，史书记载他们被秦军灭于重庆丰都，残部“神秘消失”。其实他们没有消失，更没有神秘消失，而是穿溶洞，涉黑河，攀悬崖，垂峭壁……他们没有鳃，却干着有鳃的事，没有翅膀，却干着有翅膀的事，历千道难关经万道险阻，才挺过劫数，动物般地逃到大巴山南麓的清溪河河谷。但史书却说他们神秘消失了。当代的人类学者，也是摇头晃脑地这么认定的。这就是说，即便你还存在，也可认为你已消失。我们这些清溪河流域的民众，自称是巴人的后裔，很可能在别人那里只是个笑料：要么嘲笑我们急于归宗认祖，要么嘲笑我们是鬼魂的子孙。鬼魂的子孙当然只能是鬼魂，没有体温，没有重量，没有生活，连行尸走肉也算不上。

此刻，我正对你说话的时候，在我眼前游弋着多少的鬼魂啊，它们是让梦想胎死腹中的种子，是生根发芽却无枝无叶的幼苗，是婆婆娑娑却从不见鸟影越过的独木，是郁郁葱葱却找不到蹄印爪痕的森林，是没有水族的河流，没有珠子的眼睛，没有光芒的太阳，没有黑暗的夜晚，没有爱情的交媾……

那天，冉小花在卫生间至少清洗了十分钟才出来。

我以为她又会对我横眉竖目，又会怨毒地指责我，但她没有。她像睡美人一样斜躺在床上，垂着麦叶那么宽的眼帘，扳着自己的手指头，左手扳了扳右手，一根一根扳着，无声地数着：一、二、三、四、五、六、七、八、九、十。

第四章

生活因为想象才变得这般艰难，也因为想象才变得这般妩媚，而想象的飘浮不定，却又是生活中最大的敌人。这注定了我的回忆更加杂乱无章。在横无际涯烟波浩渺的时光里，我被告知以秩序，逼之以紧迫，当时光凝结为一枚化石，一个焦煳的黑点，我获得了这种特权：杂乱和散漫的特权。真是奇怪，时光活着的时候，你觉得没有时光，时光死了，你的时光却变得无比富有。但我身体里残留着紧迫的后遗症，就像中了彩票猛然暴富的穷人，一时无法相信自己拥有那么多钱，更不懂得怎样利用和花销那些钱，因此从精神气质上他还是个穷人。时光于我就是如此。我得收拾行装，尽快赶路。

对冉小花那次为什么数她的手指头，我想的是，她是个性别崇拜者，也是个自我崇拜者，她崇拜女性，崇拜自己，才认定自己头胎会生个女孩。回龙镇女孩的普遍前景，要么被掐死、溺死，要么被切断一根手指。所以她提前为那女孩悲伤。可要是打定主意只生一胎，那女孩就能活下来，她的十根手指也会跟着她一起活下来。你冉小花的父母不就是这样做的么？何况你是独生女，按新政有权生二胎，头胎是女孩，并未断绝合法生养男孩的机会。你是不是觉得，自己头胎会生女孩，二胎照样？即便如此，又有什么关系呢？只要不死心塌地非生个男孩不可，两个女孩就都能完完整整地活下来……我不知道她是否真那样想，但毫无疑问的是，她并不相信我，她不知道女人的悲伤，同时也是男人的悲伤。

大三下学期，我把我的初恋女友带回家来过，她跟我是同班同学，江南人，当她注意到遍街的断指女性，又听我说明了缘由，脸当即就青了，太野蛮了！太野蛮了！她痉挛着说。是的，很野蛮，然而，当男人浑身张嘴，吃进说不出来由的仇恨，吃进冰凉的刀矛，吃进无路可走的孤独和绝望，吃进连最狂野的动物也消化不了的苦楚，对女性的狠毒心肠（比如生下来就处死），很难讲不是另一种慈悲：以灭绝种族的惊天代价换来的慈悲。这是有依据的。在回龙镇对岸的罗家坝村，几年前曾发掘过一个古墓群，墓穴连着墓穴，每座墓穴深可数丈，尸骨山积，却没有一具尸骨是女人的（男人的尸骨上，全是刀痕累累，箭镞斑斑），史学家称巴人神秘消失，倒是可以从这方面找到合理的解释：他们没有女人了。他们留下最后一批男人去承担最后的命运——那些山积的尸骨，既没有女人，也没有孩子。他们的敌人将这最后一批男人杀死，再将他们埋掉，从此将这个曾经名震华夏的部族，打发进冰冷的史书。我把这件事讲给我女朋友听，她完全听不进去，她只是惊恐和愤怒，骂回龙镇是狼窝，骂回龙镇人（自然也包括我）是还没开化的蛮子。来的当天晚上，她就包车去了市里（且拒绝我送），次日一早乘火车回了她天光水色的家乡，经过了几天的诗、酒、茶、书、画、昆曲、园林和大泽的拥抱、浸润与洗涤，她给我写来一封长信，说自己竟然跟一个蛮子恋爱了长达三个月之久，简直是做了个百日噩梦；说她在回去的火车上，四十多个钟头，一刻也没敢眨眼睛，从头至尾都死死抓住自己的双手，当然是左手抓了抓右手，右手抓了抓左手，总觉得车上每个人都凶神恶煞，都举着雪亮的砍刀，要砍掉她的手指；说你们回龙镇如果是在中世纪，可能也不失为一个漂亮的镇子，但它在当代的中国，在当代的中国它就不是一种存在，而是一种象征，就如先前的太监和缠足；说她要好好想想，看能不能以此为素材，写出一个象征性的小说……顺便提一句，我的初恋女友目前是国内“众月捧星”的作家，读书时就展现出非凡的文学才华，但读到毕业，她也没写那篇小说，后来是否写了，我不知道，因为我不再看书了。不用说，她和我就此分手。我有些惆怅，有些伤感，却并不怎么痛心，因为我并不怎么爱她，我指的是，跟爱冉小花相比，对她的爱确实算不了什么。但我要感激她，回校之后，她从没把我故乡的事情向任何人说起过，这证明她为人厚道，她的厚道使我有机会在大学期间又风生水起地谈了两次恋爱，我还从她那里得到有益的教训：绝不把外地女友带回老家。

但我没法认同她。象征，说得多好，可如果你真是一位出色的作家，就该明白，只有最平庸的人，才会脖子一昂，眼睛一闭，大手一挥，轻轻便便抹杀一种坚硬的存在。回龙镇并非不存在。针对这里女性对男性的牺牲，一位知名人类学家长途跋涉到回龙镇作田野考究后，得出过这样的结论：人类文明就是打杀文明，是同类互杀的文明。就男女关系而言，其他动物是雄性使尽浑身解数吸引雌性，人类则是女性依附于男性，在生活乃至生命的局部，为男性无偿付出，其中相当重要的原因，便是女性要靠男性去打杀。打杀失败的结果，既包括消灭肉体，也包括消灭话语权，因此人们向往胜利，女人也特别愿意归服于那些勇力超群的男人。这位学者的观点，你可以不同意，但他尊重“存在”的态度，本身就值得尊重。——你能说太监和妇女缠足没有存在过吗？在那比岁月还要漫长的时日里，它不仅存在，还显得非常合理，很少有人去怀疑它的合理性。即便暗中怀疑，但挂在嘴上和写在脸上的，都是赞同乃至歌颂。这不怪他们，当一个人在暗夜里听到群狼嗥叫，心怀恐惧，跟着狼群一起嗥叫，才是消除恐惧的最好办法。你现在大声质疑回龙镇了，这非常好，但并不能证明什么，你是远方来客，感受不到这个特殊情境带给人的负荷与惊悚。它不可思议，是事实，但它的心脏在有力地跳动，它鲜明地存活于现实之中，而且被你看到了，你就该由此出发，忠诚地去侦察和描述它的由来和核心。任何一段历史，都被前人记录，被后人复制，哪里只是回龙镇。你注目你的身边人，看他们怎样说话，怎样思维，怎样行动，怎样与人相处，就会明白，他们大都在细节上有意无意地复制历史，即便那段历史黑暗惨酷、伤及众生。施害者复制，受害者也复制，受害者在复制中体验施害者的快感，也在复制中寻求补偿，因为强者之上还有强者，弱者之下还有弱者。没有原封原样复制的条件，就变相复制，你看看某些集会，百十千万人，统一鼓掌，统一喊口号，统一举起森林般的臂膀，统一把吹胀的气球脚踩手捶，弄出轰雷之声，难道不能听出某种历史的回响？面对这些，你的象征多么苍白，它无法呈现过去，也指示不了未来，未来瀑布一样罩住我们，唯有像大马哈鱼，冒着跌落和被黑熊一口咬碎的风险，英勇地跃上去，此外就没有未来，也无从谈论未来。你的象征解决不了问题，世界不缺你的这个象征，就像不缺某些人的比喻、幽默、调侃抑或接近于撒娇的深刻和愤怒。

久不读书的人，当然没资格去教训一个“众月捧星”的作家。

我说这些，是对另一个人说的：对冉小花说的。我只是想表明，我的妻，冉小花，你的悲伤也是我的悲伤，你的悲伤还是我面对悲伤的力量，只要有你在，我就没有什么事情越不过去。你跟我共同生活在这片土地、这条河流，我们有共同的祖先、共同的起伏、共同的街巷、共同的太阳与尘埃，我们同缘同相，同住同修，既不会被“象征”吓得失魂落魄，更不会被“象征”打败。欢乐是菜，苦涩是盐，我们从来就没说过只吃菜不吃盐，当然也不会只吃盐不吃菜。

你曾在手机网上给我算命，说我的情感之路多姿多彩，你不知道，自从你在我的厂门前说我“难怪”，然后骑车远去，上身大幅度地甩摆，我的情感之路就被规定下来。当我怒气冲冲地去找你吵架，见你背向门口摔打面团，你的脊背水波似的漾，我就明白，你一个人就是我的多姿多彩。那天的街道多么整洁，街灯多么明亮，我仰望天空，发现黄昏并没飞远，它柔软的尾翼优雅地向西方滑翔，每到一处，都坦然地把天空还给暮色，让星星在暮色中开出花朵。满天的晶莹剔透，满天浩荡的花海。这一切都是因为你的缘故：回龙镇因为有个冉小花，才有这么好的街道和这么好的天空。但我从没把这话向你说过，你这家伙，爱面子，又争强好胜，平日里说到自己的长相，都把脸一弯，像根本就不在意，其实是在等人夸你，那次你跟你妈坐船去县城，刚下码头，就有个来帮助开发天然气的德国专家，用蹩脚的中文对你说：姑娘好漂亮！你立即避开你妈，兴奋地给我打电话。那之后的好几天，你都红头花色，因为有人夸你了。而今，只要是女的、活的，就被称为美女，这种庸俗到骨的称谓真是时代的写照：普遍降低标准，以语言制造其乐融融的景观。殊不知，美与不美，标准还是在那里的，美女可不是长出来的，是修炼出来的，我县文化馆那个杂家朋友说，今生漂亮，是因前世为佛陀献过花。你是为佛陀献过花的人。但我依然没把这话向你说过，把你跟佛陀联系起来，我怕你更要骄傲了。你在我面前已经够强势的了。你是债主，我是债户，你也应该强势。——但有一回我没忍住。那天你俯卧在床，我跪在你腰部的位置，抚摸你的脊背，看着白肉上阴影般的弯曲，听着掌心里叹息般的细响，我自言自语：给佛陀献过花的，就是不一样，他妈的实在太美了。你猛然翻过身，灿灿地笑着，你再说一遍，再说一遍！你这样要求。但我做出很茫然的样子，我没说啥呀。你说了，你刚才说了，你再说一遍！我坐下来，故意摇摇头，带着五分不称心七分不满意的口气，说：有时候美得很，有时候又不怎么美。你黯然地转过脸，没再言声。

现在想起那天的情景，我是多么后悔！

你的争强好胜，不是明火执仗地去博取什么，而是回到内心，不屈地作自我肯定。别人越把你说得不堪，你越是肯定自己。有时候我想，你得到肯定的时候真的那么少吗？总是期待着别人的肯定，却又总是只能退回去作自我肯定，算不算一种妥协？我觉得算。其实你是妥协的。这可能跟你父母有关。你母亲就像乡间的夜晚一样沉默，你父亲常年泡茶馆，话特别多，但那些话就像隔夜茶，寡淡之中含着隐忍的怪味儿。想当年，你与那火锅店老板的事传得沸沸扬扬，有街坊听不过，去对你父亲说：听说你家女娃子跟了他一年多了，她上他手的时候，还不满十六呢，你为啥不去告他？你父亲抽着烟，抽完一支又接一支，然后说：事情么，人在做，天在看，行恶的终归要遭报应。街坊“嘁”了一声，问你父亲：你见过几个行恶的遭了报应？你父亲答不上来。街坊把脖子一扭：软蛋才说这话！你父亲脸红了，又白了，接着恢复正常，说：牙齿跟舌头，一个硬一个软，可究竟是牙齿的寿命长还是舌头的寿命长？你父亲当时很得意，以为自己讲了一句相当厉害的话，不知道真正的厉害，是他只能跟绝大多数“软蛋”一样，用一生一世甚至更长的光阴，去等待老天爷施加给恶人的报应……

唉，不说这些了。我应该当着冉小花而不是当着你抒发我的情感，我一时失控，让你见笑了。我只是觉得，隐忍从根本上说是对世界的怀疑。不信，才忍。

冉小花连我也不信。她不信我会给女孩留条活路，给她们一个完整的身体。我想她更不信我的父母，其实我父母没那么——按我初恋女友的说法——野蛮，我妹妹谢晓秋，不就有一个完整的身体么？她不仅有十根手指，还美丽修长，暖尖滑腻，当她绣十字绣的时候，水蛇腰微微曲着，天鹅颈微微勾着，浓如密云的头发绾成髻，后颈黑茸茸的发根处，露出隐隐的白；她这样坐了，左手中间的三根指头，软软地抚住绣品，边指和拇指似抚似离，右手将针捉住，翘着兰花指，一引一收，动作都很小，小得很难说那是动作，小得万籁阒寂，凝神侧耳，只能听见安静的声音，安静到虚空里；她的整个人，都安静到虚空里。在回龙镇，绣十字绣的姑娘媳妇非常多，也不知是哪股风吹来，一夜之间，满街满巷都在穿针引线，没有人教，一夜之间竟都会了。谢晓秋绣得不算最好，却卖了最高价，她绣的一幅三平尺的迎客松，卖了一万块。是德国专家买走的。那些六十岁像四十岁、二十岁也像四十岁的德国人，大多数时候住在县城，偶尔来镇上，去井口的现场。买走谢晓秋迎客松的那个德国专家，绝对是亲眼目睹了她刺绣的姿态，她的迎客松值五百块，姿态值九千五百块。现在她是不绣了，她“拿到心里绣去了”……

当然，我妹妹有一个完整的身体，并不能说明多少问题。如果她生在我前面，是否也会断一根手指甚至被掐死溺死？这个真不好说。不说也罢。我只能尽可能地把握住我自己。无论我的情绪有多么不好，一旦看到冉小花和谢晓秋完整的指头，我都心怀感激，证明我不仅喜欢完整，还崇拜完整。冉小花有女性崇拜倾向，我发现我也有。崇拜本是敬畏，我却觉得，所有崇拜都起源于担忧。我担忧我妹妹，更担忧冉小花，因此我崇拜我妹妹，更崇拜冉小花。是冉小花让我变得完整，我早说过的。她是我的山河与城池，反过来说也一样，我是她的山河与城池。反过来说似乎更恰当些。我还在县文化馆上班的时候，有次在电脑上为馆长录入他的歌词，其中有一句“美人谷里”什么，我用五笔法输入，结果发现“美人”和“病人”是相同的词根。冉小花是我的美人，也天然地成为我的病人，她有权利无休无止地让我为她治病，我也愿意当她时时刻刻的医生、一辈子的医生。我已经立下这誓言了，她为什么还要怀疑。别人都认为孩子是男人的复制品，我不这样想，无论男孩女孩，我都认为是冉小花的复制品，我爱她，也爱她的复制品，我不可能把她的复制品怎么样；我们在太阳底下走，我也绝不会从她的影子上踏过。

不过，如果冉小花数她的手指头，不止忧伤着自己和自己可能的后代，我那样想就太肤浅了。如果她忧伤着的不是可能的未来，而是已知的过去，我同样肤浅。我曾经那么痴迷于汗流浃背地去跟人挤，是怀着期待的，对未来的期待，可我现在发现，与未来相比，我更相信过去。这或许与我本人没有未来有关，所以普天之下拥有美好前程的人们，请原谅我这样说话，我衷心祝福你们的前程，祝福你们的未来。

我现在继续回忆往事。

往事般般件件，潮水般涌起，有一些我真不愿意去碰，如果我不是只有这次机会，绝不会去碰的。她为什么要我轻薄她？她说，你轻薄我，你轻薄我，我的天使你轻薄我，你至少要做出轻薄我的样子，你做嘛！我想满足她，却怎么也做不出来，她就很失望了。她分明知道我不抽烟，那次却问我：你抽烟吗？我疑心她抽过烟，但又不像，因为她有时会埋怨她父亲抽烟，还大声武气斥责她父亲，数落出抽烟的不下二十宗祸害。可能正是受了这种误导，她问我时，我便昂然地回答：我从不抽烟。我读大学的时候，寝室里个个抽烟，还百般讥讽我这个不抽烟的家伙，我也没有因为自尊而屈从。她听了，眼睛里阴了一下，说，有时候真想你抽支烟。我问她“有时候”是什么时候，她不答。我猜想，就是在她乞求我轻薄她的时候。而往往在这时候，我特别地深情，我心里充盈着欢悦，这欢悦是她给的，她华丽的身体对我而言太过奢侈，我不该拥有这样的奢侈品，但我实实在在拥有了；梦中的马儿骑不得，我知道，但我不是在梦中，我醒着，长沟流月，我一路穿过去，波澜壮阔又深不可测，因此一次接着一次，每一次都听见战栗和尖叫，所以我的欢悦能把卧室里暖洋洋的空气擦出火花，我的欢悦连铠甲也能刺透，连钢铁也能熔化。这不是夸张，更不是得意，而是卑微者把目光俯得更低之后看见的锐利、宽阔与深厚。我哪里可能轻薄她呢！何况那时候我跟她已经是夫妻了。然而，她的乞求发自生命的内部。难道她对我的深情不满？如果是这样，她就是真的不爱我了。可她已经说过爱我的，爱呀，不爱我为什么要嫁给你？这句话她已经说过了，而且那之前她还唱过“到处是两只脚的人，我只爱两只脚的你”。

那就只能有一种解释，唯一的解释：她不是崇拜自己，而是看不起自己。

她觉得自己只配被我轻薄。

她有过被轻薄的经历。

她担心自己生了女儿，即便跟她一样长大成人，且拥有一个完整美妙的身体，最终还是要被男人轻薄，所以她宁愿拒绝种子，毫不心疼地杀灭那些种子。

我怜惜着她。

怜惜着她的同时，想到她的那段经历，我就不想爱她。

这是真的，那时候我不想爱她。然而，她就像一名鸟，本来安详地歇在我的树枝头，一旦我心里不想爱她，她便迅速化为满树鸣雀，朝着我喧闹。其实我知道那是我自己在喧闹，一声一声，声声叫着她的名字。哪怕她就坐在我的身旁，哪怕我们正相视而笑，正相拥而眠，正汗津津地做爱，我都觉得她要离去——只要我起了不想爱她的念头，我就觉得她会离去，甚至觉得她已经离去。“离去”这个词，在我这里不只意味着分手，还会让我铺排出生离死别的况味儿，并且无端地怀想起何大盛那个吸毒的女儿。她名叫何惠兰，跟张大嘴失踪的大女儿任小青同年同月同日生，那真不是个适合降生的日子，勉强生下来也没什么好，一个吸毒，一个失踪，都不得善终。“出来如花，已被摘下。”尽管所有走上邪路的人，人们都习惯了夸张他们走上邪路之前的乖巧、聪慧与良善，但何惠兰此前确实是个乖乖女，她不像她爸爸的女儿，也不像她妈妈的女儿，她妈妈特别邋遢，倒不是说不干净，脸上无尘，眼角无眵，指甲无垢，却总给人邋遢的印象，这可能与她老是穿不周正衣服有关，再好的衣服上她的身，都皱着，扭着，塌着，拖着，何大盛去韩国给她买回的一套TOMBOY，也没能让她挺括利索起来，她依然显得那么被动；是的，她的症结就在于，在衣服面前显得非常被动。回龙镇人做红白喜事，都要互相请去帮忙，但没有人请过何惠兰她妈，何大盛开韩式烧烤店，也只让女人躲在厨房里择菜洗菜，不让她抛头露面。何惠兰不是这样的，她自带一张笑脸，见谁都热络响快，走路步子快，说话语速快，为人又特别简便；在回龙镇，简便的意思是喜欢帮忙，她见忙就帮，比如有邻居在街上提了重物，她必接过一部分来，帮邻居送到家门口。她是怎样染上毒瘾的，众说不一。谁都知道回龙镇有群吸毒者，吸毒必然伴随着毒品交易，但他们仿佛隐身在另一个空间，鬼怪般神秘。按理，何惠兰不该出现在那个神秘的空间里，可问题是她千真万确染上了毒瘾，且难以自拔，“他拔”也不能够。她跟别的吸毒者不同，别的吸毒者，把自己蜷缩进洞里去，拒绝跟人接触，而她不要做鼠类，她想做人，想过正常人的生活，还想天天回家。但她终于被那个家拒绝了……每当我不想爱冉小花的时候，何惠兰在县城被两个“棒棒”架到巷道深处的镜头，还有她大年初一硬邦邦地倒进家门的镜头，就挥之不去。

因而我想也不能想。

不能想就不想。

于是我转过头去，想我为什么不想爱她。

——邱波那个杂种！

邱波就是我一再提到的那个火锅店老板。

他今年四十八岁了，冉小花为他打胎的时候，他就过了四十。他是利用什么手段把当时十七岁或者不满十六岁的冉小花勾上手的？对此，跟冉小花恋爱一段时间后，我问过她，当然不是直接问，而是拐弯抹角地问。她有所警惕，但还是回答了我，她说，一个成熟男人，根本不需要什么手段，就能把一个未经世事的少女带到任何地方去。他妈的真贱！我不相信未经世事的少女都这么贱。那只是她的个人经验。她的个人经验激怒了我。怒气里带着一种伤，一种痛。这是非常奇妙的，我不知道自己为什么会痛，同样说不清楚痛在哪里，那种痛长着四条腿，沿着我的经络奔走呼号。我想恨她，却恨不起来。我想骂她一声“贱货”，可这个贱货我正日深一日地爱着，她是贱货，我又是什么？再说，一个女人一旦跟你有了很深的关系，你骂她贱货的时候，如果她没有“贱”过，你可能很过嘴瘾，如果她真正“贱”过而且被你知道了，你就会觉得，你越这样骂，越是提醒和帮助她回想贱的经历，你因此遍体鳞伤，她却连根羽毛也不会掉落——该掉的已经掉过了，留下来的都很坚固；你还分明懂得，人都是有逆反心的，你老拿人家的耻辱说事，她就有可能干脆掀开表层结痂的伤口，昂然地亮给你，说：看啦，这里早就溃烂，现在还在溃烂，你看它烂得多么鲜艳，艳若桃花，这都是贱出来的！我愿意贱，我喜欢贱，我高兴贱，我为我的贱欢呼，我热爱我贱出来的溃烂和脓血！弄到这步田地，你就真的是一点办法也没有了，就只有“自刑”的份了。你握在手里的那把刀，刀刃迟钝刀柄锋利。我懂得这种奥妙，所以在我最最恼怒的时候，也如同酒醉心明白一般，不骂冉小花贱货。

但我也从冉小花的话里得到一个基本信息：邱波并没有强迫她，她是被“带走”的。

她至多只是被引诱。

邱波凭什么引诱了她？是钱吗？这不大可能。冉小花家里比较拮据，这是事实，她还没开始挣钱的时候，她母亲做泡菜卖，因家门低于街面，只能费心劳神，把泡菜瓮摆到街面上来，那瓮大腹便便，有半人多高，装满了要装几百斤，弄出来不容易，收回去也难，因此有一阵晚上也不收，回龙镇人秉承了先人的血统，不屑做盗贼，更别说去偷泡菜——他们欣赏抢匪，鄙薄小偷，难怪从回龙镇去外地打工的，在广东、浙江、北京等地，都结有三五人七八人不等的抢劫团伙，却从没出过一个盗窃犯；回龙镇在广东的抢匪团“回龙霹雳”，主犯被捉后，还有幸上过中央电视台的“今日说法”栏目。但有一点必须说明的是，他们从不抢女人，不管这女人多富，多么便于下手，也不抢她。如果知道了有同城的女人被另外的团伙打劫，他们还会利用黑道手段，迅捷地为那女人讨回钱物。对女人，他们不抢，更不强奸，多年以来，回龙镇出过形形色色的罪犯，却从没出过盗窃犯和强奸犯（所以邱波没有强迫冉小花，是完全可信的）。在本地，如果他们做了父母，会像杀鸡杀鸭一般处置女儿，会像剔枝去叶一般切断她们的手指，去了外地，他们却把女人揣进心坎最深的地方。我大慈大悲才华横溢又热爱象征的初恋女友，你应该知晓这些事情，并好生想想其中的道理。——泡菜虽没人偷，酒鬼的恶作剧却免不了，他们半夜喝完酒，流浪狗一样醉醺醺地在街上窜，见到泡菜瓮，便乐呵呵地将盖子启开，踮了脚朝里面撒尿。本来生意蛮不错的，自从吃客吃出了尿骚味儿，生意就败了，后来冉小花的父亲天天把瓮搬进屋，却还是少人问津。做生意跟做人是一样的，一旦败了，再想翻起来，比登天还难。由此就能理解从监狱出来的为什么往往要二进宫、三进宫；他们并非没有改过自新的想法，实在是太难了。大约正是生意败落家境困顿的那段时间，冉小花上了邱波的手。但我依然不认为是因为钱的缘故。邱波现在很富，是炒房富起来的，回龙镇大批村民涌到镇上，还是近几年的事，邱波贷款将整幢楼买下来，转眼以高出三分之一的价格卖给住户，再买整幢楼，再卖给住户。他是这样富的，那时候他说不上富。那时候他的火锅店不像他现在的火锅店，现在的叫“丘耳火锅店”（是回龙中学一个语文老师给他出的主意，把邱波的邱字拆开来的，邱波很高兴，那老师带再多的人去他那里吃，他都免费），临河，雕花门窗，有三百多平米，数十张餐桌，还有几个体面的包间；而那时候的，简直辱没了一个“店”字：只在家门口摆了两张小桌，外加八个塑料凳。他就凭这两张小桌和八个塑料凳，养家糊口，虽然在学校旁边，陈的馊的病的假的，不愁卖不出去，可毕竟只有那么大个气候，下不出几滴雨的，即便养家糊口之外还有点节余，也不至于借此就能把一个女孩子“带走”。

我觉得，是邱波身上的狠，让冉小花着迷。

邱波长相狠，心狠。长相狠看得出来，心狠也众所周知。他从不避讳在人前谈论他怎样处置了他的那些女儿，他甚至模仿孩子被掐住嫩脖子的瞬间发出的短促叫声，叽！他说，像老鼠。不仅对别人狠，对自己也狠，有回他小腿肚上长了绿疮，有鸡蛋那么大，人家说，等它再长几天，长到灌脓的时候，去医院割掉，他听后冷笑几声，拖出一把剔骨刀，裤子一捞，噗的一声，就将“鸡蛋”划开一道口子，血污追逐而下，肿块渐消，他再拿着铁火钳，去厨房里烧，烧到透红时，烙在出血的地方，青烟和焦臭，扫荡了半条街。接着他把烂肉剜去，洒上白药。

这整个过程，他都只是眯着眼睛，咬着牙帮，鼻孔里间隔很长地喘着粗气，却绝对没有呻唤过一声。白药洒上后，他又一如往常，按部就班地忙他的活。没过一个星期，那地方好了，只留下一块紫疤。他身上到处都有自己弄出的疤痕。荡子能吸引女人，心狠手辣也能吸引女人，这都是有例证的，所谓不是毒蛇不拦路，不是荡子不交娘；你看看过去那些啸聚山林的土匪蟊贼，大多有个漂亮得像画儿似的压寨夫人，你别以为那些女人都是抢去的——就算是抢的，过后她们大多也愿意跟。成为英雄的女人，是千古红颜的不二追求，土匪蟊贼在某一个时期，也是英雄。英雄都是心狠手辣的，从没听说过不心狠手辣当了英雄，所谓妇人之仁，所谓慈不带兵，都是从不同侧面阐释英雄的含义。跟了这样的男人，只要对自己心不狠手不辣，女人就能在获得心理上的满足感之外，还能获得一种人身的安全感。我之所以觉得那位人类学家的“打杀文明”说值得尊重，也是由此出发。人们惧怕狠，可从小就相信，唯有狠才能对抗世界。

李兴却不这样看。邱波割了他的脓疮不久，我和几个熟人在滨河路碰面，听他们议论那件事（我是不想提那杂种的），几个人的看法，跟我上面所说非常一致，李兴不知从哪里钻过来，而且听了好一阵了，他把话接过去，像背书那样说：你坐在太阳底下，闭上眼睛望天，先是大片大片的红，接着变白了，变青了，接着又变蓝了，变绿了，那是你越来越走向深邃了，深邃处都是柔软的，是柔软的接纳和柔软的生长。他由此得出的结论是：心狠手辣救不了世界，只有柔软能救世界。

嚯，是这样吗？马婆婆的心够柔软吧，她不仅救了财娃，把财娃当儿孙一样看待，还经常提根沉甸甸的花布褡子，沿街喂养别的流浪生物，边走边唤：黄儿、白儿、花儿、妹妹、欢欢、巧巧……在硬化路上遇到一名翻卷的蚯蚓，她必然要把它捉到土里，有死蝉掉在深秋的街道，她必然要捡起来，放到它们曾经鸣唱过的树下，她甚至不允许水泥地和石板地上有片落叶，说落叶要归根，要归于泥土……结果她救了世界吗？把话通到天，就算她真的救了世界，谁又来救她自己？脑溢血一犯，往地上一栽，她就死了。她连死在床上、死在丈夫或儿女怀抱里的普通愿望，也未能实现。李兴说服不了人。但他还想说服。

针对邱波炒房暴富的事情，他有过这样的评论：作为一种畸形的暴利游戏和成功逻辑，它足以让所有的诚实劳动失去尊严、价值和意义，诚实劳动的回报率在它面前可怜至极，谁想凭借诚实劳动点点滴滴积累财富，谁就被它嘲笑和羞辱，这必将严重影响世俗伦理和精神秩序，使社会更加浮躁和虚妄，也让资本和财富的原罪色彩更加浓重。“在这个世界上，有两个敌人，两个密不可分的孪生子：饥饿者的饥饿和饱食者的饱食。”那么我们也可以说，在这个世界上，有两个敌人：贫穷者的贫穷和富贵者的富贵。当贵成了富最方便的条件，当富成了贵的原因甚至唯一原因，当富贵不是劳动、品格和智慧的漫长结晶，而是借助权杖、依托关系、通过炒房，在一个星期内就能达成的目标，富贵者的富贵就不仅是世界的敌人，还是世界的火药桶。因为，财富和资源的过分集中，尤其是以腐败、欺诈、投机、高压和蔑视劳动、堵死底层晋升阶梯的方式集中，贫穷者和富贵者之间的关系，就会演变为铁和匕首的关系，匕首可以削铁如泥，但铁也可以把匕首变成一把勺子。另一方面，长此以往，人们必然会丧失经营实体经济的热情，到头来，我们的社会将没有实体，只有泡沫……我得承认，李兴这东西读了那些散发出尿骚味儿的书，真没白读。那些发黄的书页上讲的道理，居然现在也适用。道理是直的，路是弯的，某些时候，路甚至要弯回到起点上去。这也进一步证明了历史是被复制的。但我不满意李兴后面的话，他说：不管怎样，我们都得相信点什么，相信规则能战胜潜规则，相信风骨远胜于媚骨……还说了一连串，我记不清了，只记得最后一句话是：相信柔软能救世界。看来这句话是他经常说的。

正是这句话，让我反胃。

如果连自己妻子也嫌弃柔软，也被引诱去给心狠手辣的家伙打胎，还乞求自己丈夫轻薄她，李兴还会这样说吗？哼哼，他是没遇到我的这种事！

邱波抽烟不？抽的。他用两排长牙把烟蒂咬住，一直不取下来，抽结束了才呸的一声吐掉；他抽烟时跟人说话，都是斜着眼睛。这正是轻薄的表情……

不要再说了，我为什么要花这么多时间，去说那个杂种。

我接着说那天的事情好了。

那天，我们在李兴的胖儿餐厅吃了早饭，我妹妹步态妖娆地走向她的店子，她身上的香水味儿也跟着她走向店子，冉小花望着她的背影，空空地擤了一下鼻子。这明显厌弃的动作，让我对我妹夫产生了同情。我在心里对他说：妹夫啊，你的妻子谢晓秋，如同秋天收割后的田野，坦然而静谧，你分明知道她的富饶，她却不让人看见她的富饶；你的妻子谢晓秋，一直是天上的云，整天整天地悬在那里，但你不抬头望她，就不知道她在那里；你的妻子谢晓秋，就跟空气和时光一样，无时无刻不从你身边流走，又自顶至踵地将你包围，你却感觉不到她的流动和包围。你的妻子谢晓秋，以她成熟的果子般的安静，让回龙镇感觉到某种温暖的照耀，感觉到馨香祷祝，天地祥和，日子美好。照我初恋女友的说法，你的妻子谢晓秋，不是一种存在，而是一种象征。遗憾的是，现在的她，成了另一种象征。她开始妖娆地走路了。妖娆是什么？妖娆是喧闹。欲望的喧闹。肉体的喧闹。而肉体喧闹是因为心在喧闹。有些人的肉体只是心的躯壳，有些人的肉体，本身就是心。妹夫啊，你的妻子谢晓秋，以前属前者，现在属后者。对此，我可怜的妹夫，你难道一点也没有察觉？你就不想想，她近来为什么不安安静静地坐在店门前绣十字绣，为什么那么精于打扮，还洒那些浑身长满了嘴唇和小手的香水？你成天跟干部们在一起，跑前跑后，吃吃喝喝，混出了那么高的觉悟，可你知道你的绿帽子比你的觉悟还高吗？

想到绿帽子，我很快转了心思，不再同情我的妹夫了。

我又走回去了。

我经常琢磨一件事情：妻子在跟你认识之前有了别的男人，绿帽子算不算戴在你的头上？如果算，冉小花不仅有邱波，还有“数不清”，那么我的头上就不是绿帽子，而是一大片绿光森林，我的头上可养育飞禽走兽，可辟成国家公园。想想也挺美的。他妈的，真是挺美的！但无论多大的国家公园，也不会有地球那么大，而冉小花要我胖得像个地球，让她坐地日行八万里。真不要脸。你这辈子如果摊上个不要脸的女人，到头来会发现没脸的是你自己。关于这一点我有话可说。

今年二月，我大学四年的室友，也是我最好的朋友的父亲去世了，我远赴西安去参加他父亲的葬礼，我去两天后，他父亲才火化，可直到把骨灰扫进盒子，每个亲人轮流把骨灰盒像抱孩子那样抱了一下，再寄放进殡仪馆，他都只跟我握过一下手，没说过一句话。他的悲伤让我更加直观地理解了亲人的意义，直观到肉体，直观到嘴角每一根滞涩的曲线。从殡仪馆出来，他家的至亲，大约十四五人，说要去北广场旁“老孙家泡馍”吃午饭，吃了这顿饭，大家就散伙了，又去经营各自的日子了。我是唯一的远客，当然跟他们一起去，但就在上车前，我朋友说，你们去，我跟谢明单独吃。他招辆出租，把我领到阿房路附近某巷道里的一家酒吧，对酒保说：啤酒。酒保问，来多少？他说，先来一件。我吓了一跳。我跟他的酒量都比较惭愧，两瓶啤酒顶天。他实在是太悲伤了，我确实应该好好陪陪他，这是我来西安后第一回单独陪他。只要不错过下午四点半的飞机就成。我在手机上设定了提醒我出发的闹钟，酒便送过来且启开掺上了。白色的泡沫橙色的酒液，还有酒吧里的低语，无不是沉郁悲切的调子。我端起杯子，面色沉痛地对他说，你节哀。他一口饮尽，没什么，他说，人都是要死的，现在是我父亲，过些年是我，再过些年是我女儿，这没什么；再说死亡本身就是人类创造出来的概念，其实根本没有死亡这回事，那不过是物质的转换而已。我大大地松了口气。我开始以为这顿饭是不好吃的，不管是跟他单独吃，还是跟他的亲人们一起吃；在别人的悲伤里进食，大抵是世间最困难的事情之一了。我没料到他这样想得开。酒吧又恢复了酒吧的样子，低语是低语，欢声是欢声，卡座里男人女人天上一句地下一句的搭白，飘忽不定又锐利如刃的眼神，也因此复原了暧昧的温度。生活的温度。他问我跟哪些同学联系过，特别问到我是否跟初恋女友联系过，我说没有，他就告诉了我一些关于她的事情，我正听得起劲，他却突然停下了，对我说：谢明，你知道绿帽子的来历吗？大家都在说绿帽子绿帽子，可我始终不知道这是怎么来的。

一枚锋利的钉子，端端正正扎向我的太阳穴。

但我觉得他不像是嘲讽我，更不像是成心扎我。我结婚的时候，他送了礼，但人并没来，他不认识回龙镇的任何人，连新州市他也只认识我，不可能听到冉小花的传闻。

于是我像是绿帽子跟我八辈子没有关系似的，告诉他说：那都是朱元璋干的事情，他明令娼家的男子必须头戴绿巾，足穿带毛猪皮鞋，不许在街道中间行走，只能靠边而行。人们见到这样的人，就知道他家里那位是青楼一族。戴绿帽子也由此成为妻子卖淫或偷汉的俗称。说到这里，我本来应该打住的，但就像那些把额头上的伤疤当成月亮的家伙，我没有打住，接着说：在过去，绿是贱色，这与龟有关，龟是绿色，古人认为雌龟要与蛇交配才可繁殖，所以把妻子与人通奸的男子称为龟，或称为绿头乌龟。

我朋友听到这里，哐当哐当地自个儿连干了三杯。是这样啊，他用手掌抹一把嘴，说。他脸膛发紫，嘴唇歪起来，不停歇地用力吐气，仿佛他肚子里的气是毒药，非尽快吐掉不可。我正有些摸不着头脑，他说：谢明，有件事我很疑惑，比如，某人跟妻子离了婚，妻子去跟人乱搞，那某人算不算戴了绿帽子？我说，不算了吧，那已经不是他妻子了，是他前妻了，前妻不是妻子，就像昨天不是今天。他说：我的意思是，还是他妻子的时候，她就跟人乱搞了。我说，那当然就算了。他说：去他妈的，我没说清楚！我不说某人了吧，我说我自己吧。我已经跟白燕离婚了，去年五月份的事情，一岁的女儿也被她带走了。你在殡仪馆看到的那个眼梢很长的女人，就是我前妻白燕，她牵着的那个孩子，就是我女儿，我父亲去世那天，她带着孩子来了一趟，今天又来了。我们离了不满一个月，她嫁了人，嫁的那人名叫高昌光，他妈的不知道这名字怎么取的，全是阴平，念上去别扭死了，一听就不是个好人的名字。嫁这么快，我想她是故意气我。虽然离婚是她提出来的，但她一提我马上就同意了——你知道我这人，受不得窝囊气的，为给女儿买什么玩具争吵了几句，她就说要离婚，我能受吗？我同意后，她气得嘴皮子抖得像树叶子，说好，马上去！去就去！真就去了，离了！当天晚上，她带着女儿走了。我知道她在娘家，我在等她回来，不回来也来个电话，说句软话（是她先说离婚，她当然该先说软话），我们再去复婚就是。可是她没有。我无数次要打电话过去，但不服那个输，从手机上调出她的名字，将拨未拨之际，心一挺，不拨！到第二十七天，我实在忍不住了，既想见她，也想见女儿，都快想疯了，就去她娘家接她们。

我没先打电话，是想给她一个惊喜，因为我觉得她跟我一样，都在硬撑，她早就在倚门守望，早就拍遍栏杆。她娘家在柳亭路，很远的。去了才知道，她两天前就嫁人了，还在帝豪酒楼举办了盛大的婚礼。

喝酒喝酒，我说。

他却不举杯，斜坐着，半低着头，两手放于腹部，睡过去了的样子，至少是把我忘记了的样子。我顺势看了看手机上的时间。他猛然抬头，说：我没告诉过你我的爱情故事，当然也没多少可讲，现在更不必讲。没多少故事，不等于我不爱她。我爱她得很！

这话我信，他说“那个眼梢很长的女人”时，我就从他口气和神情里看出他爱她。

（那一刻我异常想念我的冉小花。）

我以为她也是爱我的，他说，可她却嫁给了高昌光。

她不是故意气你的吗，故意气你，证明她确实爱你。

你别安慰我了，他说，你他妈谢明什么时候也变得这样没意思？都嫁给了别人，还说什么爱！——既然这样，我也就不爱她了。我从不爱那些不爱我的女人。除了想念女儿，在她身上，不出半个月，我连一点痛苦也没有。

说话到此，我不知道该怎么接了。没有痛苦，就没什么可说的，虽然我知道他这话半真半假，或者面子真里子假。可这怎么与他开始的话挂上钩呢？他的疑惑又在哪里呢？

而这才是他要告诉我的重点。他的前妻，白燕，在他们婚姻期间就跟高昌光搞上了。他开始不知道，白燕和高昌光结了婚他也不知道。当白燕已彻底成为他生活中的普通熟人，当他早就习惯了每周末把女儿接过来玩一天，他才听说了那件事。

痛苦灼烧。这种痛苦，远远超过白燕跟他离婚不足一月就跟别人结了婚。

作为男人，我理解，我相信。

他又接连干了三杯酒，眼珠发红地问我：谢明，你说我这种情况，算不算绿头乌龟？

如果我说不算，我就是个为了友谊丢弃真理的人，如果说算，我就是个为了真理丢弃友谊的人。两种人我都不愿意做。我唯一想做的是安慰他。必须安慰他。他是我大学时最好的兄弟。迄今为止，我的男性朋友只有两个，一个是他，一个是县文化馆那个忘年交。

最有效的安慰莫过于讲我自己的故事。讲我妻子冉小花的故事。

于是我就讲了，讲冉小花怎样给火锅店老板打胎。虽然那时候我和冉小花还不是夫妻，但明明白白知道有这件事情，过后还去跟她结婚，就相当于把放在一旁的绿帽子取过来，自觉自愿且自告奋勇地戴上了。

我讲完后，朋友的痛苦明显减轻，心情也跟着平静了许多。只是显得很疲惫。默然片刻，他疲惫地，缓缓地，流下泪来。我虽然没流泪，却沉浸在跟泪水一样的咸里。我递给他纸巾，他在脸上擦了一下，又把擦过的纸巾递给我。我觉得不在自己脸上擦一下就对不起他似的，于是我也擦了一下。纸巾是我的，泪水是他的，他的泪水粘在我的脸上。但也很难说，我感觉那纸巾比我刚接过来时更潮，是不是我也流泪了？很可能是这样的。泪水，只需要泪水，就能把一个男人捣碎成男孩，把一个男孩捣碎成鸟儿，把一个鸟儿捣碎成卵……我们就这样放肆着我们的脆弱。如果不是在酒吧，两人多半就抱头痛哭了。我们都找了个不要脸的女人，都深爱着那个不要脸的女人，到头来，都被那个不要脸的女人弄得自己没脸。当初共度北国激扬春，而今同是天涯沦落人。我们的友谊更深了。

然而，在回来的路上，我就后悔了。我对不起冉小花。关于她的那些传闻，在跟她认识之前，我也是只听不传，没想到婚后我却当起了话筒，而且一传就传到那么远的地方。

为了朋友，我出卖了妻子。

第五章

任何一种出卖，不管被出卖的人是否知道，都会产生一种隔膜。这可能因为语言也是物质的缘故。你闷在心里，最多只是一种想法，一种情绪，一旦说出来，性质就变了，如同芦苇变成了席子，铁块变成了刀子。不过我相信世间没有无缘无故的出卖——或许，这才是产生隔膜的根源。从西安回来后，有好长一段时间，我都跟冉小花说起高昌光。高昌光我连见都没见过一眼，不知道他的高矮胖瘦，说他干吗？又有什么可说的？确实没什么可说的。事实上，我说高昌光，心里想的是邱波，如此，北方的变成南方的，远的变成近的，而且在我心目中，整个西安城，连我那同学也不存在了，只剩一个高昌光，整个回龙镇，连我父母也不存在了，只剩一个邱波，不是世界太小，而是上帝设置的空间和空间里的万物，真不值一提。上帝成为人心的失败者。幸好冉小花不知道我出卖了她，对我那些躲藏在黑暗深处的心思，也没有多少察觉，否则彼此煽呼，说不定就会焚毁。焚毁爱。

那么珍视的呀，竟然也可能在日常中遭遇毁灭。

爱是嗜血的，因为嗜，所以痛。这是爱的宿命。我努力克制着，不向宿命投降。但有时候，我会嚅动腮帮，咯咯有声地咀嚼。我的嘴里，除了舌头就是牙齿，我是在咀嚼一个很空的东西。但很空是在别人眼里，我自己知道不空，我嚼着的是一枚铁核桃。

每当这时候，我就不想爱冉小花。

不想爱是不行的，前面已经说过了，我便退而求其次，暂时不去搭理她。

那天，我跟她离开胖儿餐厅，穿过下街，沿一条宽阔的土路走向河沿，她一路上跟我说着话，我却一句也没搭她的腔。那时候我就嚼着铁核桃。我咀嚼的声音压过了她说话的声音，也压过了我俩的脚步声。土路倾斜，坡度很大，坑洼不平，多日未雨，也无地表水浇注，不知为什么这段路老是汤汤水水的，烂糟糟的泥地里，嵌进了碎砖、木楔和碗碴，我脚下没小心，几乎被一块木楔绊倒。往前栽那一下，差点磕碎我的牙，也让我的神志有所清醒。我记起刚出胖儿餐厅时，冉小花以擤鼻子的动作厌弃谢晓秋，她厌弃她，是否也跟谢晓秋对她的冷眼一样，是出于某种嫉妒？真不敢去深想。

河面就在前方。自立秋以来，回龙镇天天有晨雾，晨雾没散，阳光就迫不及待，垂天而落，上游十多公里的黄金镇，却连降大雨，河水浑浊，逃命似的奔。河水一浑，发出的气味就跟森林里的气味很相似，跟人身体里的某种气味也很相似。我怀疑，所有事物到了某一个阶段，气味都是相似的。我看了一眼身旁的人，她仿佛还被谢晓秋身上的香水味牵着，没注意到河水的气味。我本可以放过这个细节，但心里的魔鬼也像是吃了胖儿餐厅的菜包子，精神头十足。心魔借我之口，瓮声瓮气地问她：这气味像什么？

她看我一眼，看的同时眼皮往上一撑，然后转过脸去，用力吸。

像河水，她说，还能像什么？

她是全忘了，或者假装忘了。

但是我记得。“记得”，是一个很坏的词，因为它会带来压力。我现在就被“记得”压得不能动弹。那天也如此，那天我被气味控制了。我说，你不觉得它像森林的气味？她继续装聋作哑：我又没到过森林。实际她是到过的，而且到过多次，有次还是跟我一起。买采沙船之前，我们想自己做一艘新的，在熟人的介绍下，两人去白岩坡选木材。白岩坡海拔千余米，荫翳蔽日的密林中，散淡而隐蔽地居住着农户，农户的私人柴山里，往往蓄着几根大树，以往，这些大树都留着做棺材（他们叫寿材），大树们也知道自己的使命，还在青壮年时，就做出很老成持重很让人放心的架势，凑近了闻，能闻出陈醋似的酸；它们本着对未来的受主高度负责的精神，提早在自己体内培植这种酸，以备将来百虫不侵。这样的树，鸟也不在上面做窝的，怕闹着它们，也怕玷污了神圣。不过这都是以前的事了，到而今，农户们都尽量把大树变成钱，能卖掉的绝对不留，至于寿材，时候到了再说吧。他们曾经把寿材看得那么重，还很年轻的时候，就一天天陪着那棵树成长，每从它身旁路过，都仰头望一望，伸手摸一摸，寂寞了，或有了不能道与他人的闹心事，还会来到它身边，坐下来跟它说好一阵话，漫长的岁月里，他们的生命和寿材的生命，互相熟悉，彼此浸润，将来的某一天，他们死了，就感觉自己没有死，只不过是把自己养在了那棵树里。死是一种靠近，一种融合，是对生命满含亲情的延伸和扩展，是对来世的某种可以信赖的保证。但现在他们不考虑来世了。跟只相信钱一样，他们只相信今生。正因此，我们能很方便地从他们手里买树。本以为进到山里来，要价会便宜些，结果不是的，开口就咬人。囊中羞涩，只好不买。不买的另一个原因，是那里不通公路，树只能通过滑道“吆”下山。滑道其实是一条干沟，伤口般豁于山体，直贯山脚，万一树在途中粉身碎骨了呢？或者猛冲进大河里了呢？后一种情况是发生过的，一棵抬罐粗的柏木，直插河心，洪波奋勇，水山壁立，将一条过路船像片树叶那样掀翻，幸好没插撞船身，幸好船里只有一人，且凭好水性逃出了险境。要不然，既赔大钱，还背命债。我前世欠了冉小花钱财或感情，今生就要做她一辈子的医生，要是背了命债，恐怕只有当牛做马了。当然，我们没买树的更重要原因，是之前已打听到靠近县城的地方有人出售即将退役的采沙船，还比不上一棵树贵。穷作穷打算，富作富打算，我们那时候，只能作穷打算。

那次，生意没谈成，我们却很快乐，可能是钱依然捏在自己手里，终于没有交出去的缘故吧？那农户也爽直大方，生意不成仁义在，请我们吃他家老腊肉，还采了九月香炖鸡，喝他自酿的苞谷酒。他姓秦，看样子本来是个话包子，可身在深山，儿女又都打工去了，平日里他只能跟牲口、哑巴老婆和自己的影子交流，多数时候嘴也不张，岩石般沉默着，话便闷在肚子里，大部分闷烂了，可剩下的那少部分，也够些耳朵去听的。席间，他从头说到尾，竟都是流行的段子；他家有电视，能收三个频道，他还有手机，每隔十天半月，儿女要给他通一次话，顺便告诉他从城市里沤出的八卦新闻。不过，快吃结束时，他倒说了点好玩的，喝过酒，他反而变得本分了，本分过后就好玩了。他说，这面山名叫扇子骨，有二千七百多米高，白岩坡只是半山腰，靠近山顶的望鼓楼，独独地住着一户人家，是无儿无女的两口子，政府多次动员他们住到白岩坡来，可打死也不愿，他们白天出门种庄稼，能种庄稼的地方离家很远，早上出门，天黑才回，回来的时候，家里已横七竖八睡满了大大小小的野猪，只要能下脚，他们不会赶野猪走，火光里弄了饭吃，就跟野猪同眠，野猪再饿，也不伤他们一根指头。又说，从这里斜插过去，上坡下坎地走十八九里路，有个地方叫雁荡口，就是一口野水塘，野水塘旁边是一块石骨子沙地，沙地外面是万万年的红刺藤，大前年的某一天，有个挖麦冬的药农，突然发现沙地上搭了个鸟巢似的窝棚，窝棚里住着个人，听到响动，那人走出来，是个三十四五岁的妇人，利利索索，端庄美丽，妇人迎着从刺藤斜射过来的阳光，无言无语站着，阳光印在她身上，斑斑点点，像花。站得直直的一棵花树。这以后，山里结不到女人的男人，就常去她那里过夜。也不知谁第一个去，又是受了什么指引。她只接纳光棍，有妻有室的绝不能碰她，谁想冒充光棍去跟她睡，谁就瞎眼睛，拐枣弯有个结婚两年的家伙不信邪，结果刚上身，左眼砰的一声就爆了，像爆一颗火炮。她是见他年轻，还有那么多日子要熬，有父母妻儿要养，手下留情，没让他右眼也爆。她从不收一分钱，光棍们只需顺便带些食盐、红薯、土豆、大米、蔬菜给她，要是没什么可带的，也就不带。人们都说，那妇人是在做肉身布施。山里没人瞧不起她，有些家庭，还写了她的生祭牌位，当菩萨一样供着的。

对这妇人，我跟冉小花都很有兴趣。冉小花的兴趣更浓，嚷着要去雁荡口看看。

我发现，自从来到山里，她就像吃了某种药物，还没开始喝酒（我忘记说过没有，她的酒量不可测度，是喝两杯就显出醉态，再喝几杯就清醒了的那种），就两腮桃红，眼神虚虚的，坐在那里，即便不说一句话，也天然地露几分沾风惹雨的艳骨媚姿。这让我觉得奇怪。不过想想也没什么奇怪的，想必是“山味”的滋养。白岩坡与回龙镇的直线距离，很近，镇子下游三里地，有座石拱桥，因长年被山体遮了阳光，也挡了月光，被称为凉桥，从凉桥直通通上去，就可到白岩坡，如果弄条索道，再慢，十多分钟也能到的。看上去这么近，真要上去一趟，非谦卑地四肢着地、脚蹬手爬不可，你要是想讲点风度，既怕脏手，也怕涴膝盖，还怕费力，那些竖成楼梯状的山道，就居高临下地朝你冷笑。现在，白岩坡底下近千米处的严家村有了井口，公路从严家村修到了镇上，可以坐一段车再步行，即使这样，没有特别的事体，也无人尝试往白岩坡去。路被林木封锁，站在外面看不见路，走在路上也看不见路，自从打工的大批出门，山里人少了，在路上走的少了，路就更不像路了。我跟冉小花这次来，都是抠住石缝土块或攀枝抓草往上爬。爬山爬山，用在这里最形象，也最实在。爬上一步，把横在路上的藤蔓枝条捋开，方能迈下一步；稍不留心，手脸就划出血口子，青冈叶上，伏着一种深黄色的毛毛虫，山里人叫“豁拉子”，要是跟它碰一下，即刻痒到血管里，痛到骨髓里。那是寸步难行的。都说这山上空气好，氧气多得挥瓢望空一舀，就能装满满一瓢，像喝水那样喝到肚子里去，却都畏惧着危途险道，很少人上来喝过。这面山在镇上人眼里，一直很神秘。冉小花是喝醉了氧气，才那么面带桃花身呈艳骨的吧？据说缺氧和醉氧，都会出现这种情况，以前在县文化馆听人闲吹，说某些男女为了体验性高潮的极致（他们叫高峰体验），专门开车去高原上做爱。如果冉小花知道有这种事，会不会动员我跟她去高原旅游一趟？我觉得她会。这家伙，我不知道怎样说她，反正我觉得，她的血液是日夜燃烧着的，她身上有种东西，原始到动物，她有时候喜欢自己是动物。有次我们在街上看到两条狗交欢，她嘻嘻笑，说人自以为高贵，人也确实比动物高贵，但人的高贵，却常常是以损失动物般的自由为代价换来的。话没说得这么文雅，意思是这么个意思。我当时没笑，我想的是，生命是要回访的，当你骤然想起某件事情，让你一惊、一痛、一悔、一乐，都是生命在回访它走过的路，那件事不是你想起来的，是它主动跳出来的。冉小花的生命是在变相回访，她忆起自己的那些传言了，或者她经历传言的那段生命，自己跳出来了，“一个人的传言无论真假，在他的生活中，尤其在他的命运中，往往和他的所作所为居同等地位”，传言是钢钉，再硬的骨头也能揳进去，并最终与你同体，她本应该惊惧痛苦，却以笑来表达。这比前者还要让我怜惜。如果人足够自由，像动物那般自由，就不会出现那些传言——这才应该是她最真实的声音。有好多次，她请求我：你别把我当人，我的天使，你别把我当人。我当然没把她当人，我把她当天使，但她却不满意，很怅然……不过那是在镇上，在她熟悉的环境里。到了这神秘的、氧气多得能舀起来就喝的老山，就是另一个世界，这个世界里清清爽爽，干干净净，没有人头攒动，没有斤斤计较，没有辛酸劳苦，也没有她的传言，她就里里外外放松了，露出醉意蒙眬的本真来了。她的本真让我伤感。但她完全没注意到我的情绪，毫不掩饰自己的迷醉和兴奋。

现在又多出一个神秘的妇人，使她更迷醉，更兴奋。

吃罢了饭，她说，谢明，我们去看看她，我们去看看她！

像“她”是她的亲人，现在要去看她的亲人，让她兴奋得像个孩子。

已是下午三点过，得抓紧下山，哪有时间去看“她”。

但我不愿违拗她。我始终不愿违拗她。我说，我们人生地不熟的，到处乱窜，被毒蛇封了血道，被野猪掏了肠子，还不知道为啥。你要是能说动秦大哥带路，我就去。

秦大哥却连连摆手：去不得去不得，那地方不是我这样的人去的，也不是你这兄弟去的，我老婆嘴巴哑了，耳朵聋了，我总不能再瞎了眼睛。说罢嘿嘿嘿笑。

我们只是去看看她，冉小花说，还有我一路，你怕啥？

可千说万说，姓秦的也不答应。我从没见过冉小花这样能缠人，缠得那姓秦的受不了，干脆锄头一扛，出了屋子。一出屋子就钻进林莽不见了。他老婆见他走了，背着个花篮也出了屋子，同样，身子一隐就不见了，像他们从来没有出现过，我们之前看见的，经历的，都只是一个梦境。然而，灶房里满桌的碗筷，特别是秦大哥用的那个缺口大碗，还在，他老婆吐在火塘边缘那口痰，也在。梦中的马儿骑不得么？可听张大嘴活了九十二岁还依然活着的外公讲，他祖父有回梦到一匹马来到身边，那匹马比黑夜还黑，因而在黑夜里黑得逼眼，它后腿直立，前腿奋张，鬣鬃飘飘，仰天嘶鸣，像在焦躁地寻找骑手。他祖父从没骑过马，却自以为是它寻找的骑手，向马身一靠，就跟马粘上了，只觉黑星乱溅，疾风过耳，待一觉醒来，却睡在一个陌生地方——他已翻过秦巴，到了定边！大半年后，他才从定边回到家乡，差不多是一个乞丐了。现在秦大哥两口子，就骑着我们梦中的马走了。山风一撩一撩的，懒散无心地吹着，却听满山树叶响，响声竟也有色彩，青翠里红黄橙白。我和冉小花从屋里走到屋外，又从屋外走到屋里，像要确证某种真实或某种虚幻，结果发现，真实和虚幻相生相伴，真实和虚幻是同一个池子里的水，有着同样的名字、同样的气味和颜色。无法确证，便回归到眼前的现实，眼前的现实是，饭桌底下，三只玄色笋壳鸡在啄米粒子，除了它们，就是我跟冉小花。我们面面相觑，然后只好把那三只鸡当成主人，跟它们打了招呼，道了感谢，沿来路下山去了。

一路上冉小花闷闷的。

是没能去看望那个做肉身布施的妇人吗？

她的沉闷让我伤感。

如果肉身布施也是一种职业，她似乎在羡慕着那种职业。

回到镇上，骨头散架。去她父母家吃了饭，回到住处，我抓紧洗过澡，便躺到床上去。她独自坐在窗前，又闷了一会儿，才怏怏地进了盥洗室。出来后，她的情绪似乎好转了许多，脖子歪来歪去吹干了头发，吹风机还拿在手上，就叫开了，累哦，累哦，她说。我说我也累，累死了。我腿痛，她说。爬那么高的山，铁打的腿也痛。这回我不应她。我腰痛，她说。我还是不应她。她瞄我一眼，瞄的时候很聚光的，见我也在瞄她，那光就散了，歪歪扭扭哼哼唧唧的了，我脸痛，她自爱自怜地摸摸脸，说。那里有条锯齿形的血印子，是被糖刺铃划的。我曲了曲手肘，左手前肘上有一大块红肿的紫斑，是“豁拉子”蜇的。我们没有经验，都穿着短袖上山。她放了吹风机，两步跑过来，噙住那里亲。我把她推开了，万一真把毒噙到嘴里去了呢。她嘟嘟囔囔，又走到窗前，幽幽怨怨地说，你不关心我，我腿痛，腰痛，好像这里——她揉了揉胸口——也痛，你都不给人家说几句好听的话安慰一下。到了这一步，我就知道，想躲是躲不过去的，也根本不是她所谓说几句好听的话就能解决问题的。我这个债户，可能是天底下最最不能用幸运或倒霉来评判的债户了。我下了床，走到她身边，把浴巾先为她解开，搭到椅背上，再抱起她，放到床上去。要说，我这人是有道德感的，我简直都不明白，自己上辈子欠了她，为什么上辈子没及时还了她，是我上辈子是个混蛋，还是遭遇了什么不测之灾，弄得实在有心无力？她回答不了，我也回答不了，我们都喝过忘川之水，把前生的事情洗去了。幸亏是这样，否则，这个世界该是多么混乱啊，比如今生的一对夫妻，前生却是兄妹，还可能是不同的物种，分明知道这个，却挣不脱缘分的锁链，那就麻烦了。不过隐隐约约还是有所暗示的，有些女人骂自己男人：你这个砍脑壳的！证明他前生是个死囚犯。男人骂自己女人：你这个充军的！证明她前生是个军妓。还有骂你这头猪、你这畜生、你这狗日的、你这龟儿子，等等，都是暗示。不管我前生怎样，今生我是有道德感的人，一旦决定了还债，我就抖擞精神，全力以赴。我的债主，或者说我的病人，今天痛的地方那么多，更需我加倍努力。我确实也做到了。

过后，她说，你治好了我的病。

这等于没说。

但她接着又说了：你晓得吗谢明，我以前最怕到森林里去。

为啥子？

我说了你不许生气。

我不生气。

不行，我现在不能说，等歇一会儿——我现在腰还有点痛，你歇一会儿给我治腰痛的时候，我再告诉你。

我心里冰了一下，下意识地伸手摸了摸。还好，它很争气地没成那种等待枪毙的俘虏模样。今天这么累，身体的某一部分反而生机勃勃，大概也是因为喝够了氧气的缘故。但我确实需要歇歇。我把自己平摊着，让每块骨头都有个依靠，然后问她：为啥要那时候才告诉我？

她柔情似水地偎到我的胸膛上来，发丝弄得我痒一处凉一处。女人的头发真是奇妙的东西，是跟女人的手和舌头一样有表情有心思的东西。所以我奉劝女人们都留长发，要留成我妹妹谢晓秋的头发那么长，有一定难度，因为那需要天生的不泛黄不分叉的发质，但至少，也应该留我妻子冉小花的头发这么长，散开来，披下来，把亮晶晶的脊背遮掩一部分，又不遮全，隐隐约约露出圆润腴白的底子，有了这样的头发，躺到男人的胸膛上，就能让男人痒一处凉一处。她躺在那里，嘴唇里是热乎乎的气流，那气流鱼一样在我胸膛上啄，啄一口吐一个字，像鱼吐泡泡：你，在，那，时，候，不，容，易，给，我，定，罪。

定罪？难道我给她定过罪？

我记不起来了。记不起来就很可能是有过的。

或许是有所愧悔，或许是想早早地知道她的秘密，我没怎么歇，就给她治腰痛。

她舒舒坦坦地仰卧着，说，你知道我以前卖馒头的时候，有时要到村上去卖吧？

我说我知道。

去斑竹村的时候，过了河，要从一大片林子当中穿过。

我说我知道。

我当然知道，读大学的时候，每年放暑假回来，我都跟我堂弟小春去斑竹村钓鱼，那里有个盛水十万立方的堰塞湖，里面的草棒子肥得鳞上都长膘。更何况，以前爷爷奶奶在世的时候，我去乡下看他们，都要从斑竹村经过。

那是片杂木林，她说，除了那条两米宽的路，到处茂密得很，从那里过，像是从地底下过，有时望上去望得到一点太阳光，可我总以为那是星星的光。

我说我知道，里面松树最多，有一段路，松针铺了尺多厚。

每次从那片林子里穿过去后，我都要停下车，吐，恨不得把肠子都吐空。

这是为啥?

气味。我闻不得林子里的气味。

奇怪，林子里的气味不是很好闻吗？特别是松针。

不，一点也不好闻。

她没用枕头，每次我给她治病，只要她躺着，她都不要枕头，连毛巾叠起来那么薄薄的一层，也要扯掉，让自己的脸彻底上扬。我要看着你，她说，就像坐车的时候我要看着路况。此刻，她的头在平平板板的床上很不灵便地向左边摆了一下，又向右边摆了一下，才向我解释她为什么觉得林子里的气味一点也不好闻。

那气味哪，跟那种气味很相似。

哪种?

精液。

我停了下来。

她一把将我抱住，语速很快地说：你答应过我，不要给我定罪。

我没答应过她。我也没给她定罪。真说有罪，也是她自己做出来的，不是我定出来的。

她把我抱得死死的，好像抱了这一回，就不能再抱了。

因为用力的缘故，她声音瑟缩：我以前最厌恶那种气味，所以出了林子，我会吐。穿林子之前我就用手绢把鼻子扎住，但过后还是要吐。是你救了我，你的气味让我好喜欢。我再不怕森林了，别说去斑竹村，就是去扇子骨我也不怕。

我反过手去，想把她僵硬的手指抠开。

每根手指都是一根钢筋。

我还要给你治病呢，我说，你把医生控制成这样，怎么治？

她自动松开了，笑了一下，笑得很浅，又很深。然后她说：我可以流一下眼泪水吗？但是你不要停，你一停我就流不出来了。我记得很清楚，十一岁生日过后，我就再没流过眼泪水了……你就像现在这样子，别停，让我流泪，好吗？

我点点头。

泪水缓缓地滑出她的眼眶，灯光底下，呈淡红色。

滑出一滴，我吃一滴。

泪水很苦，我把她的脸吃得很湿。

我的妻，冉小花，那是第一次也是唯一的一次在我面前流泪。往后的日子里，我无数次揣摩她的泪水为什么有那么苦，但揣摩不透。我把她的经历一段一段地切割：遇上邱波之前——遇上邱波到去重庆之前——去重庆到回到镇上之前。回到镇上后基本上是明明白白的，我原以为遇上邱波之前也是明明白白的，现在我有了怀疑，女儿也是龙的传人，她父母或许没有这境界，生下她就不再生，很可能是再也生不出来了。如果真是这样，她父母应该更加珍惜她才对，可她父母，尤其是父亲，看不出有珍惜她的任何迹象，且不说不去邱波那里为她讨公道，她从重庆回来后，辛辛苦苦地卖“北方馒头”，她父亲却天天泡茶馆，跟一帮人口水滴答地扯国际国内大事，像他是联合国秘书长，是国务院总理。遇上邱波那段时间，应该是明白的，可真有那么明白吗？如果她不满十六就上了邱波的手，到十七岁为他打胎，一年多时间啊，她那么厌恶森林的气味，怎么可能坚持一年多！即便邱波的狠让她着迷，也敌不过对森林的厌恶。厌恶得吐，把肠子都吐空，可不是普普通通的厌恶。除非另有原因。钱？邱波就用他那点可怜的节余，可怜到如同他那两张餐桌上薄薄的油腻一般的节余，蒙住了冉小花的眼睛和心？我以前很肯定地认为不会，现在也不敢贸然下结论了，毕竟，那时候的冉家，连泡菜也卖不出去，生活几乎完全断了来源，能刮下餐桌上的那层油，也是好的。至于她去重庆的三年，我说过，那是个黑洞，黑洞，黑洞！尽管她回来后照旧没什么钱，也没见她穿过一件像样的衣服，我不应该把她往坏处想，但依然是个黑洞。迎来又送往，欢笑复欢笑，猩红之夜，身心俱狂，“钿头云篦击节碎，血色罗裙翻酒污”（她不可测度的酒量，是那时候练出来的吗？），总之做那种事情，都是把钱不当钱花的，古往今来，很难见到做那种事发了财的，相反，柳絮萍轻，风流云散，零落成泥，穷愁收场，倒比比皆是。

我这样说，我知道会有不少人反对，理由是时代不同了，那种职业早已没落，不止在中国，是世界性的没落，而今做那种事情的女子，已没有了秋月春风等闲度的旷达，她们的目的像刀尖一样明确：钱。男人在她们眼里，再不是放浪形骸的才子（事实上也不是），也不是又颓废又精致的文人（事实上也不是），男人只是一根肉，她们在这根肉里找钱；其中的过程，如同一个生产线。她们才没那么蠢，要耗到年老色衰无人问津才收手，她们很懂得保护自己，清洗自己，干上几年，把脱掉的衣服一件件穿上，从阴渠来到阳光底下，就把自己清洗了。在回龙镇，某些女子就凭这种高度务实的精神和闪电般清醒的态度，按月寄钱供哥哥弟弟上学，还帮父母在镇上买房子，然后人也回到家乡，从此上岸舍筏，把自己体体面面地嫁了，锅碗瓢盆，生儿育女，过着令人艳羡和赞美的生活。

我实在不该说这些，这些与冉小花有什么关系？真没有关系就好了……那次她姑姑送李良来，我很想旁敲侧击地问问那个发髻高耸脸条子很长因家住重庆那样的大城市在我们小镇人面前咽泡口水都要摆谱却不上五十岁就长了乒乓球大的眼袋眼袋里盛满忧愁鼻梁上卧着孤单嘴纹里刻着落寞的妻房长辈，如果冉小花白天在一家正经单位打工，晚上就睡在姑姑家里，一切好说，但如果不是呢？所以我想了想还是没有问。后来我又想问问李良，最终也没有问。我宁愿那是个黑洞。我承认我惧怕真相，尽管真相可能拯救我，但也可能撕碎我，为了避开那百分之五十，我宁愿放弃另一个百分之五十。从这个角度说，我的确不像巴人的后代，巴人为了百分之一，不回避百分之九十九。我不要这样。巴人是为了命，为了种族，而我要维护的，是比命和种族更为脆弱的东西，因而也更害怕失去，有更多的顾虑。在我眼里，黑洞不黑，黑洞是光明，至少保留着光明的希望。

她是多么聪明，她摸摸我的胸口，就知道我在哪里脆弱，为什么脆弱。

这里面装了个鸡蛋，有次她对我说。

我悚然一惊。

鸡蛋容易破，别说碰石头，碰啥都会破。

说到这里，她的眼睛沉了一下，突然怒气冲天：谢明，你他妈比我过分，你都数出十二个了！你还记不记得你说出她们名字时的口气？（我说了名字吗？如果说了，绝大部分都是胡诌。）个个都让你怀念！那名字不是用嘴巴说出来的，是用舌头说出来的，每个名字你都用舌头亲过了！而我呢？我呢？我呢？我不像你，过了的人还在那里牵挂着，我没那么多牵挂，过了就过了，像刀厘过一般清！在这点上，我从不拖泥带水，我他妈就有这么不要脸的决绝！（她说自己“不要脸”了。）因为我对他们根本就没有感情！（她说的“他们”。）你不是一直在审问我吗？你听好了，我对他们没有感情，我连衣服也不让他们为我脱，我自己脱！

这句话，够我想一辈子的了。

幸好我的一辈子并不太长。

你那颗鸡蛋要碎，现在就碎吧！她接着怒吼，你要是不能原谅我，再不愿跟我好，我绝不纠缠你，我还没贱到要去纠缠谁，哪怕是你。我只是祝福你，我祝你快乐，祝你幸福，尽管那快乐和幸福不是我给的，我心里会苦，很苦，很苦很苦，但我还是要祝福你。

我像被她打垮了一样，躺在那里一动不动。

她的声音放低了些，可依然留着怒气的底子：谢明，你也不想想，如果我没有那些过去，我会是现在这个样子吗？你爱的不是我现在这个样子吗？

她知道我爱她。我爱她是像爱我自己一样在爱，她是我的本体，我是我自己的镜像。她知道这些，但不知道那正是我痛苦的根源。正像蜻蜓在雨后的水洼里产卵，狗子在院前的路口上吠叫，鱼儿在网袋和刀俎间蹦跶，它们爱惜着自己，却也正是痛苦的根源。

那天夜里，我们少有的平静。赌气到后半夜的时候，她睡着了，依然是“虎卧”的睡姿。我知道，她的身体到处都是报警器，我一碰，就会醒，就会叫，我更知道，我恨不得长出一千只手，每只手都去碰她，让我的手将她覆盖，一寸不留地覆盖。但我控制着，没去碰她，我把双臂枕在头下，想着她说的幸福两个字。这是世间最不可解释的两个字，因为它没有公共标准，它的标准只在每一个人的内心。想当年，我跟初恋女友大约有了一个月恋情的时候，她要我陪她去某编辑部，亲自把一篇小说稿交到一位老编辑手里，那老编辑没上班，经人指点，我们找到他跟办公楼隔得不远的家里去，老编辑非常热情，泡柠檬汁给我们喝，对我初恋女友的才情大加赞赏，说他已在别的刊物看过她两篇作品，早就引起了他的注意，并且在人前预言，说这个眼下还很陌生的名字，五年之后必家喻户晓。老编辑对文学保留着古老的虔敬，认为文学不仅是经国之大业，还涵盖了整个人类生活，所以用家喻户晓来形容一个作家的名声。不过他确实是文学界著名的伯乐，当时国内至少三个大腕级人物，都是他在堆积如山的自由来稿中刨出了他们的处女作，发表时还亲自操刀，写编者按力推。我女友之所以要把自我感觉最满意的一篇小说交到他手上，也是基于他发现人才和培养后进的眼力、热忱和名望。伯乐识别出千里马，千里马高兴，千里马主动来找到伯乐，伯乐也高兴，老编辑手舞足蹈的，谈论文学的同时，直催我们赶快把杯里的喝光；初以为是他时间紧，叫我们喝光了走人，结果不是，他接过空杯，快速起身，又去给我们冲了满满一杯柠檬汁来。他自己肯定特别喜好这种饮料，便觉得它是世上最好的东西，他要用世上最好的东西，来招待千里马和她的男友。两杯柠檬汁下肚，促进了我的消化，回校的公交车上，我想大便了。可那才刚刚起步，要坐四十多分钟。开始，我还能勉强回应女友的兴奋，她被夸得脸颊绯红，双目闪亮，到中途我就完全不行了，连呼吸也不敢，憋得脸肿起来。女友不乐，从她眼神里看出，她把我的紫脸膛肿嘴巴血丝眼当成了嫉妒。幸好校门口有个站点，下了车，我根本没精力管她，直往里飞奔，两旁的夹竹桃花被我荡起的腥风刮得片片飘零。跑了七百多米，到了第二阶梯教室，旁边有个厕所，我救星一样的厕所！当我一头扎进去，感觉到我是多么幸福，我是世界上最幸福的人。厕所斜上方横着一条路，有人结伴从路上走过，说着话，听声音，我不认识他们，只能从通风口看到他们快速闪过的小腿，但他们不知道，我是多么爱他们，我对他们致以最美好的祝福——一个正沉浸在幸福之中的人，祝愿天底下所有人都跟我一样幸福。

这件事让我记忆深刻。在这个平静的夜晚，我想的是，在我身旁，沉睡着一朵美丽的花，我随时可以把这朵花叫醒，让她开放，然而，与花同眠的我，为什么体验不到当初蹲在厕所里那种通透到九天之上的幸福感？一朵夹竹桃花。一朵有毒的花。毒花最美，比如罂粟花。可是花的毒和甜，都是它自己的事，本来与你无关。是你要去舔它的毒，吮它的甜。你沉醉其中，视毒为蜜。这又变成了你自己的事。她有毒吗？曾经是的。很可能是的。她是从毒里长出来的。但自从跟了我，她是水清石见的，这点我可以保证。她与我西安那个大学室友的前妻不同。可是我，不是要从罪恶里榨出洁白，而是要从洁白中榨出罪恶。我干着酷吏的勾当，干着刽子手的勾当。酷吏之所以成为酷吏，除了人性中的恶，还因为他们对自身的罪恶感到恐惧，他们要以别人的恐惧，来消除自己的恐惧。

这种反省并没给我带来宁静。

我辗转反侧，不能入眠。

天快亮的时候，她醒了。她翻过身来，抱住我。我饿，她说。听口气分明知道我没睡着。而我假装熟睡的样子，其实正在体味自身慢慢完整起来的过程。整个夜晚，我都是分裂的，我把我的本体丢了，只留下了冰冷的镜像，当她抱住我，镜像才有了血脉和骨骼，有了体温和呼吸。我饿，她又说。我睁开眼，打了个呵欠，就要起来为她做早饭。平日里，我们有一半时间在我父母家或她父母家吃，有三分之一是在外面馆子里吃，还有三分之一，是两人自己做来吃，所谓自己做，就是我做，她在旁边看着我做。这也是令我妹妹谢晓秋很不舒服的地方。她觉得哥哥吃亏了。从小到大，我没做过饭，做饭的事不是母亲，就是妹妹，我以为我根本不会做饭，可跟冉小花在一起过后，第一次下厨我就发现我会，我走向厨房时的那种自然和自信，就知道自己会，而且肯定还能做得相当不错。确实也不错。比如炒木须肉片，这东西当然吃过，可从不知道怎么个做法，那天，我竟然无师自通地将黑木耳用水发软，去蒂，切成丝，再把莴笋切成丝，放在一旁，先用生姜丝和酸辣椒丁在油锅里煎出味儿，把肉片加入，炒熟起锅，再炒木耳及莴笋，将熟未熟之际，将肉片和进去，让肉味儿及菜味儿充分渗透，便舀进盘子里，吃起来辣脆适度，满口生香。她喜欢得很，吃一筷子为我鼓一下掌，说你太能干了，我的天使，你太能干了。我说我以前从没炒过菜，不知道现在怎么就会了。对此她完全相信，她说你是我天生的厨师，你记住你的厨艺是为我而生的，你要是不跟我跟了别人，照样不会做厨。后来当县文化馆那家伙说了我前世欠她的，而且我也老老实实转告给她过后，她更加得意了，说，我没说错吧，你欠我的，记住了！她说我不是欠她钱，是欠她情，那么为她做饭，也是还情的一部分。

这天凌晨，听她说饿，还说了两次，我当然不能听而不闻，很自觉地就要起来。

她一把将我压住，重复说，我饿。

我去给你煮两个鸡蛋。

鸡蛋不好吃。

那就熬稀饭。

稀饭也不好吃。

干饭。

更不好吃。

那咋办呢，这么早，外面的馆子都还没开门，胖儿餐厅更没开门。

那些都不好吃!

这明显就是故意为难我了。

傻瓜，我不是肚子饿!

我明白了。

没等我为她治病（饿病），她身子一耸，像长到我身上来一样，热扑扑地说：谢明哪你晓得不，你总是让我饿，我不是说你没有喂好我，你每次都把我喂得饱饱的，但转过身来我就又饿得慌。你让我有这么强烈的欲望，我自己都感到吃惊。以前，我对这个半点兴趣也没有，偶尔有那么一点，也完全可以自给自足（她似乎推翻了自己昨夜的话），你把我自给自足的乐趣彻底没收了，我离不得你了。你晓得不，你不能让我饿，不能吊我的胃口，我是你养的鱼，你要随时把我喂饱，把我养得肥肥的，嘻嘻。

我转过脸，咬住了她的耳垂。她张开嘴，像缺氧那样呼吸。

第六章

那是很久以前的事了，只是我现在想起来了。我从中明白了一个道理，事情发生的时候，并不一定是真正发生，只有那件事在人身上起了反应，才是货真价实的发生。或许这样说更恰当：有些事情从来也没有发生过，有些只发生一次，还有一些，要发生两次甚至多次。这跟人的活着与死亡是一样的，有些人从来就没有活过，有些人只活一次，另一些人会活若干次，极少数人，永远活着；死亡可以此类比。

那天上午十点左右，我跟冉小花站在河沿，河水的气息让我想起了那段经历；此刻我对你讲述，再次想起了那段经历，可见那段经历至少重复过三次。它还会继续重复下去吗？但愿会！这要看我的时间了。我说过我的时间已变得无限富有，其实无限富有也就是无限贫穷，物极必反，真是智者之言。我在没有时间或时间变得无限富有的时候，终于发现了时间的奥秘，她是一个女人，是万物之母，她体态丰腴，嘴唇艳红，神态安详地在水中游弋。她那壮硕长大的身材，让我想起《诗经》，《诗经》里的美女被称为硕女，硕大之女，后世注家们很败兴地解释道：因为体力劳动的需要，人们喜欢那些健壮的女人。他们哪里知道，只要是女人，都是硕女，时间更是。《诗经》写的是时间，不是人世。一个久不读书且以后也不可能再读书的人，却口口声声说《诗经》，真是滑稽。李兴这个初中毕业生听了也会嘲笑我。我还是说时间。时间用她的嘴唇生出时间，也用她的嘴唇吃掉时间。我看见，她在水中找到那些死去的生物，无喜无悲地把时间从他们眼球里取走，放进自己的嘴唇，再轻柔地抚摸一下逝者的鼻子，赋予他们另一种时间，让他们以另一种方式活着。她不必去岸上，所有岸上的亡者，或迟或早都会来水中报到。时间属水，万物属水。

黄金镇那个结两个老婆两个老婆都跟人跑了的神经病，要是再提出关于时间的一系列问题，我就会代馆长回答，绝不至于让受人尊敬的馆长面红耳赤地尴尬。

但在当时，我还没有看到时间的形貌，因而回答不了，只能让馆长尴尬。

我跟冉小花都不知道会出事的那个上午，我同样没有看到时间的形貌，因而想都没想时间这回事，我只是被冉小花那句话给捆住了，我又没到过森林，她说。

这让我心生怜悯。

她在回避什么呢？

也是因为心中有爱，才让她变得如此脆弱，以至于要否认自己显而易见的往昔？

那天清早，我们还旧话重提，说生活过得没意思呢。某种角度上，这是真话，那次去县文化馆给老馆长送礼过后，我就感觉到了自己的局促、缺失和苍白，就感觉到杯里的水并不一定比溢出去的水更有价值，尤其比不上溢出去的水那份打理人世的清醒和从容；但更多的时候，它是假话，所谓没意思，很可能只是欲壑难填。我觉得冉小花也是这样看的。真没有意思，我们就不会躺回到床上，延续夜里的激情。我们是逮住大雾弥漫这个理由，攫取埋藏在对方身体里的激情。忧伤的激情。

立秋过后的十多天，天天有晨雾，都被我们放过了，这天终于被我们逮住。两个人，她和我，好像接受了某种启示，产生了还没上升到意识的预见，冥冥中看到了时间吃掉时间的景象。这是否与老镇长家的哀乐有关？当时没注意到，现在想起来，我们回到床上去做爱，其实也是一种诉说，跟哀乐一样。我们的节奏跟哀乐的节奏完全相同，那种抽泣、绝望以及对生命疯狂的攫取和沉痛到骨的告别，跟哀乐完全相同。

她究竟比我勇敢，也比我坚定，要不是她说她肚子阴痛阴痛的，我们将错过这次诉说。

她在我面前总是强势的。我喜欢她的强势。

然而，她为什么要否认自己到过森林呢？

她的强势是不是跟溺水者的救命稻草有着同样的质地呢？

我无法回答。我只是鲜明地感觉到，爱，让我们有时候确实脆弱到不愿意承认爱。这可能是我的原因。她说我一直在审问她，其实没有，我只不过是在探究和验证着爱的前因后果。可事实上，爱没有前因后果，爱是爱的因，也是爱的果，爱是爱本身，爱本身就是永恒，是引领我们通往完整、快乐和幸福的唯一革命。

一不小心谈到这样的话题，让我情不自禁地又想起马婆婆来了。

我曾见马婆婆喂一名流浪猫。那名猫被她称为黑儿，浑身黑，只是眼睛周围镶着细细的一层黄边。那天她提着粮袋，走到中街的大连路——我们回龙镇，既有着农耕时代的简朴，也有着现代化的狂傲野心，镇子分成上、中、下三段，且像国界一样庄严地立着界碑，每块界碑之间，又梳理出若干条“路”，从这些路的名字看出，回龙镇人不仅有全国眼光，还有世界眼光，这不是发现了天然气、来了外地人和外国人之后才如此，老早就这样的，比如曾被洪水冲成空坝、我在那里开过磨面厂的地方（现在那片地上早已是高楼林立），叫长春路，还有北京路、上海路、广州路、武汉路、西安路、成都路、重庆路、巴黎路、莫斯科路等，南门码头上的那个广场，即给财娃搭了个窝棚的广场，我一直没好意思说出它的名字，它叫圣日尔曼广场。——那天，马婆婆到了大连路，大连路西头靠近深圳路的拐角处，有三面断墙（回龙镇有不少这样的断墙），围成一个没有封口的三角形，豁口处隐约可见里面红红绿绿的垃圾袋，暧昧的气息如细瘦长身的赤虫，钻进每一个路过的鼻子，马婆婆站在豁口边缘，任随那些虫子往鼻孔里扎，拖长了声音呼唤：黑儿，黑儿。黑儿一跃而出，胡子上沾着根败草，站在她脚下，抬了头朝她叫，且贴住她的腿，蹭着，扭动着转圈。她蹲下身，先在墙角一口残碗里放上粮食，再从荷包里摸出一把米黄色的塑料梳子，为它清理胡子和背脊。看到这景象，我笑了一下。但笑这一下过后就再也笑不出来了。黑儿肚子瘪瘪的，看上去很饿，却不忙着吃，尾巴直如旗杆，把头弯下去，在马婆婆的掌窝里使力拱，同时长一声短一声：妈妈！妈妈！妈妈！是的，它不是叫喵喵，而是叫妈妈，我亲耳听见的。那一刻，我觉得马婆婆是个白发苍苍的圣母，她喂养着黑儿的身体，也触摸到了黑儿的灵魂。

马婆婆去世后，有三个穿着回龙中学校服的学生先后来她家里。第一个来时，她已换上寿衣寿鞋，平躺在堂屋的板材上，寿衣十分臃肿，使她胖了好大一圈，那学生望见摆放得整整齐齐用麻丝套住的一双脚，有所迟疑，慢慢挨进门槛，待望见靠里墙那张苍白如骨的脸，瑟缩一下，退出去，走了。第二个来时，因为第一个的缘故，引起了不少人注意，他感觉到别人在注意他，很不好意思，只在门外瞄了一眼，便做出来看热闹却没什么热闹可看的样子，离开了。第三个是个女生，她像听到上课铃响冲进教室那样冲进灵堂，迈过门槛后猝然一停，慢下脚步，走到马婆婆头边，弯下身，摸着马婆婆的脸，说婆婆，你醒醒，你醒醒。像撒娇。马婆婆没理她。她噘着嘴，掏出一份试卷，让婆婆看，说这是两天前考试的数学，她得了满分，比第二名多了十八分。到这时候，女生的眼泪才流出来。

人们事后才得知，三个学生都是高中生，从上初中就受着马婆婆的资助。马婆婆跟她老伴退休前都是回龙中学的工人，老伴在食堂上班，她做楼管，退休工资很低，两儿一女，一个在市里，两个在县城，都奔忙着各自的生活，偶尔回家看看父母，买些冰糖、牛奶、燕麦片之类，钱是不给的。老两口的一日三餐，都相当简单，连水果也少吃，并不是吃不起，工资再低，也缺不了那一点吃，何况他们还有外水，马婆婆的老伴退休后，一直在餐馆当厨师，马婆婆本人，除偶尔去圣日耳曼广场打牌，绝大多数时候，都挎着背兜，拿着磁铁棒，捡拾纸壳、空矿泉水瓶和散失的铁钉，凑到一定数量，再绑到三轮车上，送到新桥北岸的废品收购站卖掉。

再后来，镇上人又才听说，马婆婆生前，远不止资助过那三个学生。她资助过很多学生。她对那些学生们说，娃娃，你们好好读书，学好了本事，将来也当先生。

在她心里，教师，或者说先生，依然有着至高无上的尊贵地位。

正是听到这些，让我对马婆婆有了疑虑。我觉得，她的热情是不分青红皂白的，有时甚至是稀里糊涂的。她在回龙中学工作几十年，未必不知道那些先生？里面的某些先生，只把教书当成副业，主业是他们的生意，还有的天天打夜麻将，打得天旋地转，飞沙走石，日月无光。有个姓秦的数学老师，某个周末连续打了两天麻将，星期天晚上接着打，到天快亮才回去，周一上午第二节该他上课，学生等了十多分钟没见他来，就去喊他；那老师是从上游大曲中学调来的，单身，镇上没房子，学校就把一个小保管室腾空，分给他住，保管室就在教室旁边。学生喊老半天，才听见里面受到惊吓似的应了一声。半分钟后，他红眼眨巴首如飞蓬地奔进了教室，却只穿着大花内裤。这位秦先生的事迹顺着清溪河，一路流传到县城，进入州河，从州河流传到渠江，从渠江流传到嘉陵江，从嘉陵江流传到长江。这不是夸张，有回我重庆一个大学同学打电话来，就专门问起这件事。

再说马婆婆资助的那些贫困生，有几个在好好读书？他们饿着的时候想饭吃，吃饱了饭想吃更好的饭，很少去想想怎样才算对得起自己经受的贫穷，而且从不记恩。那些学生当中，真正像样的，只有马婆婆去世后给她“看”卷子的那个女生，那女生考上了华南理工大学，今年考上的，二十多天前收到了录取通知，再过十来天就该入学了；收到通知书那天，她去看了公公，也就是马婆婆的老伴，然后去马婆婆墓前烧了纸。其余的，都是一去之后再无影踪。有个叫覃中安的男生，受马婆婆资助长达五年，每次从马婆婆手里接过钱，他都跪下给她磕头，额头撞得砰砰响，拉都拉不起来。本以为他懂得人情之重，将来定会有一番出息的。他确实也考上了新州大学，那是十多年前的事，然而，毕业之后，别说来看望马婆婆，连家门也没落过，父母也没认过，一年三百六十五天，流窜于全国各大城市，以骗女人为生，骗色，也骗钱，当女人将他识破，找他还钱，或者还没识破就装上了窑（回龙镇把男人让女人怀孕叫装窑），他便及时消失。他说，最聪明的人，就是懂得及时罢手及时消失的人，他说他的原则是，对那些漂亮的傻妞，能多匋一天就多匋一天，不能了就跑路。这样混了四年多。四年多以后的那个秋末，他在杭州跟一个女子泡咖啡馆时，终于被捉拿。他被判刑时，马婆婆还健在的，而且知道这消息。当然知道。这消息在回龙镇说家喻户晓，一点也不过分，连望鼓楼那对跟野猪同眠的夫妻，包括那个在雁荡口做肉身布施的女人，也一定有所耳闻，原因是覃中安越矩了。回龙镇的男人不抢劫女人，不强暴女人，同时也不屑于以欺骗手段获取女人的钱财和肉体，就连邱波那杂种，想把冉小花弄上手，也还知道刮下餐桌上那层油去笼络冉小花，何况这种手段他可能也没使过，而是凭身上的狠把冉小花迷住，按冉小花自己的说法，她是被一个“成熟男人”带走的。总之邱波没有越矩。乡镇人是凭规矩生活的，规矩比法律更古老，更日常，因而也更深入人心。覃中安无视规矩，自然被广泛谈论，也被集体唾骂，谈论和唾骂之余，又陷入无以言说的怅惘和悲伤。对此，马婆婆该如何去想，又该如何承受？那时候，除老伴外，连儿女也不知道她资助学生包括资助覃中安的事情，没有谁去问她，现在知道了，又无法去问她；问她老伴，老伴也说不清，因为她从没表现出来过，老伴唯一说得清的，是她一如既往。

何大盛指责她冷漠，自然没有道理，但我说她不分青红皂白，想必你也不会反对。

有时候我想，马婆婆是不是在行善消灾啊？

你别笑，我不喜欢你那样笑。我不怕亵渎神灵。我是那样想的，就老老实实那样说。放生为了求生，拜佛为了求佛，我吃着这种实用主义的奶，还喝着它的血，啃着它的骨头，于是它变成了我自己的血和我自己的骨头。你跟我吃进的，其实是同样的食物，你我是一路人，你骗不了我。每个人都看不见自己，从镜子里看见的，是虚化的自己。每个人都是通过别人看到真实的自己，比如我通过你，看到了我，同时又通过我，看到了你。人身体的各个部位都是有表情的，不止脸上才有。你别以为你现在那样笑，还皱着眉头，做出一副不同意甚至厌恶我那样说的样子，就能显示你比我洁净和高尚，你跷起来的二郎腿露馅了，你那腿哆嗦干什么？是想掩饰么？可你知道那叫穷哆嗦，穷者困也，证明掩饰无效。还有你那双手，你别藏，我已经看见了，我看见你手上长满了眼睛，精于算计的眼睛，指拇根根弯曲，是抓拿的架势，有风从门前过，你也想一把抓进屋；每根指拇还靠得那么紧，是严密的防范，担心别人从你手里取走什么。所以你别跟我来那一套，你要是不愿意听我说，我保证闭嘴，要是还愿意听，就不要让我分心，让我抓紧时间说下去。

关于马婆婆的事情，镇上自然有过不少的议论，绝大多数人跟我是一样的看法。当然也有部分人的心比较软，不说马婆婆是有所图，或者行善消灾（行善消灾本身就是有所图），而是说，马婆婆笨，把自己整得那样惨，却真金白银地去帮助别人，如果个个争气还好，大多数分明不争气，还出了个覃中安那样的孽障，为什么还不醒悟？今年五月中旬的一天，我跟冉小花去胖儿餐厅，就听武汉路的郑屠户这样说。这个从十五岁开始杀生，日杀十数条猪，杀了将近四十年的家伙，竟然比我的心软。那天也是我倒霉，从三月份过后，李兴就很少去餐厅了，可那天他偏偏在，我们进去的时候，他正跟郑屠户坐在一张桌上聊天。郑屠户先是感叹养猪的越来越少，吃猪肉的越来越少，他的钱也跟着越来越难挣，几级跳跃过后，就说到已去世两年的马婆婆。听了郑屠户的话，李兴说：深怀希望又懂得希望的限度，知道希望有限度却又并不失望，更不绝望，这就是马婆婆，马婆婆不笨。紧接着又是那句：人总得相信点什么。很显然，他觉得这样的话郑屠户是听不明白的，说的时候看着邻桌的我。我没理他。怕他坐过来跟我讨论，我几口下肚，便起身走到门外去等冉小花。谁知他竟追了出来，靠住我，问我怎样看马婆婆这个人，没等我回答，又怯生生地说：信仰、慈悲和热望，是世间最恒久的光明，是温暖人心的三德，这话……如果不是出于礼貌，我会马上逃掉的。我他妈这人就是太讲礼貌了，礼貌大多数时候是虚情假意，还绳索似的捆绑人，可见礼貌不是个好东西。如果我能像黄金镇那个姓桂的神经病，根本不为虚礼束缚，进胖儿餐厅的门，见李兴在，就会立即打转身，反正一顿不吃他家的菜包子又死不了人。但我做不到那样，也活该要受李兴的折磨。

可这天他例外地没把话说完，就打住了。

我眼睛不看他，心在离开他，耳朵却在等他。等老半天耳朵还是空的，就转了一下头。他正盯着斜对面。时间尚早，斜对面的半条街，只有张大嘴一人。张大嘴正在家门前无声地踩着她的缝纫机。时间虽早，可这时节，天亮得早，太阳出得早，一缕新鲜的阳光，端端正正照在张大嘴的额头上，像贴上去的，闪着金光。李兴仿佛被那束光芒吸引，盯住它出神；也就是说，他盯住张大嘴的额头出神。那高得过分的额头里——高得实在过分，岩石般凸出，致使脸部呈一条弯曲乃至折叠的阴影——装的尽是粗鲁、俏皮、是非；至多，在女儿失踪以后，再装一点越来越淡的感伤和念想。可李兴真像被迷住了一样。任何一种出神都含着忧郁，那时候他就很忧郁，忧郁得忘了继续往下说，忘了抓住一切机会，向我这个念过大学的人讨教。回龙镇当然不止我一个大学生，城市里盛传，随便进家公厕，就能碰到两个博士，我们这样的小镇没那么多博士，普普通通的专科生本科生是很多的，但那些人，绝不愿再回到镇上，连县城和市里也不愿回，按他们的说法，宁愿在大城市讨口，也不回老家吃肉，偶尔，他们回来一趟，最多在镇上跟亲人待上半天，就吆三喝六风风火火地去了县城，并窝在县城里把假期耗尽，像小镇太小，装不下他们的庞大。你永远不明白他们在干些什么，又为什么那么风光和忙碌。李兴没机会跟他们接触，就把我当成了唯一的窗口。他不知道这扇窗是瞎的。他不知道这扇窗事实上是一堵墙。他更不知道我隐隐约约地有些恨他，因为他老是让我受折磨。

在他出神的那几分钟，郑屠户没趣地离开了，冉小花也吃好了。冉小花喊他收钱，连喊两声，他都没听见。该多少钱是知道的，身上又有零钞，冉小花就把钱放在桌上，用装包子的小竹蒸笼压住，出来跟我一道走了。

没走多远，我笑嘻嘻地对冉小花说：刚才你看见没有？李兴望着张大嘴的额头出神，那之前还跟我谈信仰，未必张大嘴是神仙下凡？

冉小花似乎不喜欢我这玩笑，没有搭理。

其实我自己也不喜欢。我很清楚，我是出于私心在嘲笑李兴。

又走一段，冉小花才说：谁遇到李兴的那种事，心里都会难过。他不是出神，是神思恍惚。你记不记得一个月前的有一天，下班时我把外套忘在船上了，我半路回去拿，见李良没把尾沙收拾干净，我又收拾了一会儿，回转时天早就黑透了，眉毛样的月亮把四山照得更黑，我正走着，见前面来个人影，吓出一身汗水，急忙躲进路边的芦苇林。待那人走近，发现是李兴，觉得好奇怪，就没招呼他。他直杠杠地往凉桥方向走。这么晚，他要去哪里？还没拿电筒呢。我正要回到路上，见他已转过了身，我就继续躲着，让他走前面。他踉踉跄跄的，几次都要摔倒的样子……嘿，这件事我不是告诉过你吗？

是告诉过我，但我当时想的是，李兴是希望独处吧。别看只是生活在镇上，要独处也难，现代人多的是孤独，少的是独处，李兴成天想的那些事，很多是要在独处中完成的。我承认，出于某种嫉妒，我当时确实只想到了这一点。我简直没将心比心地去念及他的处境，甚至说到他步态踉跄的时候，我也只是嘀咕：既然天那么黑，路又坑坑洼洼，谁不踉跄？未必你冉小花不踉跄？——现在被冉小花点穿，我有些惭愧。

我老早就说过的，将近半年前，李兴遇到了伤心事。

他女儿跟人私奔了。

他女儿名叫李婧，私奔的人是她的表姐夫。

那表姐是她大姨的女儿。今年三月，家住黄金镇的大姨父去世，李婧跟母亲去奔丧。大姨家很缺人手，表哥几年前就跟着县里一帮人，拖家带口到日本当菜农去了，今年春节才回来过一次，所以姨父得病，也没有告诉他，怕他担心，也怕他来来去去的费钱，当然主要是认为病无大碍。姨父一直胃口不错，落气的前一个钟头，还扎扎实实地吃下了两碗米饭和小半碗蒜苗回锅肉。当医生说病人的心脏已停止跳动，表姐才把电话打给表哥，几个钟头后，表哥回复说，这几天回国的机票都买不到了！当哥的大骂妹妹，骂她为什么现在才告诉他。表哥回不来，大姨和表姐，又怄得骨头也化成了眼泪，办理丧事就全靠表姐夫一人。李婧母女到后，算是有了帮手，母亲负责内务，李婧跟表姐夫一道，买东买西，还得四面联络，八方照应。到处是声音，到处是手，每一个声音每一双手，都是问他们要急需品，问本来该到却迟迟未到的治丧人（乡镇上的治丧人组成，比城里的复杂得多，包括阴阳师、灵堂师、掌香师、请水师等数十人），他们要浑身长了手眼，才能看见，才能应答。五天丧期，两人忙得脚不沾地，料峭的春寒里，衣服却被汗水溻住一层又一层。出殡前夜最忙，亲眷和百客，都前来吊唁，要办出几十桌大席，此外还请了狮子队、响器班及若干吹鼓手，狮子队和响器班表演时，鞭炮要不停歇地放，其间，孝子在阴阳先生对着扩音器念诵的经文声中，绕棺跪拜。清溪河流域把这一夜称为办夜，又叫闹丧。李婧和她表姐夫是当然的孝子，但他们没时间去跪拜，他们穿戴着重孝，奔波在各个角落，处理着各种事务。

闹过后是静。次日一早，发完丧，家里突然冷清了。冷清得轰隆一声，冷清得像是坠落。除李婧母女，所有亲戚都已离去。李婧的母亲刘文秀，决定歇一天再走。这一方面是怜惜着姐姐和外甥女的落寞，想再安慰安慰她们，另一方面也与她自己的身体有关。她太累了，腰酸得牙痒。那时候，她已怀有四个月身孕。快满四十六岁的女人，却又怀了孩子！不过在清溪河流域，四十六岁怀孩子倒也并不稀奇，有的妇人五十岁还在生孩子，母亲和女儿同时奶孩子的事情，并不鲜见，前面提到的郑屠户，儿子的满月酒跟外孙的满月酒是同一天办的，就是上个月的事，当母亲的不觉得脸红，当女儿的反倒不好意思。但刘文秀先前并没做好怀孩子的准备，他们生了李婧，就想学冉小花的父母，把女儿也看成龙的传人，本没打算再生，刘文秀还自觉地去安了环，但那东西不知是滑落了，还是坏在肚子里了，总之出了纰漏，又怀上了。既然以这样的方式怀上，证明该那孩子的命。

——就是刘文秀决定歇这一天，闹出了大事。

早饭过后，李婧跟表姐夫一起，把从街坊那里借的东西还了，接着收拾弄脏的街道和家里。单是把嫣红满地的鞭炮屑清扫干净，运往河滩焚烧掉，就费了不下两个钟头。吃过午饭，表姐夫说，他先把桌子和一口大锅搬回家，再回来收拾别的。黄金镇按前后划分街道，大姨家住前街，表姐和表姐夫住后街，两家之间，在湫隘的街巷间拐来拐去，脚步快些，十四五分钟能够走到。那张八仙桌和那口大锅，是表姐夫搬过来办丧事用的。刘文秀对女儿说，你姐姐没力气，你帮你永松哥背那口锅，他扛桌子，免得他跑两趟。李婧乖顺地答应了。

他们这一去，就再没有回到原地方来。

桌子和锅都放在家里，人却失踪了。

整整十天过后，才来了电话，是李婧打给表姐的。

只说了两句。

第一句：我现在跟永松在一起。

第二句：姐姐，我对不起你。

然后哭了半声，电话就断了。

他们在哪里？不知道。半年里，李婧每过一段时间就会打电话回家，但始终不透露自己的行踪。她用的手机号，也还是原来的那个。她在电话上就像某些广告商，只顾自己说，不听对方说，说完就挂。广告商是要抓紧把产品宣传出去，她是怕父母说丧气话。她不怕父母骂她，但怕听丧气话，包括街坊邻里如何评价她的话。

自女儿失踪以后，李兴就很少露面。刘文秀开始也不露面，女儿和她表姐夫失踪的当天，她跟她姐姐去派出所报了案。她怀疑是外甥女家跟谁结了仇，趁永松累了这几天，没剩什么气力，仇人就在他扛桌子回家时把他整死了（没见血迹，多半是勒死的），整死他的同时，顺带也把李婧整死了。整死李婧，要么是为了灭口，要么是把她错认成了她表姐。她跟表姐脸面儿大不相同，但高矮胖瘦相差无几，又垂首勾腰地背着口大锅，杀手慌手忙脚，错认是完全可能的。两人活不见人，死不见尸，多半是被仇家勒死后绑着石头沉了河。去报案的时候，刘文秀就是这样给警察描述了她的猜想。派出所请李婧的表姐去，让她仔细回忆是否跟谁结过仇怨。自从听了姨妈关于杀人沉河的猜想，那个脸颊细长嘴皮削薄的女人，就失去了所有的回忆，平静得如同修女；而她的母亲，陷入了对自己妹妹巨大的愧疚之中，愧疚得把刚刚埋到河对面坟山里的逝者也忘得一干二净，同样无法帮助女儿回忆起他们跟谁有过那么大的血海深仇。报案过后，刘文秀在姐姐家等结果，等了一个礼拜还不见结果，只好悲恸欲绝地回了回龙镇。她去时是三个人（加她肚里的孩子），回来时只有两个。回到家她门也不出，白天晚上躺在床上怄女儿。当李婧把电话打给表姐，事情真相大白，且在回龙镇传扬开后，她不仅从床上爬了起来，还到处露面，本来没什么事需要上街，她也四处走动，碰见熟人，就唉声叹气，别人本来不好问她女儿，见她这样，也要做出关心的样子打听几句，其实也正好满足了自己的好奇心。只要提到李婧的名字，刘文秀便不再叹气，而是把脸一横，眼睛一鼓，像站在她面前的人就是李婧，拖声哑气地开始数落：李婧啊，你不要脸啊，你跟着私奔的人，是你表姐夫啊，你表姐有个三岁的娃娃呀，再说那是在啥节骨眼上？是你姨父刚刚办完丧事啊，般般件件，都证明你李婧不是好东西啊，与其这样子，你还不如被人杀了啊！她把该别人说的话说尽了，却没忘记腾出另一半心思，去观察别人的反应，她希望别人说：没啥的，现在哪讲那些呀，电视上经常放的，不都是那些事么，证明那些事普天下都有，普天下都有的事，就不算事了；跟表姐夫又怎样呢，表姐夫又不是血亲。诸如此类的话，她希望听到，可人家偏偏就没说。最多只是安慰她：年轻人的事情，你想管也管不了，不如不去操那份心。有的倒是顺从她的心意说，可字字句句难听死了：电视里的那些小三哪，任随你怎么骂她，怎么瞧不起她，有的还被原配打得鼻青脸肿，甚至当众撕烂了衣裤，烂得奶子都看得见，羞都遮不住，可你见哪个小三低过头认过错？人家是为了爱情呢，为啥低头？为啥认错？人有千罪万罪，爱情是没罪的！再有一些人，跟刘文秀关系比较亲密，当然不会口口声声小三小四，而是骂李婧的表姐夫，说肯定是那东西勾引了李婧，连表妹都要勾引，可见那人有多脏！这么骂过后，却又反过来说：一个巴掌拍不响，李婧，哼，李婧……

李婧不仅漂亮——回龙镇的女子，不漂亮的有，但难得遇见一个。这跟别处正好相反。我的初恋女友曾经说，回龙镇的女人嫁给回龙镇的男人，真是亏；还说，回龙镇的男人知道自己配不上回龙镇的女人，所以要把她们弄残——可李婧恰恰没残，她不仅漂亮，还有完完整整的十根手指；也就是说，她有着我崇拜的完整。尽管回龙镇人（包括我）从不嫌弃断了一根手指的女人，但十根手指总比九根要好，因为老天是这样安排的，自古以来人们也都是这么长的。因这缘故，我曾经给冉小花商量，想把李婧跟小春撮合。小春比我小两岁半，是我幺爸的独子，按理，到他这岁数，早该结婚了才对，可他连女朋友也没谈。我幺爸在二十世纪八十年代末就做菜油生意，做得红红火火，后来又做钢条生意，钢条生意比菜油生意还好，好很多，他的门市进深很长，钢条摞起来，从门口一直捅进去，捅到黑暗的深处去，他进进出出，都踩着钢条过，他的脚底下老是响起铁器啃咬的声音，那是这个时代的声音。如此家境，要给儿子找个女人，实在是很方便的事情，偏偏小春这么大了连朋友也没谈。他自己不谈。不想谈。没兴趣，他说。他对所有人世都没兴趣，去我船上做事，完全是看重兄弟情分，帮我和冉小花的忙，并不是为挣那几个小钱非去不可，即使他天天泡茶馆，照样少不了他的吃穿，而且比镇上许多人吃得好也穿得好。问题是他连茶馆也不泡，空闲下来，就坐在一个地方发呆，想呆多久就呆多久，谁要是说他浪费光阴，他会盯住你的眼睛，格外认真地告诉你：一辈子的光阴，不就是用来浪费的吗？我说过，我父亲这边，祖上是农民，父亲去县里读了畜牧技术学校，回到镇上，在兽防站当防疫员，他上班不久，幺爸也跟到了镇上，开始了他的生意人生涯，他的血液里没有生意人的底子，却有着旧式生意人的习性，头天无论睡多晚，次日也是很早就起来，他说这样做，是不让那些急需货物的人，去门市上找不到你；只要他起来，全家人都得起来，小春自然也得起来，幺妈起来是司火司厨地做早饭，小春则是把门开了，傍门坐了，看街对面的蝙蝠在晨光来临之前作最后一次飞行或捕猎，然后将自己倒挂于檐际。他以前做过不少事，样样事情都比在我船上轻松，挣的钱也并不少多少，但无一例外都是做些日子就不做了，没有任何理由，唯一的理由就是：没兴趣。他对女人也没兴趣。对爱情更没兴趣。爱情？他慢条斯理细声细气地说，太累人了。

在他眼里，爱情比在我船上选矿还累人。

对父母、兄弟和朋友，他孝顺、友善、热忱、义气，可就是对女人和爱情提不起劲儿。他的这种态度，作为男人的我是不理解的，作为女人的冉小花，反倒更能理解一些似的，听我说想把李婧介绍给小春，她首先问我：你觉得你能把小春说动吗？

这个还真没有把握。不记得是去年的某个时候，有天晚上，我去幺爸家借钢锯，准备把厨房里锈蚀之后再也取不下来的铁刀架锯掉，进屋时正碰上他们吃晚饭，幺爸不由分说，硬拉我上席，且去里屋拎出一瓶白酒，给我和他各倒了一大杯。喝过几巡，幺爸突然说：小春，今天只有你哥在这里，没有外人，你要老老实实讲，你到底为啥不要女人？幺妈这时候插话，说前几天，做棉花糖生意的王嫂又给他介绍了一个，又被他推了。王嫂是个热心人，很喜欢说媒，给小春说了不下五个，都被他推了，也不知他拢共推掉二十个还是三十个了。待幺妈说完，幺爸接着他开头的话：古话讲，不孝有三，无后为大，你不要女人，是断老子谢天贵的后你晓得不？你以为给老子添碗饭就叫孝顺？给老子买个助听器就叫孝顺？（幺爸耳朵不好，小春特意从上海给他邮购了一副助听器。）你要找个女人睡，给老子睡出个娃娃才叫孝顺，不然你就是个爆烟儿！“爆烟儿”是回龙镇骂人的狠话，我也解释不清它的确切意思，反正是狠话，狠到毒的话。话来得这么陡，我以为小春至少会解释一下，哪怕说声“没兴趣”；即便沉默，也会低头，皱眉，或者别的，总之会有所反应。可他啥反应也没有。他淡然地从鸡汤里拈出一块土豆，用筷子夹成四份，一份一份地吃，不慌不忙，慢条斯理。这是他平常的节奏。幺爸凶狠地紧着腮帮，忍着气，忍了至少三分钟，终于爆出一声：你狗日的总要放个屁呀！小春看了父亲一眼，眼神里有一丝诧异，像不明白父亲为什么生气。他自己就从不生气。看了那一眼，他又拈起一箸芹菜送进嘴里，依旧是不慌不忙，慢条斯理，像在咀嚼他从没在意过也永远不会在意的光阴。幺爸彻底没了脾气。对儿子，幺爸真是束手无策的，有次他对我说，明娃呀，人家说死猪不怕开水烫，小春就跟死猪差不多。李良来后，幺爸又对我说：小春比李良都不如！

尽管小春是那副态度，但毕竟，我从没亲口劝过他。倒不是自恋或自大，我觉得跟幺爸幺妈的话相比，小春更愿意听我的，对说动他我虽然没有把握，却也并非完全不可能。

冉小花却又问我，你觉得有意思吗？

这话真把我问住了，我答不上来。

他为啥更听你的？冉小花说，是因为你从不劝他找个女人，更不像幺爸幺妈那样逼他找个女人。

我默然了。我承认她说得对。每个人都在羡慕别人的生活，可同时又觉得，只有自己的生活才是唯一正确的生活，所以世上才有那么多无用的规劝。小春或许比我们谁都聪明，也比我们谁都骄傲，他以骄傲承担消极和虚无，避免人生陷入广大无边的沼泽。

我打消了把李婧跟小春撮合的念头。打消这一念头还有个原因：那次我转述幺爸骂小春要绝他的后，冉小花沉下眼帘，盯住自己的脚尖，还把右边的大脚趾一翘一翘的。她是不是想起了被她拒绝掉的我的那些种子？尽管我父亲从不就我们生儿育女之事说什么，我母亲也只是有感于冉小花平平坦坦的肚皮，背着她叹息几声，但冉小花自己会不会产生诸如亏欠谢家的想法？现在我说把李婧介绍给小春，她会不会因此忆起幺爸骂小春的那些话？……我怕她产生心理负担，更怕伤害她，便从此不提。

幸亏是这样，不然，要是我真去把小春说动了，李婧和她父母也同意了，过后李婧却这么闹腾一下，不是把小春和幺爸幺妈都害了么。

但话又说回来，如果李婧跟了小春，是不是就不会和她表姐夫私奔？

或许是，或许不是，实在难讲。

李婧跟她父亲一样，念完初中就没再上学，父亲是因为病，她是不想上，她觉得上学的意义，就是能在父母盯不到的地方从早到晚地玩儿，初中读完，她觉得自己玩够了，不想再玩了。听上去她是个叛逆的人，其实不是，她的性情实在是好，从没大声武气说过话，总给人温泉般的感觉。她的好性情与修炼无关，与教养的关系即便有，也说不上深密。在她父亲李兴的眼里，只有书，家人和生意，对他和他的书都只是一种围绕，没有这种围绕，或者猛然间有了亏欠心，他会惊悔，但外围是外围，核心是核心，他不会把外围当成核心。他跟妻女说话的时候也不多。难怪刘文秀要抱怨。女儿私奔以后，她对人说，在明确自己怀上了的那个午后，她坐在胖儿餐厅背后的家里，突然觉得有些心跳，心跳几下就跳伤了，且由心伤变成了伤心，这伤心说不出来由，也叫不出名字，却长了牙齿，咬住她，一顿一顿地撕她。她想跟丈夫说说自己的伤心，但丈夫在阳台的躺椅上看他的书，她不好去打搅；主要是跟他说不进油盐。以前还好一些，自从不当摩的司机开了胖儿餐厅，丈夫就越来越往内走，不大跟人接触了。招待顾客只是经营生意，算不上跟人接触。他唯一愿意接触的人，是谢明，许多时候，他把谢明看得比自家人还亲。——刘文秀多次对人说过这话，还当着我的面说过，说话时的神情，仿佛我横刀夺爱一样，实际她不知道，我根本就不想要她丈夫的亲近。不过刘文秀本人倒也不惹人厌，她只在女儿出事后才变得有些神经质，以前她就是寻常的妻子、寻常的母亲、寻常的女人，她跟女儿的关系，母女占六成，姐妹占四成，这也并不特别，回龙镇的母女大都如此，女儿还很小很小的时候，母亲就把她当成大人看，并跟女儿说些类同于姊姊妹妹间的私房话。母亲和女儿，都是女人。总之刘文秀对李婧的影响，不过是寻常的影响，要说她给过李婧怎样淑静的教育，是没有的。

所以李婧的好，简直就是女身的清好，自带一统江山的安定，这尤其难能可贵。

李婧中考刚结束，镇里华强超市的孙老板又听说她打定主意不再上学，当夜就到她家里请她了。孙老板跟李家住得近，彼此是两代的熟人。回龙镇有五个超市，员工基本上是中老年妇女，动作迟缓，还不养眼，要放在别的镇也就罢了，回龙镇可不行，有那么多开采队员呢，还有外国专家呢，这些人都是见过世面的，货可以山寨，钱可以受罪（乡镇超市的物品，大多是山寨货，你知道也没有办法），眼睛再不能受罪了；再说他们在街上到处看见美女，进了你家超市却只能看见黄脸婆，就不高兴，不高兴就不来。孙老板作为女性，还知道美女不仅男人喜欢，女人也喜欢，男女喜欢的角度和种类有别，但像李婧这种水中月镜中花似的美女，是男女通吃的，所以她要来抢。动作那么快，是既怕李婧被别人抢走，也怕她跟别的年轻妹儿一样，宁愿鸽子一样到远方的城市飞来飞去，把挣来的钱欢欢喜喜往铁轨上撒，也不留在镇上打工或做门生意。她们过不来简静的生活，而李婧能过，加上李婧当时还是独女而且以为一辈子都是独女，当母亲的也不想她离得太远，孙老板便顺顺当当地把她抢到了手。她抢对了，她的生意从此好了三成。除开李婧的青春美貌，光她那态度就够“黏”人的。那些大妈乃至婆婆级员工，对顾客虽也像老板要求的那样，尽量客气，可底子里究竟埋着合作社遗风，嗓门粗豪，很不耐烦，你磨蹭一阵，弄乱了货架，却啥都不买，她就给脸色——李婧绝不这样。货架乱了，她收拾，且是轻手轻脚地收拾，还要等你离开那个货架后才收拾，你挑拣半天不买一物，她也照样朝你微笑，叫你慢走。那声音真美。有个山东籍开采队员，去超市里听她说话的时候，煞有介事地摸出一个温度剂，等她说过了，他说：姑娘，你说话的声音是43摄氏度。这正是让人舒服的温度。

哪能想到啊，她不是43摄氏度，而是数百上千度，她是一座活火山。

私奔的时候，她才十九岁多，此前追求她的人结成串，可那些家伙真像是结成串的，要靠了一根绳子的牵引，相互依傍着才有勇气，谁也不敢挣断绳子，独自走到她面前。同时别人也给她介绍过好些，单是王嫂就介绍过三个，都没成。据说是刘文秀看不上。李婧上学的时候，成绩不好，刘文秀尽管爱女儿，却并不知道女儿的金贵，现在知道了，就要青山绿水地留着，寻个好人家。到李婧私奔之前，她一直没有恋爱过。

她是看到母亲大了肚子，害怕切断自己的手指，才不得已以私奔的方式逃掉吗？刘文秀后来说，当她知道自己怀上了，突然间由心伤变为伤心，就是在自我责备，并暗示女儿正是因为害怕，才做出了那坏清白又坏人伦的拙笨事。她这是在为女儿开脱，事实上不大可能。回龙镇的女人，从来就不惮于为男儿牺牲掉一根手指。当然，回龙镇人的血统也在退化，特别是最近这些年，退化得相当厉害（说退化不好听，说变异也行），但就算李婧是退化了的典型，她爸有钱，交得起几万罚款，无须把女儿弄成残疾，因而她的手指是安全的；再说她妈刘文秀早就宣扬过，说无论如何，这都是她的最后一胎，她不会去打B超，也不会去找中医摸脉，她跟丈夫都不在乎肚里的孩子是男是女，之所以准备生下来，完全是顺从天意。这更加证明李婧的手指是安全的。

她知道自己安全，却还是跟表姐夫私奔了。

不管怎么说，这都是一桩丑事。李兴为此伤心，是人之常情。

但我又听刘文秀讲，李婧打电话回来，李兴绝不接听。尽管李婧在电话上只顾自己说，不听别人说，可她到底想听到父母的声音，她好几次哭着要听见爸爸的声音，李兴却就是不接：只要电话响起，他就躲进里屋，把门反锁了。我听刘文秀讲这件事情的时候，距李婧私奔已过去四个多月。四个多月李兴都是如此。这让我觉得，真遇到什么，李兴并不能做到像他自己所说的那样，他跟我一样，也跟许许多多人一样，缺乏慈悲和宽恕的能力。

如此一比较，我似乎不该怀疑马婆婆。那个白发苍苍的老人（在我的印象中，我还是小孩子的时候马婆婆就是白发苍苍的），不懂什么是信仰，也不懂慈悲和热望，她只是让爱旺盛而平静地溢出。她做到她能做的，就是把自己还给了天地。

她死了两年多了，快一千个日子了，还时常被人提起，不管在什么场合，以什么口气和言辞，人们老是提起她，仿佛在前一刻钟，还见她从面前走过。

这是不是可以说，马婆婆还没有死，她还继续活着？

——我呢？我死之后，也会这样被人提起吗？

我不嫉妒李兴，嫉妒马婆婆了。

可我哪有资格嫉妒她，爱让她强大和恒久，我却在爱里变得脆弱。

现在去想这些，又该被你笑话了，尽管我是严肃的。我从来没有像此刻这般严肃过。

因为严肃，所以不怕被你笑话。

这么说来，我也变得勇敢起来了么？

那我得趁此机会，抓紧说我自己的事情。

第七章

我们的船，在下游将近三里的地方，也就是靠近凉桥的地方。那地方也有个名字，叫一碗水，是因为河岸的芭茅地里有眼泉，不知是哪辈祖先淘了个碗大的土坑儿，泉水盛在坑儿里，不盈不亏，最奇的是，再大的暴雨和洪水过去，别处连滚牛宕也被淤泥填满，它却原封原样，不增不减。斜上方的公路修通之前，白岩坡、严家村等地村民去镇上，从山上下到河沿，都从那芭茅地里穿过，若是暑天，去来都要喝几口“碗”里的泉水，泉水旁随时放着一匹新鲜的桐叶，将桐叶一卷，就成了勺，有时二三十人排着队喝，舀第一勺，水是那么多，所有人喝够了，还是那么多。刚把船拖回来时，我们没泊在一碗水，而是驻扎在距南门码头几十米远的河道，之后渐次下移：挖空一点，移动一点。到而今，在本以为挖空了的地方，又被别的船占据。现在的回龙镇，已有不下二十艘采沙船，减速机的轰鸣和铁筛子的摇晃，使河水震荡，挖沙斗从大河的腹中掏出它血污淋漓的肚肠。采沙船再多，我们也不怕，我们已抢先跟客户建立了联系，虽然慢慢地流失了很多，又不可避免地遭遇其他船主疯狂降价带来的恶性竞争，但依然不怕。我们与县河务局领导的关系，与镇政府主要领导和分管领导的关系，还包括与河段所属村子领导的关系，可以说最为牢靠。其他船主只知道给领导塞钱，不懂得人各有癖好，摸准了领导的癖好，才能事半功倍。钱固然是大家都喜爱的，所谓世人以钱财为命，可也因为它的大众特征，使之仅仅成为常规性武器，不能指点打点。比如镇政府分管林业与河道的杜副镇长，十分反感下属和百姓在他面前唯唯诺诺，谁唯唯诺诺，他就捏谁、踩谁，我摸清了他这别具一格的脾气，跟他说话，动不动就来一声去你妈的，他反而非常受用，跟我特别要好。你送一万块钱，可能还不如我那声去你妈的，你拿一万块钱跟他建立起来的，是用了就扔的关系，如同女人的卫生巾，我说声去你妈的，跟他建立起来的却是私人的感情。不要以为感情在这世上真的已经毁尸灭迹了，别跟我谈感情！——县城里时髦的人们把这当成了口头禅，可事实上，古往今来，无论多么孤绝的英雄或魔王，谁也不敢说自己不需要感情，既然需要，证明它不会消亡，某些时候，它还会起到金钱起不到的作用。当然这并不是说就不必送钱了，钱还是要送的，那是基石，但送钱的时候，要让他感觉到你不是在求他，更不是在行贿，而是感情使然，你愿意把钱给他花，他也愿意花你的钱。总之要讲究方法。“屋漏在上，知之在下”，这句古话往往被人曲解，以为说的是群众的眼睛是雪亮的，能及时察觉官僚的背德，其实不是那样，它是指点你：既然屋漏，你就要看清漏在何处，又是怎么漏的，你的任务不是让它不漏（你根本就没有那样的能力），而是在漏的地方去做文章。

我懂得这些道理，因此跟各级领导相处融洽。领导的心也是肉长的，你跟他关系好了，他就不停地喂你好处。我和冉小花得到的好处是，在采沙证年检或审批下来之前，就可以无所顾忌地抢占新的河道。往往是，我们大而化之地挖过了，把那段河扔了，别人才有机会去啃剩骨。这让我想起张大嘴的外公说过的话。那个九十多岁的老人，一生中经历了五次大饥荒，对吃有特别深刻的体察，他总结出了坐大席啃骨头的三字诀：少说话，频点头，舍得丢。意思是，啃骨头的时候，自己绝不能主动跟人说话，别人找你说话，你也不能腾出嘴巴应声，你只点头即可，频频点头，既代表了你的礼貌，也能勾起别人说话的欲望，你就这样让他尽量多说，自己却只管吃；最厉害的要点，是不能把每块骨头都啃干净，把好啃的地方啃了，立即丢掉，去拿下一块。我跟冉小花都没挨过那样的饿，却无师自通地把关于吃的哲学运用得那么好。这并不奇怪，世上的主要哲学，就是关于吃的哲学。

听上去我很得意似的。的确如此。但如果我知道那个在水中游弋的丰腴女人正在等我，知道我正讲给你听的“那天”来得那样快，就不会这样轻浮。

一个人，得意也罢，出口就说生活没意思也罢，其实都是轻浮。

现在回忆起来，那天出事是有预兆的。我们都走到河沿了，还没给小春和李良打电话，这首先就反常。平时都是出门前就打的，多数时候还是早上睁开眼睛就打。我说过，只要我们的电话不去，冉小花的父母就舍不得叫李良起床，而去一道电话根本不行，要打多次去催。小春虽然自觉，却也是听从安排的自觉，严格说来不叫自觉。

如果河上没有打鱼船，我跟冉小花就是步行到一碗水，有，就搭顺水船下去。不管跟渔夫或渔婆（清溪河上有不少渔婆）认识不认识，只要他（她）顺水撒网，都可以搭，这似乎是这条河上不成文的规矩。再小的船坐上去，我们都能坐得四平八稳。古巴人本就是逐水而居的，水的无根，正是他们的无根，水的疏阔，也是他们的疏阔。古巴人曾经占据了蜀地，将而今名扬天下的三星堆人赶走，但后来他们自己放弃了，向大山大水的川东迁徙，成为活跃于川流峡谷间的浪漫精灵，即便最后被秦军重重围困，九死一生的残部，也依然是汇聚到水边。居水者智。水和水抱成一团，才不容易被太阳和风舔干。古巴人不仅长居水边，以渔猎为生，以弓弩为图腾，死去后也多用船棺：将一棵树锯掉三分之一，留下五米左右，挖空成独木舟形状，将死者安放进去。他们的生和死，都与水密不可分，他们是水的一部分。

你可要记住，我现在这样给你讲述这段历史，不只是在讲述祖先的故事，我内心沸腾着的那种远望可以当归的感觉，你能够体会吗？你不能的。你不能我也不怪你。

——实在的，那是多么平常的一天啊。

但不平常的预兆无处不在。

河面上没看见打鱼船，我跟冉小花准备边走边给小春和李良拨电话，可正要动步的时候，我的手机响了。是我幺爸打来的。他刚到胖儿餐厅，听说我们才走一会儿，叫我们等他，他把我们送下去。我幺爸在冷场天生意不紧的时候，会出河打鱼，但只是偶尔。他的船就横在不远处三角形的尖嘴土洲底下，像块漂在水上的干肉。那个土洲三面插入水中，大约有两分地，高出河面五米左右，每年都有人在那里种玉米，每年都只种不收，因为没法收，季节一到，大水一来，土洲被淹，洪水退去，秆子倒伏，再不能抽穗结实。某些年份，秆子还要被淤泥和河沙彻底埋掉。每年都没有收获，可每年都要播种，像是在谱写一则寓言。今年还没发过淹没土洲的洪水，最近十来天，虽然黄金镇连降大雨，使河水涨了不少（并因此弥漫出森林的气息），但离土洲顶部，至少还有两米，而且河水正在迅速消退，我跟冉小花在河沿站这一小会儿，河床就留下一段新鲜的印迹了。这条打破河水向东流的自然法则、自东向西奔涌的河流，发端于大巴山深处，那地方名叫大曲镇，大曲镇的山，说高，高不过回龙镇的扇子骨，却给人高寒荒败的感觉，静的脉，动的风，都森然凛冽，山头大多只长蕨类植物，如丝的白云底下，孤鹰高翔。镇子依山而建，像一家一家的农户，到九百米处，有一个小小的平台，那平台上安放着最重要的机关：镇政府。再上去一点，有个稍阔的平台，安放着大曲中学（穿条大花内裤跑进教室的秦老师，就是从那里调到回龙中学的），教职工连同学生，一共不上三百名，校舍一侧，有条盘山公路，沿着这条路，蛇形而坠，于山脚与国道相接，校舍另一侧，两扇青色的石壁挤成惟妙惟肖的女阴形状，阴唇间潺潺流水，终年不断，那便是这条河流的源头。别看它的名字如女人般温柔，却是逢山开路，裂石穿谷，才激流扬波地成就了百里河道，而沿岸民众，只识其形、用其利，看不透它的孤独，也不在意它的劳苦和沧桑。对此，它多多少少是怀着怨气的，常以桀骜和暴躁表达自己的怨气，水说涨就涨，说退就退，涨如云涌，退如山崩……据县气象部门预测，清溪河今年发大水，大概要等到九月中旬。然而，土洲上的玉米，依然没有收成，是因为播种者用错了药；播种者很可能是想打杀虫剂，却误用了除草剂，玉米叶和地里的野草，都一同枯黄。这似乎是在谱写另一则寓言。

我问幺爸：小春是不是还坐在门口发呆？

哪里呀，幺爸说，老早就出门了，多时到船上去了！

听上去他很不满意我这样问。

他是怕我在指责小春懒。世人的某些坏品性，随时代不同是可能翻案的，比如女子露腿，在明清特别是明朝的某个时期，是坏到可以用石头砸死的，别说露腿，齿也不能露，现在当然是翻过来了，既可露腿，亦可露乳，只要不露出乳头就行（难怪服装店里的石膏女模特，都是不造乳头的）；说不定什么时候，乳头也可以露了。然而据我所知，“懒”从没翻过案，将来是否翻案不知道，但现在还没有。现在，懒既是坏品性，也是坏名声。

幺爸这样过度敏感地维护儿子的名声，是有原因的。

我前面不是说曾想把李婧介绍给小春吗，虽最终罢手，但我不仅给冉小花讲过这事，还给我母亲讲过，不该给母亲讲，老年人，总爱把八字没一撇的事拿出去咋呼。我母亲对人说，谢李两家呀，不仅认识，家境和为人也各自了解，不必像乡间订婚，姑娘要跟着一大扒拉女性亲属，翻山越岭磨破脚板去男方家察考，以前是察考男方有没有残疾；故意叫他搬个什么重物，看他有没有力气；想方设法跟他邻居私下聊几句，看他品行端不端；屋旮旯墙角落四处瞅瞅，数数农具齐不齐，看这家人勤快不勤快；趁人不注意时叩一叩粮仓，听一听声音，看这家人丰足不丰足……我母亲年龄不算老，眼界和心确实是跟不上了，她对乡间的认识，停留在至少十年前，那时候我爷爷奶奶还在，爷爷奶奶守住河对面杨侯山上的老房子，坚决不愿住到镇上来，逼得晚辈们经常要去山里看望。杨侯山跟扇子骨比，只能叫丘陵，站在远处看，它很像扇子骨的一把椅子，但要去爷爷奶奶家，还是挺远的，过了河，到了冉小花曾经去卖过馒头的斑竹村，再抹斜抹斜地往上爬，一直不歇气，也要爬将近两个钟头。母亲就在那时候见过乡下人订婚。后来爷爷奶奶过世了，每年清明节，母亲都要跟父亲、幺爸幺妈和我们这些晚字辈儿一起，回老家上坟，但都是去了就回，乡间留给母亲的印象，无非是油菜、麦苗、梨花、矮桐子树和长满嫩草的刀脊般的田埂，再就是无声奔跑的土狗，日渐稀少的乡民，以及越来越歪斜的房舍，越来越寂寞的炊烟，越来越寥落的坡地，别的没什么了。她以为乡间永远都会是这幅图景，虽有变化，却带着古老的核心，人再怎么少，只要有，都改不了古老的生活方式，不知道现在乡间的变化已是连血带骨，单说订婚，哪怕扇子骨，也早不是她描述的那样了，现在女方根本不去男方家里，直接问你在镇上买房子没有，没买，免谈，买了，便约个日子，男女双方都从务工地回来，去镇上看房子，看位置，看大小，看房产证上落着谁的名字（如果落的是男方父母而不是小伙子的名字，同样免谈）。女方要是长得好看些，在家里又比较受宠的话，还要求男方去县城买房呢。乡间正如一支手执刀斧的军队，以其笨拙而原始的勇力，杀向城镇。母亲看到镇子一天一天长，还以为是镇子本身要长，不知道那是透壁而入的狂风，正把钢筋混凝土绷开，或者说，那是驻扎下来就不准备拆走的营帐。母亲只是凭肤浅陈旧的印象，再加上一点显示自己见多识广的虚荣心，就出去咋呼，且把一种想法咋呼成事实，像她儿子已经把谢李两家拉到了一起，像她儿子让谢李两家联姻，是做了天大的好事，当然是对李家做了好事，李家应该感谢她儿子才对。

但我前面已经说过，我母亲并非没有见识的人，因此有时候我怀疑，她那样去描述乡间，是在刻意营造一种假象。村里人涌进镇子，不只是改变了村里人的生活，也同时改变了镇里人的生活，母亲拒绝这种改变，就自欺欺人，营造假象，企图在言语上把村里人和镇里人严格区分开，就像李良的母亲企图用满身傲气把大城市人和小城镇人区分开一样。

我母亲那一咋呼，不出所料，咋呼到了李兴和刘文秀的耳朵里。

的确，双方的家境都很了解，彼此也应该满意，特别是李家应该对谢家满意，在回龙镇，谢家绝对算得上殷实人家了。

然而，李兴两口子对小春这个人不满意。

很不满意。

刘文秀当着给她传话的人说：小春哪（摇摇头），哼（摇摇头），太懒了；懒人多作怪，一怪么，就容易垮，太容易垮了，挡都挡不住的（第三次摇头）。

家境再好，也经不住几垮。

这教训古已有之，眼下依然有，将来还会有。以前和将来的，不去说它，远的也不去说，只说现实中的，近的。自从开发出天然气，回龙镇有些农民获得了大笔赔偿金，会用的，能把日子过得滴溜溜转，糟蹋的，也就是眨眼间的电光石火。严家村有个叫严文炳的，丈量屋舍之前，不仅把猪圈齐刷刷地砌上去三层楼，还把山里小罐粗的树连夜挖回，种在自家房前，且在屋后掏个洞，埋口缸子，缸里盛水，从洞口看下去，是明晃晃的一口深井，严文炳说这口井花了他万多元和三十多个劳力。这样七欺八瞒的，加上跟村干部和开采队员工暗中抠手，重复丈量田地柴山，让他得了一百二十四万元赔偿，将事前约定的百分之二十私塞给负责丈量的人，还剩了将近百万。拿到钱的当天，严文炳溜到县城，在新落成的五星级宾馆入住后，腰间捆着二十万现金，去多个彩票点投注。彩票哗哗啦啦从机子里流出，装了几大提包。那时候大约是夜里七点半钟，他回到宾馆，饭也不吃，水也不喝，就开着电视，等着十点左右的开奖。二十万算什么，只要中一注，就能得五百万，交了税还剩四百万，有好几个数字还是一注多投，如果中了……他生动地想象着。他是一个人去的，家里人都不知道，他的行踪和想象，是他后来主动告诉别人的。他想的是，有了那么多钱，他就可以像干部们那样，天天抽中华烟，像前段时间被抓的那位负责城建的副县长那样，包养几个嫩得出水的情妇，副县长跟情妇开房，要被人安装针孔摄像头偷拍，还可能拔出萝卜带出泥，并因此坐监，他是平头百姓，没人管的；他意外地发现了平头百姓的好处，就是可以自由自在地去做领导们偷偷摸摸做的事情。他说除此之外，他还想了很多，但并没具体说明想了什么。总之他就在那里等。等的结果是，他的二十万，换回了四千八百二十六块。他没去兑领。他当即就把所有的彩票撕碎了。他疯了。没全疯，半疯，或者大半疯。不疯的时候，他躲在河对面杨侯山背后五公里外的安置点，跟老头子老太婆们打扑克——安置点比回龙镇大得多，简直是一座城，不过是座空城，后生们都出门打工了，只剩下腿脚麻木目光呆滞的老人，像严文炳这种将近六十岁的，已算那座空城里的年轻人；疯起来后，他就跑到镇上，大冬天也打着赤脚，酷暑天却可能穿着棉袄，见了一名狗也乐呵呵的，乐呵呵地笑，乐呵呵地说他听彩票从机子里流出时，那种如溪水奔流的好听的声音，说他坐在五星级宾馆里宽大的沙发上，盯着电视，想象着中奖后的美好生活，那比人间美好一万倍的生活。住那一夜宾馆，花了他千多元，其实说不上住，他一夜都坐在沙发上，动都没动一下。镇上人见他就骂，说他该背时，说他应了那句“暴财如虎”的古话。回龙镇人不大相信彩票，可能是多次投注却老也不中的缘故，他们发明出了一套理论，认为不中还好，要是中了，厄运也就跟着来了，你拿出去两块，就想收回几百万，相当于你嗑瓜子，却嗑出了一头牛，面对那头牛，你难道不是恐惧而是高兴？问题是，人家严文炳没得暴财，他拿出去的也不是两块，是二十万，别说嗑出一头牛，嗑出十头牛也是他亏，何况他收回的，最多只是一头牛犊，而且还没去领，所以镇上人的那套理论对他并不适用。但他们还是要骂，只是换了更切实的骂法，说那龟儿子，简直没屎出息，就算你出脱了二十万，不是还有八十万么，何至于疯？如果我有八十万，睡着都要笑醒！如果你也像邓辉那样，出脱得一分不剩，还疯得值！

他们说的邓辉，是另一个搬迁户，来自桃源村，他把全部七十多万赔偿金存进卡里，揣着那张卡，去了成都一个郊县的地下赌场，几天就输了个精光，他老婆儿女都不要他，锁了门去了北京，老婆当阿姨，儿女都在工地上干活，他呢，本也想在成都找活儿做，混口饭吃，可老板们发现他的眼珠子猛然间会像石头那样定住，知道这人不对劲，都不愿也不敢收留，于是他就在成都讨口。回龙镇人去成都的时候多，跑生意，看孩子（镇上好几个领导和有钱人家的孩子，都在成都的著名中学念书），因此关于邓辉的事，能够经常传回来，说他虽然沦落为讨口子，身上却没丢了傲气的，三伏天的毒日头下，别人见他要死不活地坐在街道上，可怜他，买瓶水给他，他接过了，咬两下腮帮，从鼻孔里哼出一声响，说，其实我比你有钱！有段时间他讨口到了火车站，某天早上，有个当兵的在店里吃面，他抄着手，站在店门外盯住人家，当兵的从侧面看见他，再难下咽，勉强吃了几口，便把碗推开，叫他吃。他摇摇脑壳。当兵的很自责，觉得，尽管人家是乞丐，也不该把吃剩的给他，于是喊老板：再来一碗。老板问：还加不加鸡蛋？当兵的说，加。面条和煎得金黄的鸡蛋端上来后，当兵的和善而热情地对他说：你吃。他比当兵的更加和善，微笑着，慢悠悠地摇着头：我早上一般都是吃甜食。

如果去说严文炳和邓辉也还嫌远，那就不说他们，只说镇上的。何大盛家里算发财吧，开韩式烧烤店前，他做过好几年的“尖脑壳生意”：收鸟，收蛇，收青蛙，收死猪死狗，然后卖到县城去；在他眼里，天底下没有什么东西不能收购，不能贩卖。回龙镇人把这种生意叫尖脑壳生意，也不知为什么要这样叫法。他收得最多的是蛇，因为县城的餐馆对蛇的需求量相当大，自从他在镇子下游半华里外的新桥北岸桥头搭起简易棚子——这座桥已建成七十多年，可一辈接一辈，都叫它新桥，新桥便成了它的名字，它成了永远不老的桥；以前，桥头只有个废品收购站，马婆婆捡拾的废品，全都是卖到这里来——打起招牌收购活蛇，山里人个个都变成了捕蛇的勇士，无论是乌梢蛇、菜花蛇、青竹扁蛇，还是眼镜蛇、王字蛇、七步倒，见了就追，追上就捉，其间也有被咬死的。岳家坡有个人捉了条比筷子稍长的七步倒，拇指被咬了一口，只咬下了个红印子，根本没见出血，谁知最多走了七步，全身血液便凝固起来，硬翘翘死了。可这样的事情真不多，好多人被咬得血湖血海，割下头发将伤处一捆，再用嘴巴吸出毒来，受十天半月肿胀溃烂的痛苦，依然好好地活着。他们把蛇用蛇皮口袋扎住，等到赶场天来卖给何大盛。有段时间，何大盛的棚子里，蛇皮口袋天天都码半面墙，有天，下游三十里的马家渡有个新媳妇来赶回龙镇，没坐船，走路，走过密匝匝的芭茅林，又走沙地，走到桥头走渴了，也走累了，去何大盛那里要水喝，喝了水，顺势往码得不甚齐整的口袋上一坐，感觉屁股底下冷彻肌骨，还拱来拱去，一问，才知是蛇，吓得翻白眼，流涎子，回去后傻了整整半年。那时候何大盛就挣了不少钱，后来开韩式烧烤店，不说挣得更多，也跟先前有一比，但镇上谁都觉得，他是一棵被虫蛀着的树，随时可能倒。女儿吸毒那阵，并没伤他元气，儿子吸毒，确实是伤元气了，他把儿子用粗大的铁链锁在阁楼上，如果在他儿子毒瘾发作时从滨河路经过，老远就能听见哗啦哗啦的铁链子响，最初还能听见鬼哭狼嚎阴风飒飒的惨叫，听得人寒毛倒竖，后来没有了，据说是何大盛把儿子的嘴封起来了。可他知道，这样下去儿子会死的，只有毒品能让他不死，因此，当儿子实在扛不过去，何大盛就会去买来毒品给儿子注射。这笔花销，让他若干天的收入顿时洗白。在儿子吸毒之前，也就是在女儿死去之前，儿子已经结婚，现在，儿媳还是他的儿媳，每天还去烧烤店忙乎，这是让何大盛深感安慰的，偶尔，他也会有伤感和软弱的时候，这时候他就会对人说：幸好我那儿媳妇争气，还对我们家不离不弃的，要不是她，我都不晓得该咋过下去了。可听的人在心里冷笑，你儿媳守在你家里，只不过因为你那棵树还没有倒，等着瞧吧，快了，不等你彻底倒下，只是听见断裂的声音，她就会跑得不见了影儿！

刘文秀说了小春懒，并因懒而可能多作怪，因多作怪而容易垮，接着又举了这三个例子，给她传话的人听得仔细，转过身又把话传给我幺爸幺妈。我幺爸幺妈非常恼火。他们也不满意儿子，觉得儿子不好，但儿子再不好也是儿子，儿子有千不好万不好，也只能自己说，不能拿给别人去说（这跟后来刘文秀对李婧是同样的心态）。更何况，小春是严文炳吗？是邓辉吗？我幺妈性子温一点，只在家人和隔壁邻舍面前，以温和的方式表达了她的恼火，我幺爸却气得吹胡子。但我幺爸那人，非常注重身边的关系和气场，他不允许自己有一个仇人，更不允许自己有一个敌人，他认为无仇人也无敌人地活在人世，才不单薄，才有旺气，因此，尽管气得那么厉害，他却没在外人面前有过任何表露，连我幺妈那样的表露也没有过（这也是他能在小地方把生意做好的重要原因），他只是关起门来，把小春又从头到脚地臭骂了一顿。而且幺爸特别讲礼性，特别注重与人“随喜”，认为他人有庆，自己也不会贫瘠，所以他心里对李兴两口子再有意见，既然彼此熟识，人家生了儿子，有了喜事，他还是要去送礼。他现在就是去胖儿餐厅给李家送礼。

我知道我问小春那句话让幺爸误解了，便急忙岔开，只叫他慢慢来，我跟冉小花在河沿等他。

然后我马上给小春打了电话。

他确实早就出了门，那时候天还没怎么亮。但他并没去船上。早饭已在家里吃过，他出门也没有特别地想要干什么，无非是现在的回龙镇上已没有一名蝙蝠，他坐在门前没啥可看，就出门随便走走，等着我们的电话安排。没走多远，碰到冉小花的母亲买了大包菜回去（我们四人的中午饭都是我岳母早上做好，装进保温桶，由李良带到船上），他帮忙提菜，也顺便过去等李良。那时候李良还在睡。我打电话给小春时，李良已在吃鸡蛋面了。每天早上，他都吃姑母煮的鸡蛋面，半斤挂面，一把小菜，再加三个鸡蛋。我本来想叫他们赶快到尖嘴土洲这边来，坐幺爸的船下去，考虑到幺爸开始那坚定的口气，怕伤他面子，就没说这话，只嘱咐他们抓紧些，今天这么晏了。

我的心情一点也不好，是因为冉小花否认自己到过森林还是因为别的？我说不清。我只是感觉到，自从坐在胖儿餐厅，谢晓秋带着一身香水味儿进来，我的心情就有些灰暗。尽管前面说了那么多，你一定能听出来，有很多话我都是带着情绪在说，但要我这般灰暗的时候，确实少见，我知道我跟绝大多数人一样，混了人间，睡了爱人，不该再有什么不满足的，尤其是不该感伤和灰暗，这两样东西都是杀人不见血的软刀子。可每个人的世界都很逼仄，逼仄就要受挤压，就要被挡光截明，这也是没办法的事。我们的日常生活，总被看不见的力量所左右，我们害怕乌鸦、狐狸以及某些特别的数字、特别的日子，害怕物价、存款利率和某些神秘人物走出会议室的脸色，也害怕梦兆、疾病、车祸、船难、老人走失、孩子被偷、自己被骗，而且这样的焦虑还在不断繁殖。但越是害怕，越是要竭心尽智地把日子打发下去，就像走夜路的人，越是怕鬼，越要驱赶自己的双腿，奋勇向前，因为无论你多么孤单，多么无力，也没有人能帮你，你必须独处面对。在这过程中，你似乎战胜了些什么，却又情非所愿且不知不觉地陷入了更深的捆绑。有些跟自己无关或关系不大的事情，偏偏长久地成为我们谈说的话题，某些小如绣花针的心绪，也会纠结你很长时间甚至整整一生。对此你可能不信，但你问问自己吧，你把自己当成洋葱，一层一层剥，剥到最后，你发现，你在六岁乃至更早前受到的一次鼓舞或伤害，就铸成了你的性格，而性格决定命运。我以前认为，时间跟空间是两个概念，现在知道我错了，时间本身就是空间，有长度，也有宽度。我念大学的时候，有个美国汉学家到我们校讲学，讲的是人的多重维度，那东西我一点不懂，我唯一懂得的是：人不可能拥有更多的东西。哪怕你到了月球，到了火星，真正让你魂牵梦绕的，或者说真正左右和喂养你的，依然是那点鸡毛蒜皮的人间小事……

我的情绪冉小花明显感觉到了，你是不是又在东想西想的呀？她这样问我。

没有啊，我做出很无辜的样子，我想啥呢？我啥也没想。

哼，没想才怪，你以为我不晓得。我本来就没到过森林嘛！

她实在是太霸气了。她捏准了我爱她，就蛮不讲理，对显而易见的事实也敢明目张胆地否认。不过我不愿意在这件事上跟她纠缠，我说你认为我在想，我就在想吧，但……你到没到过森林，我哪里知道呢？我是听幺爸去给李家送礼，又想起了李婧跟她表姐夫。

她分明知道我在撒谎，也不好说啥。因为她自己就在撒谎。再说我的话也在情在理，对李婧和她表姐夫，镇上人经常谈论，我和冉小花也经常谈论，别人怎么谈论我不十分清楚，我和冉小花谈论的话题是：那对私奔的男女，是在共同办理丧事期间就筹划过，还是李婧帮她表姐夫背锅回去后的临时起意？据说李婧的表姐家临河，黄金镇整条后街都临河，是一条家家有着吊脚楼的老街，吊脚楼高而瘦的柱头，插进河水里，家家户户打开后门，就能走到河边洗衣，泅水，前些年还去河里淘菜。我的看法是，他们事先筹划过。这样说可能有损李婧的贞静，她毕竟还只是个没有恋爱过的姑娘，怎么可能跟自己表姐夫去筹划私奔，然而，“青春自身可以是一种德性，像杨柳发新枝时自然不染埃尘”，这话尽管我也认同，可那是在空气干净的时候，如果空气不干净，甚至黄沙漫天，你看它染不染埃尘！他们倒不一定把筹划的事说出来，但共同的心思肯定是动过了，不然做不到那么利落和决绝；一男一女在一条道上为一件事情奔忙，某个瞬间会产生相濡以沫的感觉，他们被这感觉滋养，彼此怜惜。在我的想象中，那天他们背着东西去后街，把东西放下后，对视一眼，心里一时觉得空，觉得茫然，但不知空在何处，也不知为什么那么茫然，恰在这时候，从上游来了客船，客船突突突的声音老远就能听见，何况每到一个镇子，客船都会拉响汽笛，听到汽笛声，他们的心安定些了，可汽笛是响在近处却指向远方的声音，骨子里带着天涯的气息，他们就心甘情愿地被这声音带走了，带到天涯去了。

但是冉小花不同意我的看法。

以前她没说明理由，今天她说：她表姐夫可能筹划过，李婧没有。

我以为她也是把李婧当成不染尘埃的新枝，结果不是的，因为她又说：女人对男人，大多是一见钟情的爱，一见钟情并不一定是初次见面就产生爱情，他们可能早就认识，但那时候还是熟悉的陌生人，因为男人让女人心动的那一部分还没表现出来，到某个时候表现出来了，女人的爱情突然就醒了，她这时候看到的那个男人，跟她以前认识的那个男人是完全不同的两个人。女人一旦爱上某个男人，就会一直爱下去。男人却从不对女人这样。男人是在比较当中爱上女人，把女人跟女人比较，更主要的是把女人跟自己的需要比较。因为有这样的比较，男人随时可以放弃女人。

我内心震动了一下。这让我想起我初恋女友写过的一篇小说，就是我陪她直接去交到编辑手里的那篇小说。她在那篇小说里宣称，中国是没有爱情传奇的国度。她还借她的女主人公之口，作了如下评述：在中国的爱情故事里，光彩照人的只有女人，男人么，是社会规范的制定者、执行者，也是社会规范的奴隶，他们以孝悌、道义和社会责任为名，来掩饰自己在爱情方面的猥琐和怯懦，到了实在掩饰不下去的时候，干脆撕破脸，头一昂，说，女人不过是衣物，可以换，可以扔。同时中国男人还是权力的狂热追逐者，倾国倾城的美人，比不上倾国倾城的权力。希腊神话为绝世佳丽海伦开绝世之战，罗马大将安东尼为埃及艳后出生入死，英国爱德华八世要美人不要江山，而中国的大情种们，到关键处总是先把女人牺牲掉，跟杨贵妃在天愿为比翼鸟在地愿为连理枝的唐明皇，到了六军不发之际，便掩面救不得、挥泪缢蛾眉；吴三桂曾经“冲冠一怒为红颜”，仔细想想，他不是为红颜，是为男人的面子，更是审时度势，以备将来。某些荡气回肠的爱情经典，比如项羽和虞姬，是虞姬的誓死相依成就了经典，和项羽是没有多大关系的。

冉小花不像我初恋女友懂得那么多，但她凭女人的直觉，还凭对“数不清”的男人的了解，得出了和我初恋女友类似的结论。这让我脸红。

不过漏洞还是显而易见的。当初我初恋女友爱上我，不知道是不是一见钟情，细枝末节地去回忆起来，觉得有那种可能性。跟她恋爱之前不久，我们班有堂体育课，老师拿出十余副羽毛球拍，让我们自己玩。操场被别的系科占据，人多音杂，扰攘得很，我们班就集中在中心花园，在草坪与草坪之间、树丛与树丛之间的马路上玩。她，也就是我的初恋女友，把球打到树梢上去了，那是一棵刺柏树，不算太高，树干却光溜溜的，如打了蜡，她和她的搭档自然是准备放弃，可我说不清那一刻是怎么想的，将拍子一放，跑到那树身底下，两手一伸，双腿一夹（这两个动作是同时完成的），呼啦呼啦就爬了上去，灵便地越过枝条，躲过柏针，把球拿住，扔给她们。然后，我臂膀张开，上身后仰，像坐滑梯那样从树上“坐”了下来。她走到我身边，说，你的手好长哦。说的时候没看我，只看着我的手。我本应该告诉她，在我们回龙镇，就连邱波那种矮胖得像皮球的，也有一双长手臂，无论多么高大光滑的树干，上上下下，都如履平地——这大抵也是祖先的遗传，便于流亡迁徙时作攀爬之用——但出于虚荣，我没告诉她这些，仿佛我这颀长的手臂和矫健的身手，都是世间独一无二的。这之后没过几天，我们就一起打饭吃，一起散步，然后躲进棕榈林拥抱、接吻，正经恋爱起来了，而在此之前，连我的名字她也不一定叫得出来。这么看来，她对我确实可以算得上一见钟情，冉小花关于女人的爱情观，有一定道理。然而，初恋女友没有一直把我爱下去，却是确凿的事实。她因为别人的错误，就断定我也属野蛮人，毫不犹豫地跟我分了手。她很可能把我的长手臂，也连带当成了野蛮的证据，猩猩和猴子，不都是长臂如虹么。对后来的男友和丈夫，她一直爱下去了吗？跟我分手过后，我所知道的，她在大学期间就至少谈了四次恋爱，其中之一也是文学院的，比我们高一个年级，跟我住同一幢宿舍的同一层楼，那家伙像在娘胎里就骑马，长着短短的罗圈腿，不知道她为什么会爱上他。有天晚上我去通宵教室复习功课，临时抱佛脚地准备即将来临的期考，坐下后才发现，她和她的罗圈腿男友，就坐在前面两排。六月中旬，天并不太热，她却穿着明黄色的露背装，亮出白生生的大片脊背，她男友厚实的手掌，就在那光脊背上滑来滑去，像弹竖琴。那时候我虽然有了新女友，但老实说，看到这景象，我差点被口水哽死。我知道她的身体是看起来瘦瘦的，摸起来肉肉的那种，文雅的说法是瘦不露骨。她捧着一本书看，但很明显，一个字也没看进去，她在享受那家伙的抚摸。大约三个星期后，我在楼道口碰见她男友跟他的一个同学，他们端着碗，往食堂方向走，我听见他同学说：天涯何处无芳草，你未必要在一棵草上吊死不成？你已经一天半没吃饭了！从侧面看去，那家伙确实瘦了，胡子拉碴的，脸黑了许多，走路腿也打闪闪。我因此特别注意了他和她的关系：两人果然没在一起了。

说出这段掌故，没别的意思，只是想表明，我的初恋女友对谁也不会一直爱下去。大四下学期，我在阅览室看过她发在某刊上的一个短篇小说，小说主人公依然是女性，在她的主人公看来，爱情如花朵，有开放，也有凋谢，不开放的爱情不是爱情，不凋谢的爱情也不是爱情；她的主人公还认为，不凋谢的花朵是没有香味的，不凋谢的爱情同样如此，而且爱情比花朵还经不起光阴的摧残，爱情之所以美好，全在于不给它凋谢和腐朽的时间。尽管是她主人公在说话，但我知道全是她自己的话，叙述者不是她，她是被叙述，是所谓的“说者被说”。毕业过后，我一直不知道她的消息，直到那次去西安参加我室友父亲的葬礼，才听我室友讲，尽管她在圈内很受宠，文学上似乎也取得了相当的成功，但某些人活得有多成功，往往就有多荒唐。她的口碑很不好。她到处睡人。当然是跟那些能赐她名声的人睡。我室友说这些话时，还没透露他自己的婚姻状况，现在想来，他简直把我的初恋女友当成了他的前妻白燕，他对白燕或许是有所眷恋的缘故，或许是怕话里的倒钩伤着自己的缘故，不好说得太狠，但对跟白燕一样“不守妇道”的女人，比如我的初恋女友，出言刻薄，带着深深的厌恶，一点也不考虑我的情绪（我毕竟跟她恋爱过）。他说：我在市文联有个朋友，是个在西安有点小名的作家，听他讲，中国的文坛，尤其是进入消费时代过后的中国文坛，作家的名声不是靠读者给的，更不是靠作品给的，是像做买卖那样吆喝出来的，经营出来的，绝大多数作家缺乏沉潜的耐心，也缺乏担当的勇气，所以文学会死；她（指我初恋女友）为一个行将断气的东西到处去脱裤子，真他妈不值，真他妈恶心！更让我恶心的，倒不是她到处脱裤子，裤子穿在她身上，她愿意脱，是她自己的事，关键在于，我曾经在武汉办的一本时尚杂志上，看过她一篇写她家庭生活的文章，文章里写她跟丈夫的那个恩爱呀，像天底下的夫妻，只有他俩（主要是她自己）才懂得什么叫恩爱。——真他妈恶心！我室友咯吱咯吱地错动着牙齿，重复说。

第八章

不知你感觉到没有，我像是在怀念什么。不该怀念的，我应该学习冉小花，过去了的人，就跟刀厘过的一般清。“当时草草西窗，都成别后思量”，那是文人们干的事，老实说，某些时候，我更欣赏祛除挂碍，天道无亲，更相信万物只是一场虚设，世间没有真正的拥有，也没有真正的怀念。其实我也并没怀念，我提到初恋女友，跟怀念无关。我没那么大度，更没那么深情和执着，要去怀念一个把我当成野蛮人的女人；即使西安的那室友没告诉过我她的那些事，我也没心思去怀念她。我觉得她不配我怀念。还记得在县城码头夸冉小花漂亮的那个德国人吗？姑娘好漂亮！他说。那个人后来到过回龙镇几次，我们都叫他马克思，他真名叫什么不知道，只因蓄着一部雪白亮眼的大胡子，镇上对马克思画像熟悉的老辈人，就这样叫他，大家也跟着这样叫，他也喜欢别人这样叫。马克思的中文虽说得不好，可他对中国文化很感兴趣，比如“姑娘”这个词，他觉得实在太好了，姑和娘，都是对长辈的称呼，两个字放在一起，却是称呼女子，这证明了中国人心目中女子的贵气。当他看到回龙镇随处可见的断指女性，自然惊讶，但听镇政府秘书讲解了远古的巴人，也讲解了实施几十年的计划生育政策，他的惊讶变成了敬意，对女人，也对男人；他觉得这不仅无损女人的贵气，还增添了，原因是他看到了其中饱含着生命的无奈、隐忍和奋发。我的初恋女友看不透这一层，便只能抛出浅俗之见，来显示自己的高尚和正确，难怪要被人鄙薄，连同学也要鄙薄她。你说我会怀念她吗？不会的，我提到她，是想借此表明，冉小花的看法不对，至少不完全对。

然而，要说跟怀念毫无关系，似乎又难以自圆其说，也难以让人信服，因为我不只在这里提到她，前面还提过若干次。

但我要告诉你的是：在冉小花面前提她，包括这次在内，总共只有两次。

上次是在几十天前。那天下午四点左右，李良弄伤了手，回镇上去包扎，考虑到他没经过事，些微出点血就要了他命似的，虎口上破开一条口子，那还了得！我便叫小春陪他去。他们走了，我跟冉小花也趁势休息一会儿。我俩下了船，坐在河滩大片清凉的卵石上。望着两个远去的背影，我说，李良那家伙，哪像个当了爸爸的人，他儿子豆豆见他刚才那样子，怕也要羞他。冉小花嘁了一声，浅浅地笑，说，我觉得你还蛮喜欢他的。还不是因为他是你表弟！我嘴上这样讲，心里知道不全是那样。我的确喜欢李良。这可能与他脸上嫩得像婴儿屁股的皮肤有关（跟我们在船上风吹日晒这么长时间，竟还是那么嫩），也与他的礼貌有关，但更重要的，我喜欢他就跟喜欢回头的浪子是同样的心态。他来之前，所有知道他的人都把他说得那么不堪，什么吃喝嫖赌样样来，他母亲也亲口对我这样讲过，然而我见到的李良不是那样的。吃和喝，他确实是把好手，可既没赌过，也没嫖过；尽管晚上他睡在他姑父母家，我们没跟着，但累得说话都没力气的人，想必不大可能跑出去嫖或赌。就说他干活像癞蛤蟆，拨一下才知道跳一下，毕竟也不容易，须知他以前是个什么样的人，而且还是从大城市来的；他在回龙镇任何人面前，丝毫也没有他母亲那种大城市居民的优越感。最让我震惊的一次，是有回一起在我父母家吃饭，冉小花以开玩笑的口气，把他母亲对我说过的话转告给他（就是那句“我跟他爸爸商量过，如果我们老两口命长，争取把他养到五十岁，接下来就交给豆豆养了。”），他竟然放下碗筷，躲到一边去静静地哭，越劝越哭。第二天，他比哪天干活都自觉，都卖力，尽管也只是自觉和卖力了那么一天，接下来就恢复了原貌，但也能看出他是有自尊心的，他希望改变自己在父母和别人心目中的形象。因为这些事，我喜欢他，即使批评他，也尽量避开人，轻言细语地指出他的缺点。在某些时候，我喜欢他甚至超过了喜欢小春。人就这么怪，你一辈子做不好不坏的人，就会遭到忽视；你从生到死地做好人，像马婆婆那样，受敬重的同时还要被怀疑；你先做好人再做坏人，就被鄙薄和厌弃；反之，像李良这样，却成“金不换”了。可见先做坏人再做好人，总是占便宜的，也怪不得杀人犯比和尚成佛容易，杀人犯放下屠刀，立地成佛，和尚却要经过一辈子的苦修，苦修之后还不一定能成佛。幸好李良还不算辜负我，我指出他的毛病他都会改，尽管只是当时改一下，从来也没彻底改过。

我这样说起李良的好处，冉小花内心喜悦，把身边一块卵石捡在手里，很怜惜地摩挲。那块卵石胖墩墩的，肌理温润，如果长了鼻子眼睛，真有点像李良。摩挲一阵，她对我说：你放心，李良的表现我都给姑姑汇报过了，姑姑把你呼得面花水流的，说他们又打又骂也扳不直的一根废材，让你轻容易就给扳正了，可见一物降一物。在清溪河流域，“呼”是表扬或叹赏的意思。且别说我并不需要她姑姑来呼我（何况她还没呼到点子上，什么一物降一物，好像我是天煞星），单是提到她姑姑，我就想起冉小花的那三年黑洞。我连衣服也不让他们为我脱，我自己脱！我总感觉到，在冉小花那个深不见底的黑洞里，她姑姑扮演着很不光彩的角色。这当然没有任何依据，有时候连我自己也看出我的蛮横无理，她姑姑是电信公司的职员，又没开宾馆酒楼。再说，冉小花从回龙镇消失的那三年，当真是去了重庆？……我知道自己无理，但还是要那样去想，没有人能禁止我那样去想。如果说，我偶尔会突然对李良有所疏远甚至厌恶，也是觉得，他表姐当年去投奔他们家，那几年却成了他表姐的黑洞。

冉小花每次提到她姑姑，都会坏我的心情，让我很不舒服。不能只让我一个人不舒服，也要让她不舒服。她不舒服了我才能勉强舒服一点。使她不舒服最有效的方法，就是让她想起我的“十二个”。那天不知道为什么，我心里堵得慌，觉得特别难受，觉得只笼统地说“十二个”，已经无法把不舒服还回去，于是我就把初恋女友说出来了。很难讲我说的是初恋女友的真实形貌，我惯于对经验作虚构式回忆，其实每个人的回忆都是虚构式回忆，只是我在这方面显得有些故意为之，因为我相信谎言的力量，我从来就没打算做一个诚实的人。比如说到我初恋女友的才华，我会加重语气，仿佛她的才华天下无双，即便不是石破天惊，也能让石头开出花来，仿佛我当初跟她恋爱，就是爱上了她的才华。对此，冉小花没有多少反应，甚至可以说没有任何反应。这让我发现，男人和女人是两个不同的物种，男人和女人的内部，又要分出若干不同的物种。你当着甲物种的面，赞美乙物种，甲物种是不会吃醋的，正如你把一匹母马赞美得天花乱坠，你身边的女友或老婆也不会吃醋。而我需要冉小花吃醋。于是我另辟蹊径，渲染我初恋女友的瘦不露骨。在这条道上，她们成了同一个物种。冉小花的眼睛浑嘟嘟的，是被我初恋女友的瘦不露骨搅浑的。还不止这样。我在渲染的时候，加入了手感，尽管没说是“我”的手感，但冉小花是明白的。我在等待她发作。有时候，我怀疑自己有精神上的受虐倾向，有受虐倾向的人，往往都有施虐倾向，说不准什么时候，我就会戳一戳她，即她所谓的给她“定罪”，“定罪”不起作用，我再半遮半掩，提及有关“十二个”的只言片语。我要让她跟我一样，受吃醋的熬煎。我就以这样愚蠢的方式，毁掉了我们的许多个夜晚。如果不是她，那许多个夜晚从头至尾都会毁掉，因为她一发作起来，我的火气便愈发旺盛，施虐和受虐，如两把利刀子，对我前后夹击，淋漓的血浇在火上，熊熊燃烧。她也是这样，但她总是在子夜到来之前，寻求各种途径跟我和解（只有一次例外，就是她说“我连衣服也不让他们为我脱，我自己脱”那次），她说，在进入睡眠之前还在跟自己爱的人赌气，她根本就承受不下来。我就为那句“自己爱的人”自动掐灭了火源，尽管我总疑心她的所指并不是我。然后，我顺从了她寻求和解的方法。她的方法五花八门，但九九归一，都是要我为她治病。

那天坐在河滩上，我比哪次都说得过分，都说到具体的人了，都可耻地加入了手感了，她却没有发作。

等老半天也没有。

或许因为是白天，离家又远，她考虑到万一吵起来，不好找和解的途径。我总不能在大白天的河滩上为她治病。

今天站在河沿，我再次说到初恋女友，她同样没有发作。

她本来可以发作的，离家这么近，真吵起来，折回去也方便。

可是她没有。

这反而弄得我手足无措。我觉得她并没听我，她沉浸在自己的情绪里面。闷闷不乐的情绪。那样子，就像那次没能去雁荡口拜望那个做肉身布施的女人。是哀乐的缘故吗？老镇长家的哀乐声实在太响了。怎么会有这么响呢？响得像是从我们耳朵里出来的，响得像我们本身就是哀乐。我们站这位置，能听到鞭炮声并不奇怪，现在的鞭炮都像炸弹，能听到哀乐也不奇怪，只是不该有那么响。然而，再响，也响不过我们清早醒来时听到的声音，但那时候的冉小花，满身滚动着疲乏的生机和欢喜。

证明她这时候的闷闷不乐，并非哀乐的缘故。

既然没听我说初恋女友，又假装不知道河水的气息像森林的气息，且直接否认了自己到过森林，那么，她这样子的心绪荒荒，只剩下一种原因了。

是谢晓秋的香水味儿惹的祸。

一定是这样的，她对谢晓秋的穿着打扮，尤其是香水味儿，太过在意了。

她在意的，不是谢晓秋和她的香水味儿，而是由谢晓秋的香水味儿幻化出的一个人。

反正我他妈就是这样想的，我不打算隐瞒。

之前，我不断回避，到万不得已，我才提到那个人，其实我半个字也不想提他。

但话说到这里再不提他，有些事情就无法抵达。我绕不开他。

好吧，我承认一个成熟男人对少女的诱惑力，但谢晓秋又怎么解释?

——你听出来了，我的妹妹谢晓秋，现在是在为邱波那杂种打扮。

谢晓秋身上的香水味儿，幻化出的是邱波的欲望、邱波的样子。

跟我关系最为亲密的两个女人，竟先后都成为邱波的女人，可以说，这是我生命中最感耻辱的事情。谢晓秋跟邱波好上，我开始是道听途说。那天我在街上走，前面有三个我不认识的妇人，都是四十多接近五十岁模样，她们突然提到谢晓秋的名字，紧接着又提到邱波的名字，把这两个名字连在一起，就像把一枚拉燃了引线的手榴弹和一个婴儿捆在一起。谢晓秋在我心里，就如婴儿般纯洁。我仿佛是要把婴儿从危险中解救出来，跨几个大步，跟那几个妇人靠得更近些。我听见其中一个说，别看邱波长得像他妈个土匪，艳福可不浅。另一个说，乖女娃儿都喜欢土匪，土匪敢杀人放火。这话让我想起那位人类学家关于“打杀文明”的议论。第三个说，敢杀人放火的，玩女人肯定也有一套。第一个用鼻子哼了半声：邱波那样样儿，跟个滚地瓜差不多，我看也不咋的。第三个立即把话接过去：你晓得个屁，俗话说人小鸡巴大，个子矮矮，日×元帅！听到这里，我停下了。我真恨不得彗星撞地球。你责怪我吧，责怪我心胸狭窄腹藏祸水吧，责怪我是反人类的法西斯吧，我就是那样想的，我不隐瞒。我并不是希望彗星把地球毁灭，只把那三个妇人毁灭就够了。多么丑陋的三个人，腰和屁股都脱节了，马上就到更年期了，很可能已经到更年期了。她们知道自己失去了青春，就对青春怀恨，她们不美，就对美貌怀恨，过了更年期她们就模糊了性别，就对自己曾经拥有的性别怀恨。那接下来的几天，我闷声不响，给冉小花治病的时候，照样闷声不响，像石头。这让我的身体显得很沉重。到第三天夜里，我沉重地从冉小花身上下来后，她对我说：一个钟头前你洗澡的时候，电视里正播个新闻，可惜你没看到。我像石头。你晓得是啥新闻吗？我像石头。一起离婚案，她说，女的起诉男的，你想不想听？我翻过身去，背对着她，但还是像石头。她倒是无所谓（可能是刚刚治好了她的脚趾痛的缘故），对着我脊背说：他们做爱的时候，女的叫床，男的却不叫床，女的想他叫，让他叫，求他叫，他就是不叫，女的觉得男的不厚道，也不爱她，要跟他离婚，男的不同意，就闹到法庭上去了。说罢冉小花嘻嘻笑。去他妈的，一点也不好笑！她用根指尖在我背梁上抠，我是很怕痒的人，这天却一点不痒，因此我纹丝不动。看你能坚持到几时，她说，反正我现在手指头又痛，你还要给我治的，不治我睡不着，明天也没法上船；你给我治的时候，还是刚才那样哼都不哼一声，我也要跟你离婚。说罢又嘻嘻笑。我讨厌她笑，讨厌死了。因为讨厌，我真的变成了石头。她终于来了火气，一把将石头扳过来，说：你妹妹的事情，他妈的犯不着跟我生气！

这么说来，她早就知道？

你的话我不明白，我说。

我当时就想好的，如果她敢说谢晓秋跟邱波有一腿，我就要扇她耳光。以前谈到某些让我苦恼的话题时，有好几次我都想扇她耳光，但最终都忍了，这一次我绝不会忍。

你不明白你自己去明白好了，她说。

她真是聪明的，简简单单一句话，就把深渊还给我。思绪如麻。就说一个成熟男人确实是少女杀手，但谢晓秋为邱波打扮的时候，已经不是少女，她的丈夫是力大无比的司机，她的儿子已经四岁多，邱波又是凭什么手段把她带到了“任何地方”？在我看来，依然不是钱，因为谢晓秋自己就很有钱。当然不排除对钱的无限欲望，可我早说过了，谢晓秋不是那种见钱眼开的势利眼。是像那些心甘情愿给满脸刀疤的土匪铺床叠被的女人一样，想从邱波那里获得安全感？这更是笑话。与我妹夫相比，邱波能给予的安全感，相当于茅草泥墙去比钢筋水泥房。难道也是因为邱波的心狠手辣，而且从不隐瞒自己的心狠手辣？“君子因为虚伪丧失了力量，流氓因为真实赢得了光芒”，这就是从古至今美女们总是心仪坏男人的症结所在？去他妈的，我才不信！君子不一定都虚伪，流氓不一定都真实，再说女人也根本承受不了那么多真实。我不信，但无力解释其中的原因。我只觉得，在我们之间，我是说，在我、冉小花、谢晓秋和邱波之间，也存在一个权力结构，邱波处在权力结构的最顶层，我处在最下层。谁都不想被挤压，我也不想，但你要我怎么办？去跟邱波打杀？论个头，他大概只到我胸脯，但如果个头跟勇气和力量成正比，日本当年侵略中国，就不该势如破竹。分明被挤压，却又无力翻身，这让我很郁闷。而作为人的法则是，追求快乐的本性使每个人都成为潜在的革命者，我明显感觉到，我的体内流淌着黑色的汁液，且那黑色的汁液还在不停地从骨头里往外渗。那是因为，我认定邱波的命是必须革的，否则我就没法快乐，我的想法是：将谢晓秋的事情去告诉我妹夫，让我妹夫去收拾邱波。当把我妹夫加进来，我就不在最下层，妹夫在最下层。邱波把冉小花弄上手的时候，冉小花跟我一点关系也没有，他把谢晓秋弄上手时，谢晓秋早为人妇。这两种情况区别巨大。就像我西安那个当年的室友，如果他前妻白燕不是在他们的婚姻期间就跟那个名叫高昌光的家伙勾搭上，他绝不会有那么痛苦。想到这里，我暗自笑了一下。我记得很清楚，我笑了一下。邱波那杂种实在太蠢了，就像当年的日本鬼子很蠢一样，日本鬼子不炸珍珠港，他后来的日子就没那么难过，即便最终失败，也多半不会劈头盖脸地挨那两颗原子弹。我妹夫去对付邱波，就相当于炸在邱波头上的原子弹。尽管邱波对人对己，都心狠手辣，可也敌不过原子弹的轰炸。我想象着我妹夫把邱波像拎一罐液化气那样，在大街上拎着晃荡，想把他往哪里扔就往哪里扔，扔到垃圾桶里、车轮底下，或者拎到滨河路的堤埂上去，手一抛扔进河水，都随他的意。想到这里，我又笑了一下。

我以为自己笑得很隐秘，结果还是被冉小花捕捉到了。

说她是我肚里的蛔虫，真是委屈了她，她是我的意念，是我的光阴。她说，你别想歪点子啊，那会出人命的，四喜……四喜是我妹夫的名字。我一直不愿说出他的名字，是想保护他的隐私，他经常跟干部们打交道，老婆却给他戴绿帽子，说出去影响不好。现在冉小花却把他名字说出来了。幸好没透露他姓什么。冉小花说：四喜那人，对人一团和气，但那是做出来的，也可能是为了生意，反正不是本来就有那么和气。你要看他怎样给干部们开车门，怎样给干部们撩大衣，才能把他看得真。对上恨不得低了脑壳舔沟子的人——他接触的还是村干部呢，要是来头再大些，叫他舔沟子，你看他舔不舔！——是最要提防的，这种人的心最狠。镇政府的杜副镇长特别明白这个道理，所以才对那些讨好他的人不客气，他自己也不讨好上级，可他的上级没有他明白，让他当了十多年副镇长都不把他扶正，他们去扶那些舔他们沟子的人，不知道那些人把自己埋汰得有多贱，恨就有多深，心就有多毒，到某一天，软乎乎的舌头变成了锯齿，变成了豺狗子的爪子，要掏了屁股眼里的肠子吃，或者一把将扶过自己的人推到井里，再往井里砸石头，他们才知道后悔。你要晓得，贱得吸别人脓血舔别人痔疮的家伙，瞅准了时机整人，都是往死里整的。他们要整的人，一是扶过他们的，二是不如他们的。四喜现在仗着势，表面上只仗着村干部，算不上势，但谁都明白，村干部上头是镇干部（特别是那几个村里有井口的村干部，跟镇里某些领导都是称兄道弟），镇干部上头是县干部，这势就大了。我们没去找四喜帮过什么忙，可有好多人都去找过他，还大多帮成了，上个月王嫂的侄儿想做木材生意，要办个林业证，这东西要县里才办得下来，可王嫂只找了四喜，四喜硬就给她侄儿办到了，你想想！四喜知道自己仗势，一团和气里面，其实并不把街坊邻里放在眼里，你当真让他知道了那件事，即使不闹出人命，也要把人家弄得缺胳膊断腿儿，不仅要一辈子的抚养，还要坐监，值吗？你不为自己考虑，也该为你妹妹和你才四岁多的外甥考虑。

这些话，大部分我没怎么听进去，但有几句着实让我打了个激灵，出了身冷汗。

就是关于仗势的话。

她提醒了我：邱波也是仗势的。镇政府聚餐，特别是招待上级的时候，回龙镇的几家酒店虽然就乡镇而言很够档次，但不够有特色，只有两个去处才既够档次又有特色，一是何大盛的韩式烧烤店，二是邱波的丘耳火锅店，前者贴着异域标签，后者临河开轩，情趣盎然，且两家都能吃到拱猪、麂子、锦鸡等野味，偶尔还能吃到从大曲镇野溪里捕获到的娃娃鱼，那些娃娃鱼大曲镇人吃不起，捕获之后，以前是卖到县城去，回龙镇发达后，就大多卖到回龙镇了，价位差不了多少，还近了许多路程。所以镇政府聚餐也好，招待上级也好，基本上都是到那两家去吃，那两家有了好货，也是立即通知他们，他们要么当场去吃掉，要么等某个定了行程的上级领导来再去吃掉。他们都是欠账吃喝，听说已在韩式烧烤店欠了十一万多，在丘耳火锅店欠了八万多。既然欠着邱波的钱，我妹夫真的去动手打了邱波，镇政府肯定要帮邱波说话；毕竟，我妹夫和他们是间接关系，邱波跟他们，却是吹糠见米的。

我诚实地讲出了我的担忧，冉小花听后，不停地摇头，你呀，她说，谢明哪，你呀，你以为四喜有你那么……她嘲讽地笑着，皱了好几下鼻子，才接着说：还读过大学呢，哼！如果邱波请他们吃了八万多，他们当然要帮邱波说话，但那是欠账啊，一笔一笔都记着啊！当某人欠了别人的钱，而且欠了很多，而且还在继续往下欠，他对债主就不是感激了，他只有恨债主的份。镇政府欠了别人的，更是这样，除恨债主让他们背了债，还恨债主败了他们的兴致，扫了他们的颜面——我不是堂堂一级政府么，怎么会欠你私人的钱！可事实上又欠着，想吃吃喝喝和不得不吃吃喝喝的时候，还得再往那里去，进去时人模人样，可酒足饭饱红头花色地正要离开呢，债主就来给他们报账目了，这不是既败兴致又扫颜面么？他们比四喜还要恨邱波呢！哼，四喜绝对比你看得清！

我确实是服了，心服口服。

然而，终归起来，这不仅没有消除我胸中的块垒，反而浇铸得更坚固。此前，我还只是怀疑谢晓秋跟邱波搭腿儿，听冉小花这意思，那分明已是千真万确的事实了。

不要去操心那些事了，冉小花钻进我怀里说，你操心不完的。她又不是小孩子，她跟人家你情我愿，并不存在谁欺负谁。你读过大学，见过大世面，却还是那么古董，总觉得出了那种事，男的就一定是欺负了女的，其实哪里呢！（她讲这些，究竟想说明什么？她是在为谢晓秋的事劝我还是在为她自己的事劝我？）何况……“何况”过后，她顿了好一会儿，又才说：你不是有我吗？我是你的，彻彻底底是你的，你还嫌不够吗？我们在一起这么长时间，你也该对我有一点了解才对，在爱这方面，我绝不撒谎，爱就是爱，不爱就是不爱，我爱别人，会对别人说，爱你，会对你说，这意思是，如果我不爱你，也肯定会告诉你。可我是爱你的呀。而且我一次只能爱一个，听说有些女人可以同时爱几个男人，在几个男人之间游来游去，飞来飞去，我不行，绝对不行，想想都觉得可怕。

她说她彻彻底底属于我，却自始至终回避说她的身体，只说她的心，说她的感情。身体没有彻彻底底属于我，怎么能说她这个人是彻彻底底属于我？再退一步，到底是身体重要还是感情重要？许多人会毫不迟疑地回答：当然是感情。但我要说，这不是回答者自己的回答，而是别人的回答。世间的许多言辞和思想，被切割，被瓜分，却并不是被平等地占有，言辞和思想是另一种财富，能占有它们的只有极少数人，你有了某个绝妙的想法，说出了某句很聪明的话，以为是自己的，其实不是，那是别人的，你只是喉舌，不是大脑。成千上万种事实证明，当某个本该属于你的身体属于了别人，即便只是部分地属于别人，你就不会相信也不会珍视那个身体的拥有者对你付出的感情了。不信，你设身处地将心比心地想想自己吧。我敢肯定，如果白燕在跟我室友的婚姻期间，只是爱高昌光，没跟高昌光上过床，离婚过后，我室友最多产生短时间的失败感，绝不至于那么痛苦。具体到我本人……话该怎么说啊，我真不知道该怎么说，每当我想到冉小花的过去，我就感到四肢瘫软，开始我以为是苦恼得让我累，后来发现，是我在把她从我心里往外推，可使再大的力推都推不出去，所以才累。也是这时候，我才知道她在我心里抓得有多牢靠，她有千手千脚，千手千脚都抠紧了爪子抓住我。我的妻，冉小花，我想不爱你，可是我做不到！

你不给我医手指头了吗？她撩拨着我唯一的一根胸毛，这样问我。

医。当然要医。怎么能不医。我前世欠她的，我以治好她浑身上下轮番来袭的疼和病，偿还债务。她要上来，可想想还是让我上去。她要先用身体感知我还是不是石头。我已经不是石头了。她沉醉地开放着。她身体的内部有另一个她，那个她充满远古的气息，却又春晨般清新，清新而无邪，比花园更美丽，比温泉更柔滑，比峡谷更优雅。我能感觉到她的开合与躲藏。躲藏的全部意义，就是吸引寻找，我在寻找中走得更深。更深处越发通透光明，有着殿宇般的辉煌与华丽。我跨进她的重重门扉，成为她尊贵的客人，也成为她高贵的主人。她也一样。我们互为客人，也互为主人。身体和情感，这时候归于一体。她说，谢明，我是你的。我说，冉小花，你是我的。她说，谢明，你也是我的。我说，冉小花，我当然是你的。她说，谢明，我的天使，你把我全部拿去，一点不剩地拿去，你要要我，你不能不要我，你这家伙有时候折磨我，不想要我，我恨你！我说冉小花，我没有不想要你。说的时候我身上带着毒，带着叮当作响的兵器，我把我的毒和兵器，暴暴地施展，像被压住的是我不共戴天的仇敌。她啊啊几声，又啊啊几声，然后凌凌乱乱地说，我的天使，你打我吧，我知道你好几次都想打我，我等着你打我，但你一直不出手，我恨你！她这是什么意思？我有精神上的受虐倾向，她却有身体上的？我觉得不是，她以前只叫我轻薄她，没叫我打她。她是承认了为邱波打胎也承认了那三年黑洞，便想借我的手来减轻自己的愧疚和罪孽吗？为邱波打胎，众人皆知，承不承认事实都摆在那里，而那三年黑洞……我略微调整了一下姿势，像躺在魔毯上飞翔那样，把双手当成一展一曲的翅膀，啪啪地刮动着空气。啪啪之声仿佛体育老师指挥下操：左，右，左，右，左，右。一会儿乱了节奏，变成右，左，右，左。或者左右同时，两声化为一声。多么美妙的声音。美在它的货真价实。美在是她需要的，也是我需要的。

有许许多多的事情，表面上是孤立的，但时日稍长，就会发现，没有一件事情会孤立地存在。记不清是什么时候，冉小花买了份《新州晚报》，在中缝登的征婚启事里，她看见一则，觉得有意思，让我看，我照例不看，她就讲给我听。是一个化名阿童的女子找伴侣，不对伴侣提要求，只说自己的条件，说自己百般皆好，年龄二十四，相貌出众，孝顺勤劳，不好的是做过妓女。但我现在改了，女子说，我厌倦了那种生活，我想做一个好人，一个好妻子，一个好母亲。冉小花讲给我听时，我着实感到惊异，大二的时候，现代文学老师给我们讲过一段掌故，说1922年2月19日的《民国日报》登了则征婚广告，广告标题为《堕坑妓女登报征夫》，事主名叫黄雪花，真个人如其名，生得雪肤花貌，还颇通词翰；广告是她自己写的，老师念给我们听过，我断断续续记得些："自维陋质，少堕烟花……茫茫恨海，谁是知音？黯黯情天，未逢侠士……每念红粉飘零之苦，同抱天涯落拓之悲……叹年华之逝水，付夙恨以何如？若蒙君子如司马之多情……不弃花丛贱质，请速惠临。"现代文学老师刚博士毕业，还算个愤青，他说出这段掌故，是想映衬现实的虚伪和可笑，他说，人人都有追求幸福的权利，黄雪花也有，可贵的是她不藏不掖，诚实道来，哪像现在！现在的三陪小姐征婚，谁肯曝光自己的丑史？她们倒是极有可能去医院做个处女膜修复手术，再以淑女姿态，闪亮登场。这也不怪她们，讲真话是需要付出代价的，讲真话本是对人的最低要求，却在现实中沦落为最高要求，云云。毕业后，我没跟任何老师联系过，那次回校参加同学会，也没见到他们，几年过去，现代文学老师还是那样忿忿不平吗？如果顺利发表了论文，出版了专著，评上了教授，拿到了课题，他也该掉了头发，大了肚子，消了火气，多了祥蔼了吧？但愿是这样。这样他至少过得平顺些。如果还是老样子，分明知道搬起石头打不到天，还是要去打，那么，他的目标是天，动作是搬石头，就腾不出精力看一眼大地，我真为他苦。他应该知道新州晚报上的这则启事，那样能帮助他部分地建立信心。事实上，一个真正立志搬起石头打天的人，对大地上的事情，都不会也不该彻底丧失信心。嗬，我这样说话，仿佛有些李兴的腔调了。这个并不重要，重要的是，冉小花给我讲那则启事的时候，我想起了我们的那位老师，也想起了民国妓女黄雪花，别的没有多想，然而，在冉小花要我打她的那个夜晚，我突然觉得事情似乎另有可能。

冉小花分明知道，以前她在报上看到好玩的，有意思的，都是她讲给我听，我是绝不要看的，那么，会不会根本就没有那则启事，而是她故意编造出来，间接向我陈述某些东西？那启事的女主人阿童说，她做几年妓女，却没挣到什么钱，做妓女根本不是人们想象的那样能挣钱，要平均一天半甚至两天才会有一个客人，客人交到你手上的，一半被“妈咪”挖走，能剩下几个？你还得花血本穿着打扮，大片大片的无聊时光你还得打发，打发的方式除了睡觉，看碟片，就是吃零食，吃零食看着不起眼，其实是很费钱的。

这些都是冉小花讲给我听的，现在想来，就算是广告，如此内容怎么可能见报？何况它已明显不是一则广告，而是一个故事，那故事的女主人，究竟是化名阿童的陌生女子，还是……报纸早就不在了，想去网上查，而《新州晚报》的广告不上网。

或许，冉小花借我的手，当真减轻了愧疚和罪孽，而我，却间接确证了她的三年黑洞。

哼哼，真有意思。

好吧，都来吧，冉小花间接确证了她的过去，我要谢晓秋直接确证她的现在。

你说我不是有受虐倾向，而是受虐狂，我不反对，我接受好了。

那第三天，得知妹夫送几个干部到县城打牌去了——其中荷塘村的梁书记在县城开了家茶楼，那些因有井口日子过得很滋润的村干部，就时时邀约去那家茶楼里打通宵麻将，有时镇领导也跟他们一块儿去，去了后还可能约上县里的领导——我吃了晚饭，看了一集电视剧，便对冉小花说，我去父母家坐会儿，冉小花等着看第二集，眼睛没离开电视机，机械地应了一声，我就出门去了；其实我不是去父母家，而是去杂货店找我妹妹。她的杂货店却关了门，才九点钟。我心里一沉，想都没想，便带着一种赌博心态，朝她家里走去。还在楼道上，就听到了她的声音。我如溺水者，冒出水面后深深地吸了口气。妹妹没闭大门，我直接进去了。她正给儿子洗澡，小东西站在浴缸里，举着把水枪，朝坐在矮凳上的母亲头上射水，水从丝巾扎住的浓密头发里钻出来，在脸上横溢。妹妹用挽起袖子的光手臂，胡乱揩了一把，眯着眼睛说，再调皮，我就把小鸡鸡揪下来，明天送去给财娃吃了。小东西很委屈，哦哦哦假哭。我妹妹说，你乖就不给财娃。小东西还是哭，是脸上笑着哭。我妹妹说，看来你还想给财娃呢。小东西扭着身子，哭得更响，说，我不给财娃，也不给别个。我妹妹哈哈大笑。在外人面前，她是不这样笑的，在外人面前她基本上是打抿笑，以前是整张脸抿笑，现在只用半边脸；

整张脸笑是真正的笑，半边脸笑不自觉地就带着嘲讽的意味儿，也不知她为什么要这样。此刻，她笑过了，说，好好好，不给财娃，也不给别个，但你要洗干净，你不洗干净，让财娃看见了，它就以为是可以吃的，别人也……说到这里，脸被头发里渗出的残水弄得痒，她侧过头在手臂上擦，不经意间发现了我。我站在卫生间门外的黑暗处。她手一甩，指尖上的水滴像串珍珠洒到我身上。你想把人家吓死呀！她撒着娇埋怨，同时往黑暗处看了一眼。她是在看后面是否跟着冉小花。尽管每次都是我单独去她家里，可每次她都要往我身后看，我简直弄不懂她究竟是想冉小花来，还是不想。确定我身后无人，她说，哥，你等一下，马上完了。说罢飞快地撩起泡沫，往儿子的小鸡鸡上抹。那东西开始像粒可怜的小土豆，一碰就直了，直如铁杵。妹妹说，羞羞，边说边转过脸，朝我鬼魅地笑。

我可没有她那样的好心情。母子俩出来后，我掏出一个迷你小汽车给外甥，他按以往的规矩，先立正，庄重地叫声舅舅，再把玩具接过去，其实是夺过去，光着屁股就飞跑进自己房间，玩去了。这正是我所需要的。妹妹却跟了进去，为他穿上衣裤，制止他玩，要他赶紧上床睡，明天还要上学。小东西还算听话，哼哼唧唧两声，也就抱着迷你车睡下了。妹妹关了灯，出来又把儿子的门关上，笑盈盈的，朝我走过来，说，哥，你不老老实实在家里陪你的冉小花，到处乱跑干啥子？到自己妹妹家，算什么乱跑。她很满意我这句话，嫣红着脸，说，哥，我去给你榨脐橙汁儿。我说不要，我又不渴。真资格的奉节脐橙！她说，梁书记的啥亲戚从产地给他寄来几大箱，他送了四喜几斤；你要是不想喝汁儿，我给你剥一个吃，只是我今天刚买了个榨汁机，才想榨给你尝尝。我知道奉节脐橙有名，但这时候别说脐橙，就是王母娘娘的仙桃也吸引不了我，因此还是说不要。她站到我面前，两手把住我的肩，摇晃着，求情似的说，哥，你就让你妹妹服侍你一下好不好吗？好不好吗？她的眼睛水汪汪的。可能是曾经长时间绣十字绣的缘故，那双眼睛不算明眸善睐，却有种定力。定力赋予它穿透力。想起读大学时教美学的老师说，罗丹曾讲，柔弱不能产生美，唯力量才能，这时候我信了。我也理解了林黛玉为什么比薛宝钗更动人，因为她柔弱的身体里，满满的都是与现世对抗的力，这种力薛宝钗没有。同时，我也理解了冉小花为什么比我的初恋女友更让我爱，冉小花敢于正面迎击生活，而我的初恋女友，却只能绕到生活的背面去，书写她的象征。我深知自己也是生活的回避者，尽管我那么痴迷于“现在”，要在“现在”里汗流浃背地去跟人挤……

但这天夜里，面对妹妹，我不打算回避。

我把她的手从我肩膀上取下来，单刀直入地说：最近我听到一些事，关于你的事。

她的脸色立刻变了，这让我始料未及。

你听到的全是真的，她说。

更让我始料未及。

一个字都不假，她又说。

我承认，某些时候，使用暴力是必要的，因为除此之外，再没有别的途径和办法；也正是它的唯一性，注定了它的仁慈——所有丧失了选择的举措，本质上都是仁慈的。

于是我给了她一耳光。

这时候我们都还站着，打起来很方便。

我没打过冉小花（三天前跟冉小花做爱时打她，跟通常意义上的打不同），却打了我妹妹谢晓秋。此前，从小到大，我没有打过她，连句重话也没对她说过。现在我却打了她。她的脸随着我手掌的力，转了半圈，然后弹回来。弹回来后我发现，她笑了，是半边脸笑。被我打的那半边脸在笑。几根鲜红的指印，也跟着在笑。

我走了。

如果不是冉小花，我简直没法从那一耳光中走出来，虽然妹妹对我没什么。有天我实在受不了了，终于给冉小花说了那件事，但言辞之间，并不是要表达我的后悔，而是想申明谢晓秋该打。冉小花却懂得我在后悔，默然一阵，说，谢明，你知道不，她是在报复你。

这话让我一时反应不过来。

其实你心里亮亮堂堂的，冉小花说，谢晓秋真正爱的人，不是别人，是她的哥哥，你清楚得很，你只是假装糊涂。她的哥哥娶了冉小花，她就要报复她哥哥。

我很希望冉小花说说，为什么我娶了她，谢晓秋就要以跟邱波鬼混的方式报复我，但冉小花没给我问话的机会，她说，她想吃点辣的，去买半斤夫妻肺片回来。说话的同时已到了门口。

从那以后，我决计不再提谢晓秋的事，我强迫自己忘掉。我不提，冉小花也不提。她似乎比我更想忘记。昨天夜里，她说谢晓秋把十字绣“拿到心里绣去了”，起因还是我。昨天吃午饭前，我给县文化馆那个杂家朋友打了个电话，本是临时想起，问候一下他，他却拉拉杂杂唠叨了很久。唠叨的那些事，对他们而言是旧闻，对我却还是新闻，因此我听得也蛮有兴致。他先是说县文教局的局长被抓了。这局长只认县领导一把手，连县长也不认，今年年初，有回县长电话找他，说有个事情让他办，他说自己在外地，可二十分钟后，县长就见他跟县委书记满身酒气从包房里出来。那天县长也在那家酒楼吃饭，而且就坐隔壁。劈头碰上了，县长像没事人一样，该打招呼打招呼，该握手握手。两个月前，书记调到了另一个县，县长当了书记，新书记上任，第一把火就烧文教局长，着人查他。一查就准。全县中小学放爱国主义影片，本是免费放映，下面却每放一场，收学生十五块钱，收来的钱当然要进贡局长，单这一项，就查出他十八万。接着说建设局局长也被抓了，开始都以为他跟先前被抓的那个分管城建的副县长一样，是栽在情妇手里。建设局长的情妇是县电视台的播音员，那播音员有好些天没在电视上露面，据说连单位也没去过，只写了张假条，就不见了人影，可建设局局长被抓的消息刚传出去，那女子就现了身。原来，她先后从他手里弄了六百万，前些日去了香港，准备从香港出境，听说情夫被抓，立即回转，将还没花掉的接近五百万全部上交，为情夫减罪。这男人做得呀！——我那朋友说，即使把牢底坐穿，也值！然后他又说到自己，说他最近也挣了些钱，他在屋顶偷偷用铝塑板加了一层，然后把加那一层按套房的价钱出租给农民工；此外他还调制五谷养生粉卖，生意好得很。看来，他现在是不再研究佛经和易经了，也不能再说他是个“一事无成”的杂家了。晚上，我跟冉小花谈起这些，不知怎么从五谷养生粉，说到了时下慢慢盛行的民族服装，又从民族服装说到刺绣，这时我感叹了一声：可惜谢晓秋不绣了，还有几个德国人问过呢，可惜她不绣了。冉小花听了，就那么回了一句：她拿到心里绣去了。尽管这话含义模糊，我还是觉得敏感，没去接她的腔。往事汹涌，可是我关了门，也关了窗，不让它们在月黑头里听见夜风行过，就跃跃欲试地要出来作乱。我只是想，冉小花对谢晓秋抱着成见。她们彼此都抱着成见。她们的成见太深了。都因为是同学的缘故，两个漂亮女生做了同学，是很容易生嫌隙的。这种成见历史悠久，想管也管不了。

我不仅要忘掉谢晓秋的事，还要忘掉冉小花的事，全部忘掉！这样的决心，在今天的晨光里我已经下过：我刚开始给冉小花医肚子痛，她便近乎绝望地咬住了我的耳朵，好像要从耳朵开始，把我吃掉。我在战栗中升起强烈的渴望，渴望她吃了我。爱欲跟死欲是同一个爹妈。我似要昏厥，眼前游弋着蝌蚪似的闪光。这时候，一个声音对我说：拥有女人的身体不算拥有，拥有她的哭泣和泪水，才是真正拥有。这话我喜欢，我认。我感谢那个声音。冉小花曾经告诉我，十一岁生日过后，她就没流过泪了，而她把她的泪水流给我过，我把她的泪水一滴一滴舔干过，我知道她的泪水很苦。这就够了。我确实应该忘记了。

第九章

河对岸的杨侯山，像在阳光下一件一件脱去了衣裳，显得特别清爽，毫无秋天的样子，倒像俏皮的村姑模样。山头竖一根插入云霄的长柱，柱顶成日里烈火熊熊，那是井口的火炬塔。白色的阳光底下，红色的火焰轻盈如绸，不注意看，根本看不出来。上游不远处，河水洄环，围出一个椭圆形的肥沃岛屿，那便是发掘出古墓群的罗家坝村。曾经有段时间，镇政府向县里打报告，希望把回龙镇迁到罗家坝去，那里地势开阔，平坦，不像老镇，躺着伸个懒腰，也担心山触了头，河湿了脚；此外罗家坝地势比老镇高，可以远离水患。就在县领导旋开笔帽，准备写下“同意”二字时，罗家坝发掘出了古墓群，而且专家说可能埋着更多的古墓，领导又把笔帽盖上了。不仅如此，早就计划好的在那里修座桥，将岛屿与镇子贯通，也不修了。一旦出入方便，就可能招来盗墓贼。回龙镇人不偷，难保外面的人不去打主意。盗墓贼身上，有着墓穴般的恶阴，也有着墓穴般的神秘，你根本没发现有陌生人进来，可要是凑巧抓到几个贼人，一审，竟是从遥远的外省赶来的。他们是地下生物，有着土行孙的本领。既不迁镇，也不修桥，让岛上的农民相当不满，他们切齿痛骂着古人，痛骂那些冰冷的尸骨。不修桥，就只能摆渡过河：河面拉根钢绳，人站到木船里，攀着钢绳滑向对岸，若是冬天，手往绳上一搭，即刻被寒气吃住，稍不留心，皮子就撕下一块。这个倒无所谓，上辈，上上辈，上上上上辈，都是这样过来的。不可容忍的是那些数千年前的死人断了他们的财路。若把镇子迁过去，他们不仅天然地成了居民，还能获得大笔赔偿。至于失去土地，那是无关紧要的。现在的农民，对土地已没有多少感情，他们更喜欢钱，也更相信钱。当听说井口附近的农民搬迁时把鸡窝猪圈也变成了钞票，且抢在搬迁前夕将鸡窝猪圈盖出两三层楼，多得了数万赔偿金，他们骂得更厉害了，边骂边自嘲地比画，说，山里盖楼麻烦死人，要是在我们这样的平坝，可在几天内把猪圈盖出十多层，想想会增加多少的面积，每增加一分面积，就增加一沓票子！他们对空间的认识，从来没像现在这么深切入骨。不过那一切都只能在想象中完成了，你把猪圈盖一百层，也没人理你。都怪那些可恶的尸骨，可恶的专家，还有像王秋菊那等可恶的开发商。

这时节，岛上玉米未收，站在河沿望过去，是青黄相间的海。河风捋上麻柳坡岸，那片海层层叠叠，波翻浪涌。海的中央，零散地分布着白房子，房舍旁边，往往有一丛竹林，几株果树。多少年来，竹林和果树也跟农人和他们饲养的家畜一道，被庄稼包围，被庄稼生长的声音包围，被庄稼成熟的香气包围，因此竹林、果树和跑来跑去的猫狗，也就都有了庄稼的成色：内敛而从容的成色。多少年来，农民种植庄稼，又受着庄稼的喂养，付出辛劳的同时也收获喜悦，农民天然地与庄稼融为一体，农民是这片大地上移动的庄稼，所谓庄稼人，就是像庄稼的人。但而今，农民厌弃了庄稼，不想做庄稼人了。那片青黄的海，要在前些年，会以多么饱满而笃定的姿态，袒露于天地之间，无所保留地把它们甜丝丝的芬芳，回报给坝上的所有生灵，也馈赠给隔河相望的镇子，可是现在，它们似乎感知到被遗弃的命运，显得没精打采，孤孤单单……

我的时间概念是混乱的，这一点我已坦白多次。比如刚才说到修桥的事，什么时候决定修，什么时候又决定不修，我都没说清楚；当然本身也说不清，任何一种决定，对公众而言都是神秘的。我只能眼见为实。此刻，也就是我和冉小花站在河沿等我幺爸的时候，冉小花闷闷不乐，我也无聊，便四处张望，结果看到上面已经在修而且修很长时间了。两面河滩之间，一条堤埂将河拦断，堤埂一侧，已立起四座粗大的桥墩，另一侧，有渔民驾着舴艋，用舀子舀鱼。鱼儿集中在那里，不停地蹦跳，这是以前从没有过的，是它们在外面游玩，玩够了想回家，才发现断了归途么？黄金镇的大雨使河水涨了不少，将堤埂淹没，那些鱼就以为整条河道都畅通无阻，不知道水消得那么快。渔民是在水退后才出动的，每条船上两个人，一人执桨，一人执舀子，无需挪动地方，只把船头掉来掉去地转圈儿，等鱼跳起来后，舀子一伸，将其与河面截断，鱼就到了网兜里，无望地鼓着腮，弯曲着身子，甩打着尾巴。那些为家园奋然一搏的生物，从此彻底走上了不归路。

本说不修桥，为何又改了主意？大概是专家们松了口，说罗家坝已没有古墓，修桥也罢，迁镇也罢，都无妨碍。这仅仅是猜测。我所能确切预知的是，很快，那片青纱帐将不复存在，它们将和古人一起，只留下惨白的骨头。从此，回龙镇又会丢失一片大地。在汉语里，动人的词语并不多（我久不读书，说出这等无知的话，敬请原谅），但“大地”绝对算一个。我的大学同学里面，有个东北人，叫朱照年——毕业几年，大学同学的名字已忘记多半，之所以记得朱照年，是因为他跟我初恋女友一样，是班上的文曲星，只不过一个写小说，一个写诗；朱照年的嘴头笔下，老是不离“大地”二字，比如有次写作老师给我们布置了个作文题目，叫《小时候》，朱照年的那篇，老师在班上念了，第一句就是：我爸到大地里去了。乍一听，以为他爸死了，回归黄土了，结果是他爸到大地里收大豆去了。我很不喜欢这种描述，觉得矫情，地就是地，怎么动不动就那么正式、恢宏而庄重。大四上学期，我游学（其实是旅游）去东北，才知道东北农民就是这样说话的，我在北极村问路，人家说：你向东走，穿过大地（不足两亩、长满蚊子草和狭叶荨麻的荒地），不一会儿就到了。东北幅员的辽阔赋予了他们修辞的辽阔，这是一方面，更重要的方面是，他们觉得，只有把地说成大地，心里才踏实。每当朱照年说出那两个字，眼睛都很湿润。那家伙个子低，瘦瘦的，样子有点像卧轨自杀的海子，平时话特别少，一说，就拿出命来说。他跟我初恋女友的写作取向和风格，完全不同，他人到了城市，文字却带他回家，他是大地之中的一粒土块，是高粱林中的一片叶子，是从大地上走过的风，是雪花，是鸟鸣，是草茎上的露珠……他是被拥抱的。他对拥抱他的事物充满崇敬和感激。他心里的大地，熟稔、亲切、日常，摇曳着庄稼的姿影，飘荡着瓜果的甜香。

被高楼、汽车和水泥路统治的大地，不是大地，被伐掉的森林和被污染的河流，也不是大地。变成了镇子的罗家坝，或者没变成镇子，而是在那里打造巴人文化旅游区（几年前就有这样的传言），修了宾馆酒楼，招待四方游客，要么修了别墅，让县城或市里的有钱人来买下，便于他们“亲近自然”——同样不是大地。

我们的大地越来越少了。农民对庄稼的热情的消失，与大地的消失同步。

农民不再爱庄稼，也不再爱自己的家畜。开采杨侯山头那个井口时，不知作什么用处，要运很多石头上去，开采队便雇农民运石，农民赶着矮脚马，一日数十次上山，我所知道的，已有五匹马累死途中；它们连续劳作，口吐白沫地往山上爬，每爬一步都犯抽搐，随时可能路毙，主人只需给它一点点的休息时间，它就能恢复体力，但是主人不给它，因为时间就是金钱，主人用时间或者说用金钱做成的鞭子，狠狠地抽它。它终于倒下。倒下之后，石头还压在身上。它喷着粗气，把脖子弯起来，似乎在向主人表达歉意，还想站立，继续效劳，然而，在主人的皮鞭和痛骂声中，它脖子一挺，头沉重地摔打下去，四肢弹动几下，死了。淋漓的热汗在地上印出一匹马的形状，成为它的影子或照片。它的主人还在怒骂，还在抽打，发泄够了，才丢下鞭子，拍拍手，无奈地笑，羡慕地望着前后的同伴，带着几分不好意思的口气说：日他妈，老子今天亏大了！然后把石头搬开，将死马弄下山，剥了皮卖给餐饮店。邱波跟何大盛都买过好些，拿去烫火锅、做韩式烧烤。吃马肉虽算不上高端大气上档次，却是新鲜玩意儿，因为回龙镇乃至整个清溪河流域，先前都没有马，开采队到来后，不知是谁第一个将马引进，据说是从云南引进的，让它们负重；牛当然也可以负重，但在山道上走，牛不如马灵活。新桥那边有个采石场，那里的好大一面山体，一层一层被剥下，石肉白得晃眼，鲜亮得似能割下来吃；我在采石场见到过那些马，它们小得跟驴差不多，乖巧地站在主人身边，很依恋的样子。

我不该去想这些。

说白了，我不该去想这些。

去想这些事情，是要表明什么呢？人家不爱自己的家畜，我管得着吗？大地消失，我管得着吗？而且，我真的那么在乎吗？事实上，我也希望在两岸之间架座桥，更希望把镇子迁到罗家坝去，那会建起多少的房子，我又可以卖出多少的河沙！

没有一滴雨认为是自己造成了洪灾，我就是那雨水中的一滴……

在我们和建设中的桥梁之间，河岸坐着一名狗。它把屁股坐在草丛中，前腿搭在矮石上，坐得很端正，坐得像人。河风把它吹得像是瘦了些，但还是能一眼认出那是财娃。它坐在那里，望着河水，一动不动。那份庄重来得真好，让人笑也不是，不笑也不是。我便指给冉小花看。

另一层意思是不希望冉小花继续那么闷着。我不去想了，我忘记了，从今往后，我只要我俩近山近水地过，也如山水，此生无穷尽，我要把江山无限，变为我们的私情无限。冉小花是我的意念，是我的光阴，她听见了我心里的声音，笑了，望着财娃说，财娃又想家了，只要涨水，它就来河边坐着。是的，它是被大水冲来的，它现在坐的地方，正是它当时上岸的地方。它在回龙镇有一个家，以前有马婆婆，现在有王嫂和数不清的人喂养它，可它真正的家在别处，它思念它。我跟冉小花今天出门时，在街上碰见它，它和我们相向而行，小步奔跑，肯定就是赶来望水的——从圣日尔曼广场下面的码头，到不了它坐的位置，那段河岸是刀切似的齐塄坎，塄坎之上是砖墙，墙外寸地不留，一名蟑螂也爬不过去，别说一名狗——这么说来，它望水已经很长时间了。它那样地专注和庄严，与其说是思乡者，不如说是某个哲人转世。财娃，你是哲人，你是智者，你来到回龙镇，是回龙镇的福音和祥瑞，我不该因为你不理睬我，就那么小肚鸡肠，见了你连招呼也不打。哲人沉吟水边，看透世界和人生，于你而言，是看透世界和狗生，看透了，却依然顽强地活着，承担着世界和狗生的意义，哪怕是很苦的意义。你是在教我。很苦的意义比没有意义要好，这是我现在才知道的。这是一个残缺的世界，每名狗都有一个残缺的狗生，每个人也都有一个残缺的人生。但不管怎样，我热爱这个残缺的世界，也热爱自己残缺的人生。我尝试着去赞美它们。我跟冉小花睡了懒觉，依然有漫山遍野的白天赐予我们。八月上午的阳光并不太烈。跳荡的浪花里，光影游离，消失又重返。阳光的边界，阴影轻柔。黄色的野菊花正在开放。昆虫在草梢上蹦跶。那只黑色的水鸟，站在一块润湿的土坷垃上，把小小的头转来转去，随后起飞，愈飞愈高，隐入虚空里，土坷垃上留下了它的爪印。我的脚边，蚂蚁们正斗志昂扬，结队远征。风无所用心地撩动着，却带走了苍耳和蒲公英的种子。面前的这条百里河，随时捎来上游和下游的消息。我们生活的世界，一里已经足够，十里可称宽广，百里便是辽阔。这是一个无可挑剔的世界，实在不能说残缺。我有冉小花，更不能说自己的人生残缺。即使残缺，也是最高最美的残缺。

生活多么好，我浑身长满了精神，想做事了，想赶快到船上去了。

幺爸咋还不来呀？

我正这么问了一声，冉小花突然惊呼：谢明，你听！

她的神情那么紧张，着实把我吓了一跳。

更吓人的不是她的神情，而是贯入耳鼓的滚雷。

我拉着她就跑。当然是离开河沿，往镇子跑。我以为是突发的洪水下来了。可是不对，镇里人也在跑。那淹没了鞭炮和哀乐的滚雷之声，就是他们的脚步声。尽管上街被洪水扫荡过将近百米，但那是六十年不遇的，一般情况下，洪水威胁不到街民，他们用不着这么惊慌失措。这只能表明，事情比洪水要严重得多：一定是天然气泄漏了。天然气泄漏过两回，第一回，有段埋在河里的管道裂了，气体把河水冲起数十丈高，正是午后，红日高照，河水在半空幻化出蘑菇云状的五彩云霞，如此胜景奇观，自然要去观看，回龙镇许多人都去观看，丝毫也没觉得危险。可等德国专家将其制服，却命令镇里及五个村的所有住户，一个星期内不准生火做饭，不准使用手机，有烟瘾的当然也不准抽烟。无火无烟的苦楚还能短时间忍受，可以吃干粮，喝泉水或纯净水，而手机停用，便突然觉得自己跟世界断了联系，被世界孤立，顿时惶惶不安。通过这次事件，人们仿佛才知道，天然气泄漏是可以要命的，所以当第二次泄漏时，拔腿就跑。很凑巧的是，那时候，新的县委书记刚上任半个多月，新书记除了刻不容缓地查办文教局长，还只争朝夕地发布新的县训；来我们县之前，他在市体育局当局长，因此他发布的县训也特色鲜明，叫“奔跑精神”，具体为：起跑争先，抢跑竞位，长跑跨越。发布五天，便通知全县科级以上干部，包括各局、各镇主要领导，学校、企业主要领导，去县里集中学习，由精心挑选出来具有硕士以上学历的宣讲团成员，利用三天时间，详解“奔跑精神”的深刻含义。领导们回来，马不停蹄，迅速组织所辖部门及区域干部学习，比如镇领导，就得组织街道办和各村干部学习，街道办和村干部，再传达、灌输、落实到更小的细胞，叫逐层推进，全面覆盖，绝不漏网，形成人人奔跑、奋勇争胜的态势。就在回龙镇人民心领神会之后，天然气泄漏了。那精神的提出和传达，实在及时，回龙镇人民首先得到实惠，派上用场，且用他们的双腿，形象地诠释着“精神”的内涵。听到声音，全镇人立即开跑：这叫起跑争先；遇老弱病残挡道，一把刨开：这叫抢跑竞位；一路跑了很远很远，逢沟飞沟，逢坎飞坎，既比拼着耐力，也比拼着勇敢，这叫长跑跨越。只是有些盲目。往哪里跑呢？不知道，只见有人往上游跑，所有人就都跟了去，他们不懂得也来不及看风向，以为天然气的弥漫跟河水的流向是一致的。两三个钟头后，人们才陆续瘫倒。除了累，没有特别的感觉，上次那种辛辣刺鼻的气味，一点也没闻到。因为这次的消息是假的，天然气并没泄漏。不过奔跑的成效非常显著，可谓一次盛大的检阅。负面效应也有，但轻微，只有五十余人摔伤踩伤，并没出人命，另外就是有两对夫妻因此离婚，这两家的情况完全相同，都是山里人，男人去了外地打工，女人在镇上照顾孩子，孩子都念幼儿班中班——数年前，村小拆并，村里就再无小学和幼儿园，读书只能到镇上，学校无住宿，路程远，孩子小，又不可能天天回，便只能安排一个劳力去照顾他们的吃喝，镇上无房的，租房也得这样，除非你违反义务教育法，不让孩子上学——这两个女人，本来在茶馆打麻将，听到风声，竟然忘记了去学校把孩子接住再跑，自己就跑了，孩子无人照管，哇哇大哭，若非老师不忍，跑几步终于踅回来，带着必死的决心，搂住他俩，原地不动，孩子就可能钻入人群，遭踩死下场。男人知道了这事，回来就跟她们离了。女人很委屈，哭得不成人样子。这也没办法，都怪男人境界太低，他们在外地，已经两三年未回，没机会学习“奔跑精神”；换了境界稍高的男人，不仅不跟妻子离婚，还会额外地奖励她们，因为她们把“精神”实践得那样好。

今天又这么跑，谁知是真是假?

不知道，就只能当成是真的。

跑出几十米，我的手机响了，这时候不能使用手机，已成常识，但我还是边跑边看了下来电显示。看后心里生气，没接。冉小花气喘吁吁地问：谁的？我说幺爸的。她猛然站住。我被拉扯，差点倒地。既然是幺爸的，她说，肯定就不是天然气的事嘛。

实在的，她真比我聪明，遇事也比我冷静。我见是幺爸打来，之所以生气，是觉得他也知道那常识，却偏偏这时候来电话，于他于我，都很危险，完全没往其他方面想。

手机还叫着，我接了。幺爸说：出事了，你们回不回来看?

声音压得很低。

我问啥事？幺爸那边却已经挂了。

听幺爸那口气，就知道确实与天然气无关，但会是什么样的事情能把那么多人驱赶得扑趴连天？该不是叶平的父亲或者黄老师的儿子死了吧？我老早就说过的，上街叶平的父亲犯了脑溢血，流涎，呕吐，抽风，县医院传回的消息说，他只是在混天数，中街黄老师的儿子被车撞得不省人事，往县城送的时候，脑壳就肿得像孕妇的肚子。这都是关乎生死的大事，但我知道，即便那两人真的不治身亡，也搅不起这么大动静。老镇长当时都没引起什么动静呢。老镇长的女婿拿出鞭炮来放，街坊才知道他从县医院回来了，也才知道他是以什么样的姿势回来的，感叹两声，也就罢了。回龙镇人对死亡早已习惯，回龙镇人比别的任何地方的人都更能习惯死亡，远古祖先的生死无常，教会他们一种态度，让他们懂得，生只是暂时的，死才是永远的，也让他们懂得，永远推不倒的是废墟，永远不死的是死亡，所以他们不怕死；听说天然气泄漏，他们要跑，那也并非不习惯死亡、害怕死亡，而是不喜欢死亡。正因为习惯死亡又不喜欢死亡，他们才热爱生命。

我跟冉小花站在那里猜了一阵，猜不出来，就犹豫着是回镇子还是去一碗水。

幺爸肯定是不会来推我们的了，去一碗水只能步行，平时没觉得远，今天可能是等得太久却空等了的缘故，加上对镇里的事好奇，像是很畏惧那段路程。

冉小花说，反正今天都耽误了。我明白她的意思。于是决定回镇子。

我真不愿意说出在镇上见到的情景。

但还是要说，我只有这一次说话的机会了，我要把我知道的、想到的、猜到的，点点滴滴都说出来，否则，那些事就会烂在我的肚子里。当然，我不说，别人迟早也会说给你听，但你应该明白，不同的人叙述同一件事，那件事就会呈现不同的面貌；在人们的嘴里，天底下没有“同一件事”。何况，别人说给你听，与我又有什么关系？别人代替不了我，就像他们代替不了他，你们代替不了你。我被“我们”代替的时日，实在太长久了，说我们是巴人的后代，我也就应该像邱波那样，往自己身上下刀子，下烙铁，把轻轻便便结束一个生命，当成可以歌颂的品质，还应该像回龙镇大多数人那样，生个女孩就切断她的手指，将她弄成残疾，让她为后面的男孩让路。我的初恋女友，正是用“我们”代替我，才觉得我也是野蛮人，冉小花同样用“我们”代替我，才执意拒绝我的种子。别的人怎样看我，我可以不在意，不在乎，但我不能不在乎冉小花，我在乎的只是冉小花——她分明有土地，却不把土地提供给那些种子，她只让我把种子辛辛苦苦撒到土地之外，然后对我说：我的天使，你把它们抹在我身上。我照她的话办，顺着她的肚皮往上抹。那些种子是上亿个“它”，却只被当成一个“它们”，它们胶在一起，很黏，开始抹那几下，白白的，成软软的颗粒状，抹着抹着，就散开了，看不出颜色了。它们的颜色死了，死在我手底下，也死在时间里。气味也是，开始腥腥的，那是生命的气息，后来也没有了。偶尔，冉小花还让我抹到她脸上，我同样照办，我把它们当成化妆品，抹遍她脸上的每一个角落，包括眼睑、鼻沟和嘴唇。我和她都清楚，身上也罢，脸上也罢，都不是它们的土地，它们不死在时间里，也会死在荒芜中。但我并不心疼。我只是怨过，怨冉小花为什么不愿意给我们生个孩子。不过现在想来，我真不该怨她，我有成百上千次机会把种子撒在该撒的地方，但我放过了，这证明我自己就提防着她怀上，我自己就把我当成了“我们”。我一直都被“我们”替换，我没有我。很长时间以来，我恭顺地渴求被替换，但现在不高兴那样了，否则我就彻底失去了做一回我的机会。所以，尽管我十二分不愿意说出那天见到的情景，但请允许我（不只是向你请求，也是向我自己请求）硬着头皮说下去，以证明我的存在。我本就是存在的，当我在河沿感知到了生活的美好，我就已经存在着了。

——跟着人流，我拉着冉小花的手，一直跑到了镇政府门前。

李兴的父亲李铁匠，被人群围在中间。

李铁匠手里提着一个深绊藤条篮，篮子里蹲着一个我从未见识过的古怪东西，远看是尊坐佛，近看是块黑炭，大约五十公分高，上部形状有着人脸的轮廓，又无显明的四肢，只在中间位置，叉出几根枝节，约略像是手指；这手指不是长在手上，而是生在腰间。如果是在西安，我可能会怀疑那是新出土的被折损了的兵马俑，或者是在秦朝制造它们时就成了废品的兵马俑，但回龙镇没那玩意儿，因此我不会那样想，尽管它实在太像。是人参么？那层黑是泥土么？多半是，扇子骨和大曲镇的老山里，都发现过野生人参。那么黑的土，该有多肥沃！养出坐佛似的大人参，当然要沃土。李铁匠是从山民手里买过来，要进献给某位领导么？古巴人就是如此，有了好东西，都不自己享用，而是献给头领。真是这样的话，他该进里面去呀。可他一点没有进去的意思，只木然地站在那里。

你不去找他们，他们不会出来的！

终于有人这么大声地、忿忿地嚷了一句。

这是什么意思？难道献宝也要乞求？

我向身边一个妇人打听。

还没听清我问什么，那妇人便龇龇牙，打着摆子说：你不晓得么，那是李兴啊！

那分明是李兴的父亲，怎么会是李兴呢？

我觉得自己像是进入了另一个时空，在这个时空里，父亲变成了儿子，儿子变成了父亲，老人变成了孩子，孩子变成了老人，男人变成了女人，女人变成了男人。我看了看冉小花，她就站在我左侧，还跟我手拉手。和每天出门时一样，她穿着干净的衣服，这天是件土黄色短袖衬衫，衬衫不紧不松，刚好合身，她的乳房比回龙镇普通女人的大了倍数，胸脯高高耸起，因劳作时戴乳罩碍事，她便不戴，衬衫上也就明明暗暗地长出两颗圆溜溜的乳头，这证明她没有变成男人；我又看了看自己，看不出什么，于是把手伸下去，偷偷摸，那家伙还在，尽管软乎乎的像根橡皮泥，但毕竟在，证明我也没有变成女人。

我突然不能自控地愤怒起来，大吼了一声：嚯！

我以为这一声把美国人民也会吓得晕头转向，结果连冉小花也没吓到，她甚至根本就没听见，她像刚来到这里时那样，鼓着眼睛盯住篮子里的那个黑煞煞的东西。

——原来，那不是个东西。

——这意思是那也不是人参。

——那就是李兴。

李兴触电死了。

是高压线电死的。

高压线把他烧成了现在的模样。

他父亲是来讨说法的。

高压线电死了他儿子，他要政府赔他的儿子。

事情出得太突然，幺爸放下礼品，依照礼节，跟守在店里的李铁匠聊了一阵家常，正要从胖儿餐厅离开，张大嘴却在街那边高声呼喊：李兴电死了！李兴电死了！……

政府楼里终于出来一个人，是分管电力的杨副镇长，杨副镇长领着两个供电所的头儿，披开人墙，挤到李铁匠身边。两个头儿目中无人，只扭住杨副镇长不停地解释，说我们亲自去察看了，确实没有任何问题。杨副镇长似听着，又像没有听，沉着脸，围着李铁匠。这老头子他认识。在镇上，不管三教九流，只要有一技之长，就是名人，上上下下就都认识。乡镇领导无论官气多足，也是跟百姓靠得最近的，他们的生活习性，思维方式，包括说话的言辞和腔调，与百姓都是熬在一口锅里的粥，认识属地上一些有特殊技能的人，本就不足为奇，像棉花糖做得好的王嫂，刀磨得好的刘拐子，头理得好的老孙头，猪杀得好的郑屠户，包括面前这个扯了几十年风箱的李铁匠，镇领导跟他们都很熟，言谈举止间带着对手艺人古老的尊重；尽管李铁匠已罢手几年，杨副镇长去年五月份才调到回龙镇，但那份尊重还是从老领导那里延续了下来。何况胖儿餐厅是李铁匠的儿子李兴开的，胖儿餐厅的菜包子做得好，李兴和他的家人就跟着他的菜包子出名。李兴出名还因为他是书呆子，更因为半年前他女儿闹出的那宗事。这即是说，杨副镇长认识李铁匠，也认识他儿子李兴，可是此刻他认不得李兴了，他围绕着他父亲，或者说围绕着他父子俩，接连转了三圈，然后站下了，跟李兴面对面（李兴面对着的方向就是他父亲面对的方向，正对政府楼），膝盖曲了一下，似乎想蹲下去，对他已经不认识的李兴说些什么，但终于没有，只伸出手，去接老人手里的篮子。老人竟不丢，像他的五根指拇，跟篮襻焊接在了一起。杨副镇长也不坚持，但还是抓住篮襻，提了提。从他的神情看出，他心里也触了电。他在为李兴的轻感到震惊。李兴尽管瘦，也不至于轻成他感觉到的那样。那天中午吃饭的时候，杨副镇长给他同僚描述过李兴的轻，说轻得像根鸡毛（他还忽略了篮子的重量），他打算去捉一名鸡，却捉住了一根鸡毛；这倒也无所谓，关键是，杨副镇长为那种轻感到害怕。李兴由一米六八的男人，变成了五十公分高、不见了四肢唯见从腰间戳出几根指拇的黑炭，他虽也震惊，但没害怕，却为那种轻害怕。那是一种让人恍惚的轻，一种出离的轻，一种孤单的轻，一种想喊叫一声却喊叫不出来的轻。他感觉到他在提李兴的时候，有个人也在提他，他也跟李兴一样轻。他是在为自己的轻感到害怕。具体害怕些什么，他说不出来，因为他不知道自己身上的哪些东西被抽走了，又是怎么被抽走的。

难怪，提了那一下篮子，他对李铁匠说话时，脚趾便弓了起来；他是在用脚趾死死抓住地面，提防自己飘走。

他对李铁匠说：走，去现场看看。

老人无思无想，叫他干什么，他就干什么。

此前已报警，警察跟着杨副镇长他们来调查，调查的结果，与供电所两个工作人员所说一模一样。高压线没有任何问题，供电所没有任何责任。

李兴是自己爬到电线杆上去的。

他上去干什么呢？如果他是孩子，正放风筝，风筝被电线挂住，他要爬上去取，还能勉强解释（孩子能帮助无能的成人解释世间的多少难解之事啊），可他年近半百，而且没放风筝。这就只有一种解释。

他是自己想死。

真正的目击者唯张大嘴一人。张大嘴说，她其实也只看到了一瞬间。高压电杆竖在胖儿餐厅旁边一幢灰色房屋背后，墙面紧贴山壁，其间无任何通道，电杆的二分之一高于房顶，张大嘴那天踩缝纫机踩得脖子酸痛，下意识地仰一仰头，就望到李兴到了杆子的顶端，她正诧异，李兴伸手往线上一搭，即刻蚯蚓似的扭曲，扭曲的同时化为黑炭。她大声叫喊的时候，李兴至少黑了两分钟了。李铁匠跑出去，顺张大嘴手指的方向望，见儿子挂在上面，不过他认不出那是他儿子，也不承认那是他儿子。那分明就是个东西，怎么可能是他儿子。自从不再打铁，他变成了温和迟缓的人，可这时候也忍不住急吼吼地朝张大嘴开骂了，说你这×婆娘，咋张开嘴巴就乱嚼！张大嘴鼓着眼睛，愣了片刻，仿佛断开的机器又突然启动，再次高声呼喊：李兴电死了！李兴电死了！声音直杠杠的，尖厉深长，阴森怖人，简直比何大盛的儿子毒瘾发作时更甚。李铁匠以他尽可能快的步伐，冲到张大嘴面前，手掌一下，手背一下，给了她两个耳光。尽管几年不打铁，可铁的硬度是埋在皮肉里的。那时张大嘴贴住缝纫机站着，挨了这两下，吐出一口翠绿色的沫子，颓然地坐下去，长时间没有动静。不过这是吓的，不是打的。她被吓傻了。围观者众，包括我幺爸。但围观者个个都被电线杆上那个东西镇住了，哑然无声。连路过的汽车也停下来。世界寂静。打破这寂静的，还是本就寂静了的那个东西。它承受不住自身的重量，掉了下来，在房顶边沿弹了一下，落到房屋的背后。响声透壁而来，“轰隆”一声。人们没有动，除了李铁匠。李铁匠趔趄着离开之后，人们依然默默地望着高处的电线。电线上残留着几块细小黑物，远处看不清是啥，后来知道，那应该是李兴断掉的指骨。

李铁匠再次出现在人们的视野里，就是他站在镇政府门前提着藤条篮的样子，不同的是这时候移动着，有几条狗跟着他。狗们一耸一耸地蹦跳，却不敢十分靠近，只呜呜低鸣，似乎在抱怨着什么，又像是在对自己的怯懦表示不满。河风吹到街上来，把狗身吹出道道伤口似的裂痕，李铁匠稀疏的白发，直立起来，朝天抖动。他是先去山墙底下将死者辨认清楚了（简直不明白他是凭什么辨认出那真是他儿子），将其抱回家，装进篮子里再提出来的。他的前胸和臂弯，都粘连着鱼鳞大小的炭化物。张大嘴适时地清醒过来，悲哀地盯住骂过她也打过她的人那副垂首顺目的罪人相，质问：到底是不是李兴？我这×婆娘是不是乱嚼？李铁匠不答，迈着均匀得如同尺码量过的步子，朝镇政府走。张大嘴抖着嘴唇，似乎还想为自己挨的那两耳光讨回公道，但想了想，没有，只用碎布头擦净吐在机头上的绿沫子，把缝纫机踩得呜噜噜转。她使用的，还是十多年前从市里买回的老式机器，也就是用脚踩而不是电动的那种，她说缝纫机不用脚踩，就像吃东西不用舌头，再好的饮食，也吃不出味道。人们纷纷给李铁匠让路，没能及时让开的，吓得脸青面黑。直待他走了很远，下街的人只能望见一个影儿了，才像解了定根法，轰的一声，齐刷刷追了上去。狗们见这阵势，审时度势，狂吠着闪开了。

李兴为什么要去死？他怎么变成了那般模样？他的手脚呢？是摔到地上时摔断了，被野狗拖走了，还是剑一样刺进了他的身体？

有好事者去那山墙下看过，除了看见一层黑屑，没别的残物。

如果老天能赐予我三五天时间，我想我会去弄个水落石出的，尽管这毫无意义。

第十章

李兴留下了一封遗书。

遗书是他母亲发现的。他母亲并不知道那是遗书，因为她不识字。整个镇子沸腾着的时候，他母亲毫不知情，那时她在卫生院的产房里，照顾儿媳刘文秀和新生的孙子，卫生院虽也在镇政府方向，但相距至少三百米，其间还隔着个工地。是热心肠的王嫂跑去把她叫到走廊上，悄悄告诉了她。往后的一个多钟头，她是怎样面对丈夫手上那个物件的，无从知晓，因为我和冉小花还没等到她出现，就回家去了。听说那天中午，她拿着一页写满字的横格纸，去了镇政府。这页纸放在李兴卧室的书桌上，郑重地用两本厚书各压了一只角，明显是怕风吹走，证明很重要。她拿出来要丈夫看看，但她丈夫痴痴傻傻地坐在沙发上，盛了李兴的篮子，放在他身旁，他一直抓住篮襻，怎么掰也掰不开，无论给他说什么话，都听不见，无论给他什么东西，包括饭碗水杯，都不接。他怎么可能去看那页纸。李兴的母亲无可奈何，但又觉得事关重大，就出了门，把字纸往镇政府送。政府楼里关门闭户，看来都吃饭去了。她便站在大门口等。不远处五金店的柳麻子问她是不是找领导，说领导们去了丘耳火锅店——本以为出了麻烦事，结果万事大吉，也就算一场胜利，是胜利，就该庆祝，领导们就是庆祝去了——她又赶到邱波的店子，且不听劝阻，扭开包间的门，将那张纸递了进去。

字迹小如蚂蚁胡须，连不上四十岁的镇党委书记，也要走到窗前才能勉强看清。

书记看那封遗书时，我跟冉小花还在家里。

现在我也无法厘清其中的缘由：当围观者跟随杨副镇长他们去下街的现场时，我和冉小花根本没有商量，就手拉手离开人群，步调一致地走上了回家的路。我们忘记了游动在大街上的生者和死者，忘记了采沙船，也忘记了小春和李良，回家把门一关，就脱衣服。她脱她的，我脱我的。我刚脱掉上衣，冉小花就把自己弄得精赤条条的了。她真快。她到底是训练过的……我不跟她计较，不计较她为什么有那么快。我说过我要彻底忘记。我只知道自己渴望完整，她是我的另一半，所以要跟她融合。她也是，她走过来，帮助我完成了没有完成的工作，说，你转过去。她从后面抱住我，在我身上摩挲。我身体的某一处，仿佛无痛无痒地开了一道口子，那是为她打开的门。她进去了，化为我的血液和骨头。然后她说，你抱我。我又转过身，把她抱离地面，向床边走去。她说，不，你就这样抱着我。她蜷缩着，如婴儿。当我们最终躺到床上，她让我把头埋在她的胸部，一只乳房给予我的手，另一只乳房给予我的嘴唇。我们在成就一首动人的诗歌，那首诗是我大二或大三时候看到的，我记不清是不是朱照年写的，好像不是，但又说不出作者是谁，不管是谁，都请原谅我此时的健忘和慌乱。我已显出慌乱的迹象了。我的时光正被流沙掩埋。个体会突然静止，唯有时光永恒流动，这道理我懂，正因为懂，我才慌乱，我相信你要是遭遇我的处境，也不会好到哪里去，所以你别他妈做出那副随时准备同情我的样子，我看了恶心。接着说那首诗，是这样写的：我下辈子要反着来，从死亡开始，从死亡走出。然后醒来是老年但一天胜过一天。然后我被老年剔除因为我太过健康。我享受所有的福利并领取退休金。我将在领取到一只金手表后开始工作。我将工作四十年直到太年轻而不被允许工作。我准备好进高中，狂欢酒会，好日子等着我。再下来我进小学，我变成儿童，从此不再负任何责任。然后我变成宝宝。然后我花费生命最后九个月漂浮在平安的温暖中。然后我颠簸在一阵无以名状的性高潮中。然后我站在父亲的阴茎口手搭凉棚张望。然后天下太平……我这里说的跟原诗肯定有出入，再次请作者原谅。其实也没必要请你原谅，一个数年不读书的人，还能把一首诗记住大半，你应该高兴才对。你应该感谢我，不管你是初出茅庐，还是肚子上已叠满赘肉，都该恭敬地感谢我。我和冉小花成为了婴儿，接下来还要成为无以名状的高潮。她用身体吞吐着我的身体，并在高潮中确认彼此的温度，那是滚烫的热流，是热流与热流的拥抱。

种子漂浮。它已经习惯了不投身大地。

然而，大地丰饶，墒情适宜，四野之内，全是广袤平畴，别说像大曲镇那样的深谷峻崖、荒山秃岭，就连一块入眼的石子也没有。

种子似乎无可选择，向大地扑去。

当我清醒了种子的去处，便自觉地等待着冉小花怨毒的指责，同时自觉地翻到床的里边去，为她让路，好方便她快速奔向卫生间，跨开了两腿用水冲洗。

她却没有动。我听见她轻轻地叹息了一声，然后扯过枕头，垫在自己的臀部底下。

两个人都没有说话。

阳光斜射进来，照在对面墙上，嗞嗞地移动着脚步。

她把那种尾高头低的奇怪姿势，保持了七八分钟，才又把枕头归还到它应该待的地方。睡舒坦后，她拉了拉我的手。我不懂她什么意思，把手放在她的肩头。我手掌的大小，与她身体的任何一个部位相适应，无论摸到何处，都刚好一握。她轻轻地说，不是那里。我往下移。当她说了四声不是那里，才到了她需要的位置。

那是她的腹部。腹部之内，是埋下种子的大地。

你听见什么了？她问我。

我听见嗞嗞的声音。那是阳光在走路。

她疲惫地笑了，说，好哇，就叫阳光好了，谢阳光，这名字男孩女孩都适用。

我拥抱住她。她推我，不能太用力，她说，看把他（她）挤坏了。

黄瓜还没起蒂蒂呢，还是一团糨糊呢。

才不是！你听见嗞嗞的声音，我也听见了，那是我肚子里在发芽，是阳光在发芽。

她这么一说，我仿佛真的看见一粒土块被顶开，戴着软帽的弯曲苍白的细茎，微微高于地表，裸露于风中，裸露于光明，野风抽打它，光明照耀它，当风变得越来越劲猛，光明也随之变得越来越通透。这两种力，成为它的钙质，强健着它的体魄，它不再弯曲，也不再苍白，浑身奔流着绿色的血液，紧紧包在一起的两瓣叶，手掌般徐徐张开，这既是挑战，也是迎接。从此，它枝上生枝，叶上长叶，再没有谁能够阻挡它的成长。那位我忘记了名字的诗人，说人生反着来是一天天变好，其实顺着来同样是一天天变好，或者说，那才是真正的一天天变好。每一个生命都是天地间的奇迹，每一个生命也都创造着奇迹。

我的妻，冉小花，将让我的种子创造生命的奇迹。

当再次出门，两个人都觉得，我们已经是三个人了。

祭奠老镇长的哀乐没有片刻的停歇，祭奠李兴的哀乐还没有起来。

女儿不知去向，老婆生了孩子，家里只两个老人，那一摊子白发人送黑发人的悼亡事，他们该如何应对？亲戚么，李家最近的亲戚，就是刘文秀在黄金镇的姐姐，而自从出了那桩丑事，姐妹俩就不再往来了……我跟冉小花下到底楼，站在门廊里，看着外面横着的一条石子路，我突然感到孤单。我们由两个人变成了三个人，我却感到了孤单。

李兴为什么要去死？

如果我愿意听他——不说跟他讨论，只稍稍认真一点听他说，他是不是就不会死？抑或，女儿的事情一直压着他，儿子的降生不仅没减轻压迫的重量，反而增添了对女儿的思念，以至于再也承受不住？……

看热闹的早就散了，街上水清冷落，许多店铺半闭门扉，想必是午休了。

我们都有些饿。小春和李良应该早就去了船上，李良把午饭也应该拎到了船上，那就去船上再说吧。可冉小花不放心，她说你最好还是打个电话，万一去了他们不在，那不饿死人。可这时候，我一点也不想打电话。给谁打也不想。

冉小花多半也是这样的，否则她自己就打了。

神思恍惚，是的，我们都有些神思恍惚。冉小花曾说到李兴有天晚上直杠杠朝凉桥方向走，走着走着，突然转身折回，那时候他就神思恍惚……

你们是又回来了还是一直没去？

听见问话，吓我一跳。原来是幺爸。

他脸上红橙橙的，像要去赶什么事。

我支吾着没回他话，只问他要去哪里。

去看看啊，我以为你们早就去了呢，镇上好多人都看去了，小花的爹妈跟你们幺妈也去了，我要不是跟马老板谈买卖，也早去了。

还有什么好看的？我和冉小花一头雾水。

幺爸很惊讶。他惊讶于我们竟然不知道那件事。

关于李兴那封遗书的事。

那封遗书，害得镇领导没能好好地吃完那顿饭，书记只看了几行，就双目发直了，然后咋咋呼呼说给派出所长。镇子经不起咋呼，轻轻一声叹息，也能惊醒所有的耳朵。

——我揣度的李兴的死因，遗书上一个字也没提。

满满一页纸，只说一件事。

这件事牵涉到两个人：李兴自己和张大嘴失踪的女儿任小青。

他把任小青杀了。

那是在他当摩的司机的时候。

从新桥过去，逆河向东走七里国道，再往北走十五里支路，有个火车站，名叫胡家火车站，站很小，且孤零零地建在野地上，连检票口也在露天坝，左右都是比蛛网还密的尖刺藤萝，只亮开十余米，便竖了十余米的铁栏杆，中间留个缺口，做了检票通道。奇怪的是，许多南来北往的列车，却都要在那小得能抱起来的站上停靠。我们县，特别是清溪河流域，去外地出差的、打工的，多数都在胡家火车站上下，回龙镇人去市里，也大多选择坐汽车去胡家，再转乘火车，如果一直坐汽车，需翻山越岭地走四个多钟头，从胡家走则只需九十来分钟。麻烦的是，回龙镇去胡家的汽车无固定班次，要凑上至少三十五个乘客，才可能开一趟，而要在短时间凑上这个数，很难，毕竟不是常去市里，要说购物，只要不是太特殊的物品，市里能买到的，县城也能买到，甚至北京上海能买到的，县城照样能买到，现代化就是标准化，就是将生活简化为潮流。所以去市里不如去县城。但总有人需要去市里办事，于是衍生出另一个行业：摩的。这行业产生之前，李兴本身就有部嘉陵摩托，如前所述，是借他大舅子的，当有人用摩托做生意，他便顺势加入。开摩的虽然辛苦，挣钱是不错的。因为有摩的提供的方便，去市里的人增加了不少，就那么一点路，送过去二十块，接回来二十五块，一天跑个十来趟，也就比较可观了；除了油耗，挣的钱都是净钱，无任何人管他们，从没听说要办什么证，税自然也不用交。

五年前的六月十二日，也就是任小青即将举办婚礼的前一个星期，她跟男朋友去县城买床上用品。男朋友是下游马家渡人，离县城近，任小青头天就去了马家渡，这天两人很早就坐快艇去了县城。买什么质料和样式，半个月前就来侦察过，因此三下五除二，很快就买好了。正要回转，男朋友的同乡好友来电话问安，听说他在县城，便叫他去市里喝酒。那好友已经结婚，两口子在市里开减肥店。男朋友说等会儿回话，挂了手机问任小青，任小青说，不行的，我外婆后天的生日，你不跟我一起去，我也要跟我妈去，今天我必须回到回龙镇。这是早就说好了的，男朋友也知道，他便回话给好友，说去不了，任小青在。好友闻言，更要他们去了，是非去不可了，不去就要断交了。那两口子跟任小青见过几次，都很喜欢她。任小青有她母亲的风格，想啥说啥，大大咧咧，却又不像她母亲那样没有分寸。他们喜欢任小青，让男朋友高兴，加上喜事将至，他更是神清气爽，很有些天高地阔的心思，特别想跟朋友聚聚，于是劝任小青，说没关系，县城到市里有高速路，四十分钟就到了，现在才十点多，我们去就催吃饭，吃了就走，坐火车回去，快得很。任小青想了想，点着他鼻子，嘟了嘴问：那你告诉我，你明天跟不跟我去外婆家？男朋友头一昂：那还用说，肯定去呀！既然这样，任小青便喜滋滋地听从了。那天男朋友的二爸二妈都在赶县城，二爸二妈的事也已办妥，马上回去，两人便把东西搬到船上，托二爸二妈帮忙带走，然后乘比公交车更快的组合车去了市里。确实是到了就进馆子。本来关系就好，两个男人酒一下肚，就更投机。主要是话也投机。好友劝任小青他们结婚过后，也来市里开减肥店。花几万块，租个小门面，摆两张行军床就成了。绝对挣钱的！好友说，市里的女人比县城的还傻，城市越大，里面的女人就越傻，她们进店子来减肥，先称体重，然后让她们躺到床上去，给她们颈项呀肚子呀大腿呀抹上减肥药——其实是些莫名其妙的东西，抹上药再按摩；抹药和按摩只是障眼法，主要是把房间的温度弄得很高，让她们大量出汗，出上一两个钟头，再让她们称，减下半斤了，或者六两了，那些傻女人就觉得有了效果。减肥跟整容一样，是上瘾的，既然有效果，心里乐意，就经常来。好友还举了几个具体的例子，说得任小青二人心花怒放，一是确实好笑，二是感念朋友的情谊，如果不是情谊深厚，谁劝你去跟自己分果子？心花怒放之后，酒自然越喝越多，先是小杯干，现在换成了大杯。不喝酒的两个女人，开始还叫少喝些，现在也任由他们了；不仅如此，好友的老婆，任小青称作嫂子的，还给自己和任小青各倒了一杯，嘻嘻哈哈、又呛又咳地也喝起来了。

她们只喝下半杯，两个男人就溜到了桌子底下。

幸好吃饭的地方就在朋友租房旁边，靠了店主帮忙，两个女人才把两个男人拖进屋去。又是热敷又是灌醋，从下午三点半忙乎到五点钟，两个男人还是烂醉如泥，只是不再吐了。任小青知道，男朋友今天是走不了了，而明天走又来不及，从胡家经过的车，集中在下午和晚上，上午最早的一趟，是十点四十五，回到家已将近一点，外婆又没住在街上，去她家要走个多钟头，那就太晚了，办生是中午，过了中午不言办生，这是清溪河流域的风俗。任小青左思右想，还是决定把男朋友托付给嫂子，独自上路。到火车站买上票，又等到车来，已是六点过，坐车去胡家，该是天黑黑地黑黑了。不过不要紧，那些摩的司机往往要过了八点半的那趟从北京开往成都的火车才收工，不愁被晾在那里。可谁知，上车时还是明晃晃的天色，开出站一小会儿，就暗下来；短途只能买站票，任小青站在两节车厢的接头处，低了头往窗外看，只见乌云翻滚，紧接着顶棚疾响。她着急起来，祈祷胡家没下雨，至少没下这么大的雨，不然摩的跑光了，她真就叫天天不应了。她后悔没像有些人那样，留一两个回龙镇摩的司机的电话，叫等着她，或专门来接她，无非是多给一点钱。但她着急一下也就平静了，没司机的电话可以给父母打，让他们帮忙联系。她准备再瞧瞧看，如果雨势不减，再说。

夏天的雨终究是来得快去得快，不上二十分钟，天又放晴。任小青靠着车厢，眯上了眼睛。除收拾两个醉鬼，说不上做了什么，却软得不行，疲惫得不行。可能是喝了酒的缘故。此前她从未沾过酒。喝下第一口，她的喉咙就燃烧起来，脑子里像灭了灯火的空屋子，黑而重，可是又接连喝了两口，竟喝下半杯。那是三两装的杯子，半杯就有一两五，这对她来说，简直是想都不敢想的。因忙着收拾醉鬼，又忙着往火车站赶，一直强撑着，现在有些撑不住了，于是就那么靠了车厢，头一点一点地睡了过去。幸亏靠近耳朵的地方始终有根弦没睡，当那根弦铮地一弹，把她叫醒，胡家站就到了。

车未停稳，她就猫了腰，朝窗外望。站台上的灯光幽幽暗暗，光影里分明闪动着雨花子，光影之外是另一层雨。雨下在雨里。不知什么时候又下起来的，不算大，却下着。她正焦急，看见有辆摩托停在检票口外面，立即振奋起来。怕被人抢先，她迅速挤到门口，列车员把门一开，她第一个冲下去，跑向那辆摩托。走拢一看，车主竟是李兴，这让她喜出望外。李叔叔！李叔叔！她雀跃地叫着。她这么高兴，不仅因为担心的事情并没发生，还因为李兴住街对面，彼此熟识，而且她对李兴很尊敬，很信赖，倒没别的原因，就因为李兴爱看书。坐在摩托上等客，李兴还披了塑料雨衣，借微弱的灯光看一本厚书，怕把书打湿，他勾着脖子，将书放在胸窝里。听到叫他，他把书一卷，插入衣兜，微笑着从侧挂箱里摸出抹布，将座位上的水抹干了，让任小青坐上去，启动了车子。

不要李兴说，任小青就将披在他身上那块宽大的雨衣撩过去，把自己也盖上了。

路况极差，坑坑洼洼地颠簸，稳力再好的人，一旦在这段路上坐上摩的，都会自然而然地伸出双手，把司机箍住；技术再好性格再暴的司机，也知道多踩刹车少踩油门。李兴本就是温和的人，平时就没狂野过，遇上这下雨天，开得更加仔细，跟人小跑的速度差不多。任小青磕着牙齿，给李叔叔讲她今天的事情。她磕牙一是因为颠簸，二是因为冷。都六月份了，雨天还是这么冷。任小青讲到市里那些减肥的女人时，开开心心的，笑得直抖，讲到她看见了李叔叔……这时候突然没声儿了。她躺到李兴背上，两手散开，睡了。她的酒劲是彻底上来了。即使坐上火车，她也是绷着的，现在完全放了心，再也绷不住了。这样子开车，身后的人太危险，李兴把车停下，晃动着腰，想把她晃醒，可她就是不醒，还越睡越沉，呼吸穿透李兴的单衣，热乎乎的。他很为难，为难片刻，打算从侧挂箱里拿出平时用于捆客人货物的绳子，将任小青和自己绑在一起。他侧身取绳子时格外谨慎，生怕任小青摔倒，挂箱在右手边，比较靠后，他左手反过去，扶住任小青，右手伸后去摸索，不巧那本厚书也装在右边的衣兜里，把腰顶住，这让他很费了些力气，脸挣得火飘飘的，才把绳子掏出来，然后一圈一圈地把任小青缠在自己身上。即使这样，任小青也没有醒。拉着这样的客人，李兴跟拉其他客人有着完全不同的感觉，其他客人尽管紧紧地箍住他，却是自主的，这个客人不能自主，这个不能自主的街坊晚辈如此信赖他，让他觉得温暖。他闻到她喝了酒，车一跑，风呜呜地吹，雨也还在不紧不慢地下……他再次将车停了，把飞扬着的塑料雨衣掖进任小青腿底下，这样既让她淋不到雨，也能为她保暖。喝了酒是很怕冷的，尤其是睡着过后。车开得非常慢，本来可以稍快一点的，可李兴一直缓慢地开着。二十多里路，路况再差也跑不了多久，他好像在以缓慢来延长这段里程。在此期间，他感觉到的温暖开始变质。伏在他背上沉睡的人，由街坊晚辈，变成了体态丰腴青春荡漾的女子。他的背上，已不只是她热辣辣的呼吸，某些地方，还让他感受到异乎寻常的热度，那种热度很嫩，很细腻，却灼烧般强烈。质变就是这样来的。他为那种质变感到害怕。风声雨声，都钻到他的身体底下，将他悬浮起来。路上没别的车辆，他打出的灯光，照出各种形状和各种颜色的怪影。不过，这种害怕总是被身上沸腾的血液成功喝退。血液滚烫不说，还不知为什么突然变得那么多，胀得他浑身疼痛。走完支路，上了沿河的国道，老远就能望见河对岸的镇子。镇上灯火闪烁。当那一长溜灯火挤进视野里，他没觉得亲切，反而感到孤单，孤单得直想流泪。与此同时，他身上的血液叽叽喳喳喧闹起来，像在催促他赶快做出决定。七里国道走了小半，他就已经做出决定了。然而，刚上新桥，任小青的手机响了，铃声既非普通提示音，也非音乐，而是用四川话呼喊：姑娘姑娘，你的好事情来了，巴适得很，赶快接电话，赶快接电话呀！声音极响，且一声高过一声，把李兴惊得！汗水兜头而下。汗比雨多，更比雨猛。汗水一流，血液退潮。重复喊第二遍时，已到了桥中央，他确认自己，高烧退了，头脑醒了。他深深地吸了口气，觉得自己被老天爷拯救了。这时候他才想到，任小青的手被捆着呢，怎么接电话？他停下车，解绳子。他承认自己有些遗憾。血液退潮之后，留下的沙滩真荒凉。绳扣还没拉开，手机已重复喊过第三遍，任小青照旧毫无反应。她确实是喝醉了。他转过头看了一下。她背了个小如手袋的单肩包，上车时挂在脖子上的，袋子很长，在右腿底下晃荡。手机在单肩包里继续响，包抖动着，他的手却安静了，安静地放在结扣上，等着。手机不再呼喊时，他还等了一会儿，看对方是否再打来。再打来任小青恐怕就会醒吧。等了好几分钟，都没动静，他便踩了油门。

过了桥，到了北岸，向左是镇子。

他却没向左。他向右。

那时候的新桥北岸，何大盛收蛇的简易棚子早就拆除了，他已在经营韩式烧烤店了，傍壁的石山还未开采，只有个废品收购站，但收购站老板晚上不住在那里，因此李兴朝右一拐，就拐进了目光之外，拐进了沙地和芦苇地。他开得比开始还慢，不是因为沙地和芦苇地不好走，而是他依然在等。如果任小青的手机再响，他就把她叫醒，再随便找个理由——比如想弄点沙回去清洗抽油烟机。回龙镇人都是用河沙洗抽油烟机——说明自己为什么开到了这边来；如果任小青自动醒来，当然更好。可这两种情况都没有发生。他在挣扎当中，一路开下去，开到了凉桥。

凉桥，你还记得么？李兴曾经神思恍惚地往那方向走，在一碗水下面不远处，位于扇子骨山脚，正对上去是白岩坡。因棚户般的山体遮挡，那里终年见不到日月，同时也淋不到雨，西头的桥墩，是一整块石板，平平展展，有五米多长，两米多宽。

他就把车停在那里，熄了火。

他在黑暗中摸索着，解掉绳扣，扶住身后的人，自己先下了车，再把车上的人抱下来。

任小青哼哼两声，醒了。但她并不知道这是哪里，也根本就没有反抗，直到被放在冰凉的石头上，她才打个激灵，扭动着，想翻身起来。她醒得实在太迟了。李兴心里怨她，怨她为什么醒这么迟！如果没把她从车上抱到石头上，怎么都能找到合理的借口，然后心平气和地把她拉回去，收了她的车费，各自回家歇息；而现在，把天底下所有的借口都给他李兴，也不能成为借口。其实他心里明白，借口还是有的，只是他不想要了。刀已出鞘。弹已上膛。马已脱缰。水已坠崖。他实在怨她！任小青你为什么要醒这么迟呀！

事实上，这时候的任小青，还说不上真正的醒，她脑子里只有一个囫囵的印象，依然没十分清楚自己的处境，待李兴把自己脱了，又去扒拉她的裤子，她才电光石火般地把今天的记忆唤回来，知道今天是六月十二，明天六月十三，是她外婆的生日……也才明白了自己此刻跟谁在一起。这是哪里？天太黑，黑得世界死了，因此她不知道是哪里。但有淙淙的水声传来。凉桥底下，是清溪河漫过来的河汊，河汊极短，清溪河干流就在外面不足三十米远的地方，波浪打着波浪的声音，在夜晚清晰得透明。这水声是任小青熟悉的，亲人一般熟悉，这让她不再那么恐惧，也似乎不再那么无助。她伸手去推李兴，想推开后逃走。可李兴如岩石般沉重。她又去抓他头发，那头发如树根般牢固。是因为她的手被绳子捆麻了，没有半两的劲。手至少还能动，腿却一点也不能动弹。在那样的路上坐摩托，只需十多分钟，腿就会麻木，好多人从胡家坐到镇上，腿便跟车身长到了一起，下车要人抱，抱下时腿还弯曲着，像还坐在车上；不要人抱也要人扶，否则就会摔倒，摔倒了短时间内还爬不起来。李兴是坐惯的，他不麻木。

整个过程，任小青没有吭过一声。

直到李兴结束，她才平心静气地说：李叔叔，不管你这时候是怎么想的，我都请你放心，我不会说给人，说了我也没脸，所以我不说；但是从今往后，我就看不起你了。我这辈子看不起你，下辈子还看不起你。

这几句话，把李兴压垮了。

他一直被什么东西压着。当他从任小青身上起来时，他觉得他变成了两个自己，一个留在身后，一个站在面前，身后的那个想对面前的这个吐口水，想朝面前的这个扇耳光，想咒面前的这个八辈子先人。面前的这个自己，已被挤压成瘪三，任小青的那几句话，成了压垮他的最后一根稻草。

瘪三被压垮了，另一个李兴复活了。

复活过来的这个，其实是被压垮的那个的另一种存在形式。

这个李兴复活过来时，任小青的手脚早已不再麻木，正起了身，曲着腰，背向着李兴穿裤子。即使天那么黑，她也背向着男人穿裤子。裤子刚提到腿弯，一双强劲有力的手，就在她身体的河流上筑起了堤坝。瞬息之间，堤坝高过了扇子骨，堤坝两侧各自呜呜，却再也无法打通，再也无法成为一个完整的系统。她向下倒，李兴也跟着她倒，但架在她脖子上的手一直未松。当他终于松开，复活过来的那个李兴，开始暴怒得只希望毁灭一切而且相信自己能够毁灭一切的李兴，此刻却只剩下逃亡的勇气了，于是飞檐走壁，迅速逃往大山里的黑暗深处，手脚击打木叶之声，渐远渐细。他逃了，只有真实的李兴守在任小青身边。真实的李兴去探任小青的鼻子，探了她的鼻子又探自己的鼻子。他从中感觉到了二者的区别。这是生和死的区别。所谓死亡，就是生命的不能复归。谁也不能把一枚摘下的杏子顺着原路送回枝头。绝对的不可能，才显现出死亡的凝重。他不要这凝重，也不忍心让摊手摊脚沉默不语的任小青去背负这凝重。他要她活过来。他跪在地上，去压她胸腔，为她做人工呼吸。他只在电视上看过别人做，自己并不会做。做几下，他停下来喊她名字，喊两声，又去探她鼻子。他常从书上看到“一切都不可挽回”之类的话，现在他明白这话的真正含义了。那是比黑夜还黑的含义。他跪着不动。可这霎时的安静，却引诱更深的黑夜合围过来，嘎嘎有声地融进岩石，融进他的身体。他挥舞着双拳，想把黑夜打开，却感觉黑夜比铁块还硬。他也像那个飞檐走壁逃掉的李兴一样，怕了，但他终究没跑，而是把任小青的裤子规规矩矩替她穿好，然后抱住她，伤伤心心地哭了一场。

任小青被埋在凉桥东面的坡地上。那里以前有条从山上垂下来的小路，岁月变迁，小路没人走了，长满茅草和灌木，再好的眼力，也认不出那里曾经有过一条路。

至今无法得知，李兴是用什么工具掘出了那样一个大坑？他在遗书里写了上面所有的事，就没有说这件事。只是提到，在掩埋任小青的过程中，他接了个电话，是老婆刘文秀打来的，他说自己正在路上。接了没过一会儿，任小青的手机又响了。装手机的单肩包还挎在她脖子上的，从头至尾没取下来过。因河汊对面崖壁如棚，任何一点声音都会制造出回声，都会放大，手机呼喊如雷：姑娘姑娘，你的好事情来了，巴适得很，赶快接电话，赶快接电话呀！他古怪地笑了一下。跟在新桥上一样，他耐心地等到它不再响，才把它摸出来，看了看未接电话。两次都是同一个号码，但没留名，是她未婚夫，还是她父母亲？现在的人都不兴在手机上留下亲人的名字，尤其是不留称呼，怕手机丢失后遭遇欺诈。他很想手一扬，把它扔进桥下的水里，想了想，没有扔；想关掉，也没有关。扔掉或关掉，想要跟任小青联系的人，就再也联系不上她了。他放了回去，且扯下一把被雨水淋得纤尘不染的黄荆叶，把单肩包上的泥擦了，郑重其事地放在她的肚子上，放好了觉得不妥，又放在她的胸膛上。为什么要这样，他没作解释，想必是认为胸部比腹部离耳朵更近，手机再响时，任小青能更方便地听到；更大的可能性是，他希望手机里的呼喊能把任小青喊醒，让她活过来。姑娘啊，你的好事情来了，你赶快接电话呀！你为什么不接电话呀！……那天，他回去得相当晚，衣服裤子糊满了稀泥，连头发上也是稀泥，他对刘文秀说自己摔了一跤，幸好没摔伤，更庆幸没拉到客人，如果拉着客人摔一跤，把客人摔伤了，甚而至于摔死了，把这一辈子搭进去，恐怕也抖搂不清。第二天，他把车骑到黄金镇去还给了大舅子，之所以还，他也是给妻子说，他不想再骑了，免得出事。对妻子的欺骗，他在遗书里表示道歉。

派出所长从镇党委书记手里接过遗书，没等看完，就拨通了县公安局的电话。这是五年前就立下的案子，但仅仅是失踪，并非明明白白的人命案，便一直搁置着。

公安员乘快艇赶来，没到镇上，到凉桥就上了岸。

他们要发掘任小青的遗体：如果李兴所言属实的话。

包括我岳父母和幺妈在内，都到凉桥看热闹去了。

李兴在遗书里指认精确，发掘起来非常方便。他好像在掩埋任小青时，就预感到有这样一天，因此特意在埋尸处放了四块石头，头上一块，脚上一块，两侧各一块。五年零两个月，将近两千个日子，任小青竟没有腐烂！凡是去现场看过的人都说，任小青只是衣服和胸膛上的那个小包土化了，而她的身体，不仅没腐烂，还像生时一样，体态饱满，皮肤白中透红。按李兴的交代，她是被掐死的，即使不腐烂，脸色也该发乌；她被直接埋进了土里，土坑足有一米五深，身上应该粘满湿润的泥土，可那些土块都相当干燥和干净，如阳光下的细沙，一点不涴她的脸。总之她就像刚刚睡过去，容颜丝毫未损。“出来如花，已被摘下；虽被摘下，依然如花。”只是这鲜艳并没存留多久。

——当李兴的遗书传扬开，传进张大嘴耳朵里，她当即晕死过去。那时她正跟男人吃饭，一粒红烧土豆刚刨进嘴里，那消息就像一枚子弹朝她射来，端端正正击中她的脑门。她上身朝后一仰。男人眼疾手快，托住她，用筷子去掏那粒土豆，可她鼓凸着两腮，牙齿咬得梆紧。男人见她嘴皮变紫，将她平放于地，来不及掏土豆，便去掐人中，同时呼喊救命。邻居跑过来，帮忙掐虎口，又用她缝纫机上的油针撬开她的牙，把土豆取出。她醒了，却周身打摆子，男人背着她，送进了卫生院。她是怎么从卫生院跑出来，那么快就到了现场？所有人都没注意到她到了现场。发掘被害亲人的尸骨，谁会到现场去看？她偏偏去了。当任小青从泥土中现身，她狂吼一声：小青哪，我的女儿哪……狂吼是爆发的沉默，对女儿，她沉默得太久了。狂吼声还没抵达靠得最近的人的耳朵，她已纵身跳下墓坑，将掘尸工搡开，去抱女儿。如同睡去不久的任小青，非常柔软，上身被母亲抱在怀里，脸往母亲的胸膛上一歪，然后，所有在场的人都看见，她嘴里吐出一口乌黑的水。这口水一吐，脸和身体迅速干瘪，成为木乃伊的样子。那口水，被称为“见亲水”，又叫“望亲水”，意思是她以前真的没有死去，她要见到亲人才甘心死去……

十年前，被马婆婆资助过的覃中安，骗色骗钱，已坏了回龙镇人的规矩。

而今，李兴不仅强奸女子，还把那女子杀死。

说是“而今”，其实是五年前发生的事了。

五年，也可算作一段历史了。

附章

那天，我和冉小花没去现场。我们默默无言地朝那方向走，是要到一碗水，并没想要去现场。让我们惊讶的是，小春和李良也没去现场。小春没去能够理解，他对一切人事都没有兴趣，李良又是为什么？尽管已为人父，他却是孩子脾性，狗打架，鸟啄食，蚂蚁动窝，他都要笑眯眯地看上老半天，今天的事情，一辈子难逢难遇，他竟然没去看。更让我们惊讶的是，两人早就在船上劳作！没有我们的安排就上船做事，这是破天荒第一遭。

整个下午，除冉小花的父亲从凉桥回来时，上船来给我们讲了那边的事，我们没有任何耽搁。可夕阳西下时分（具体是哪一刻，我说不准），我突然眼冒金星。刹那间我意识到，我被机器手砸中了，而机器手之所以垮，定是船的龙骨断裂了。毕竟是一艘早该退役的老船，龙骨不是今天断，就是明天断，如果不让它退役，也不加维护，它迟早会断。大半船河沙足以使之快速沉没，吞天吐地的漩涡之后，曾经活的动的吵的闹的，都将无声无息。我知道我们四个人都完了，土埋人，沙也埋人，一旦被埋，就休想脱身。

这是有教训的，就发生在前年的四月底。碰巧的是，那条采沙船上也是四个人，四个人中也是一对夫妻老板，两个兄弟帮工，只是年龄都比我们大了两轮。他们所处的位置，在一碗水上游二百米左右，四月二十三那天中午，那条船瓦解了，真是瓦解，你必须要在脑子里想象瓦解的场景，才能理解命运的深不可测：他们在船上吃饭，吃下小半碗，年龄较长的那位老兄格外认真地说：我们小时候写忆苦思甜的作文，写到佣工在地主家的生活，必然有一句：吃的是猪狗食，干的是牛马活。女老板笑，因为她也写过这样的作文，可笑几声觉得不对劲儿，用筷子头去打那老兄，说你吃的是猪狗食，未必我们没跟你一起吃？今儿晚上请你们去韩式烧烤店捅，捅了鸡腿捅牛排，捅了白酒捅啤酒，看你们有多大的肚财！两人高兴得合不拢嘴。老板也高兴。他们之间，就跟我们和小春、李良之间一样，除收入上的差异，别的，并无老板和雇工之分。四个人正在那里忘乎所以，船瓦解了。都没有起来。当时没起来，四十分钟后还是没起来。人不能像鱼那样用鳃呼吸，四十分钟没起来的意思是，他们死了。

我们县对事故有规定，洞里的矿工，船上的河工，一次性死人最多只能死三个，死四个是超标的，哪里超标，那里的官员就得受罚，罚得很重，叫一票否决，是丢乌纱帽的惩罚。这可急坏了镇党委书记，他比分管林业与河道的杜副镇长年轻许多，但他把杜叫到跟前，像骂龟儿子那样骂，骂着骂着仿佛才明白面前这家伙是骂不得的——下级可以骂他，上级不行！于是马上改了口，确切地讲是改了态度，说自己刚才害急，口不择言，请老杜原谅。接着递烟，点火，并向杜讨办法。其实办法他已想好，是要杜去执行。他想出的办法除杜副镇长，没有任何人执行得下来。杜在回龙镇当了十多年副镇长，上上下下都明白，他才是地头蛇，他的顶头上司不仅不能骂他，还得时时处处照顾他的情绪，以尽量不失尊严的方式向他示好。这天幸亏书记改口快，道歉及时，不然他甩手不管，事情就麻烦了。

当书记问他处置办法时，他说出的，跟书记想的，不是英雄所见略同，而是惊人的一致。

这办法说起来很简单，把四个死者变成三个。

乡镇人喜看热闹，条件所限，不让他们去看根本不可能。打捞死尸是在众目睽睽之下进行。再没念过书的人，再愚笨的人，也能数清一二三四，因此，要把四个变成三个，唯一的办法，就是留一个在河里，这样向上呈报的时候，就是死了三个，失踪一个，死亡人数就不超指标了。但须等到过了七天，失踪的还没浮出水面，才算真正失踪而非死亡。这是依据人的生理特征来的，人体密度跟水的基本相当，没水者停了呼吸，先是沉入水底，随着体内腐败气体增加，会逐渐上浮，直达水面。通常情况下，这过程需三到七天。被河沙掩埋，人几无活路，不过最多半天，河沙就散了，静水深流，河底的冲力相当大；这就是说，河沙只会帮助河水制造尸体，却不能隐藏尸体。要那超标的尸体不现身，需另想办法，且得抓紧。说是三到七天，其实大多要不了七天，有时候连三天也不需要。几年前，县城外的河里被快艇掀翻了一艘打鱼船，死了两个人，一男一女，只一天多，那具男尸就笑嘻嘻地漂在水面上了，男尸出现三个来钟头，女尸也跟了上来。最奇的还不是男尸，是女尸。男尸只现了头脸，女尸却是整体。腐败气体先是在头部及胸腹部生成，因此尸体浮出水面的顺序，都是先上后下，只有当气体扩散到下肢且充满全身，腿脚才会显露，那女尸怎么……只见她双目怒瞪、口唇外翻、肥头大耳、面目狰狞，明显已高度腐败，给人的感觉，她——也包括那男人——还活着的时候就是尸体了。

我们镇的书记害怕出现类似情况，跟杜副镇长商量后，急忙着手，组织打捞。

也就是组织隐藏。

打捞工作在四人落水后就已自动进行，二十多个渔民，围着沉船处及其下游一里左右，东一下西一下戳着篙竿。长时间的采沙，将河岸挖得壁陡，水流峻急，工具又实在简陋，四十分钟后，还不见捞出人来。再做无用功已没什么意思。打捞也好，隐藏也好，都需找专业潜水员。杜副镇长便去通知渔民停下来（之所以让他们停下，除劳而无功之外，还有另一种担心：别没捞出一个活的，却捞出了四个死的）。我们县没有潜水队，得去市里请。杜副镇长把电话打去，才知渠江的三汇河段两小时前出了非常严重的翻船事故，所有潜水员都赶到三汇去了。好在邻县也有。在川东北地区，每个县都幅员辽阔，所谓邻县，至少也有百多公里路。电话又打往邻县。

问：死了几个？

答：三个。

人家做这门生意是做成精的，一听就知道不止死三个，加上他们对各县规定的事故死亡指标了如指掌，因此说：没时间。

听到对方说没时间，书记连忙从杜副镇长手里抢过话筒，慷慨激昂地演说了一通：作为专业打捞队，该有起码的职业精神，你们又没出河，怎么说没时间？什么时间比用于打捞死难者还急迫、还宝贵？云云。都是放之四海而皆准的道理。可人家知道你的每一个道理都是大话，那些道理背后的阴影，才是你的真实，便越发地显得冷淡了。书记这才慌了手脚，低了声调求情，说我们去车接你们，我是回龙镇的书记，实在走不开，由副镇长杜同宽同志去接你们。

如此，杜副镇长就带车去了。

后来听人传，杜副镇长在那边跟他们讨价还价了很长时间，才一同上车往回赶。

结果是，那个男老板被留在了水下。为把他牢靠地留住，镇政府支付了整整二十万元。本来，打捞几具尸体，七八千就能搞定。明明还有个人，却不捞上来，丧家不依，闹。两个帮工的尸首已被家属收走，但那女老板却停放在河边，焚香烧纸放鞭炮，还请来法师做昼夜道场。女老板的公公婆婆扬言，不见他们儿子，就把她一直停在那里，道场也一直做下去，让来来往往的水客都看看。杜副镇长的权威适时发挥，对平息事端起了关键性作用。他大骂丧家，说日你娘的，你们又不是为公家办事，是为自家挣钱，挣钱又不知饱足，肠子胀翻还不丢筷子，整出事后政府帮你们起尸，不说句感恩戴德的话，倒要反过来威胁政府？有本事，你就把道场做他个地老天荒，让死人烂脸烂屁股，烂成一架白骨，还做！但不能脏了河道，也不能脏了别人的眼睛，否则别怪政府不客气！杜副镇长越说越气，袖子一抹：妈卖×，既然这样子，把那婆娘也给老子掀下去！言毕亲自上前，要把女尸掀下河。围观者抱住他，劝解许久，才把他劝开了。劝开了杜副镇长，又去劝丧家，因为他们觉得杜副镇长说得有理，丧家是无理取闹。其实丧家也是看脸色的，若政府不出面管这件事，他们压根就会自认倒霉，不声不响地自己出钱请人打捞，既然政府管了，尽管他们并不知道死亡指标一说，更不知道超标就会危及领导的乌纱帽，但他们想，是不是还可以从政府那里捞点油水？现在看来那是空想，也就只好把已经翻泡的尸体弄回家，在那尸体旁再立一块男人的灵位，请来阴阳开路，让他们去黄泉相会。

如何把那男老板留在了河底，也是有很多传言的。

我不去说那些传言，只说我自己沉船后的情形——

我意识到，这是我一生中最不可思议的时刻，我才二十九岁，就已越出时间的边界，所谓“一生”，已不包括我的当下，更不包括我的未来，我被排除在外：“一生”之外。我只能是永远的二十九岁。若干年后，如果有人需要拿我来做某种印证，会说：他是谢明出事那年生的。

这可能是我为人世间所做的最大贡献了。天早就黑了，可岸上密集的火把足以照彻深渊，我看见大河两岸都布了警戒，站在警戒线之外的，是我的亲人和镇上居民，警戒线之内，是镇上主要领导。水底下，一个潜水员在离我不远的地方游，那里有我的妻子和两个兄弟，还有我几个钟头前播到我妻子土地里的种子——它们已经不是种子了，都笑嘻嘻地发芽了。潜水员手里，捏着根银色绳索，他迟疑着，像在作某种选择，然后朝我靠近。他将绳索的一端，套住我的胳膊，另一端系住一块石头。这石头也不知是从河岸带来，还是河底本来就有。想必是后者，他总不可能在众目睽睽之下带块石头下来，你是去打捞尸体，带石头干什么？真无聊，都什么时候了，我还去想这些事情。这些事情并不重要。系好石头，潜水员离开我，再次游到我妻子和两个兄弟身边。我的妻，冉小花，这时候匍匐着，散开的头发根根倒悬，朝河的下游奔跑；如果让她这时候露出水面，她的头发就会朝向天空奔跑。这种姿势格外动人。她的后颈，哦，比白还白……潜水员愣了片刻，帮她翻了个身。她的上衣卷起，露出两只乳房的下部，乳房被水撸动，如贵气而易碎的玉，闪耀出悲伤的光芒。我要说，潜水员是个有教养的人，他把她的衣服往下拉了一下，尽管这没什么用处，但他拉了一下。我想对他说句感谢的话，但说不出来。我脸上凡是有孔的地方，都塞满了沙子。他像是知道我跟冉小花是夫妻，特意要让她在水下多陪我一会儿，左臂夹小春，右臂夹李良，两腿一蹬，飞起来，越飞越高。他身上绑着绳子，还没出水，岸上人就在把他往怀里扯，小春和李良跟他一起，泼刺刺朝岸边奔跑。然后，岸上人够着手，把小春和李良接住，他则再次潜入，夹住了冉小花。

蹬腿之前，他犹豫了。他转头看着我，行着太空步，走到我身边，朝我鞠了一躬。

不到两分钟，或者不到一分钟，冉小花就被横放在两个兄弟身旁了，身下是茸茸浅草和一名指头大小的牛蛙，她不想压住那名无辜的牛蛙，可是她对自己没有办法。

我和她，一个在岸上，一个在水里，我们就这样分离了。

时间，那壮硕长大的女人，无声无息地将水犁开，朝我游来。很快，她就会把属于我的时间从我眼球里取走，放进她艳红的嘴唇。既然万物属水，所有岸上的亡者都要来水中报到，那么冉小花也要来水中报到，可是，等她到来的时候，我的时间已经被时间吃掉了，我将以另一种形式存在，我们彼此再不相认。

我们就这样分离了。

我的妻，冉小花！

我的妻，冉小花！

我的妻，冉小花！

在我残存的时间里，我唯一要做的事，就是这样呼唤你：我的妻，冉小花！

我再不要曲里拐弯，我要直截了当地告诉你：冉小花，我爱你！你是我的意念，我的光阴，我的秘密。你藏着多少的秘密呀，每一个秘密都是我的命。此时此刻，我最想知道的是，你那回向我流泪的时候，说十一岁生日过后，你没再流过泪，十一岁生日那天，你又是因为什么事情流泪呢？我想知道，可是你不能告诉我了。我只能趁那个壮硕长大的女人靠近之前，做最后一个梦。我梦见河水只是河流的另一条岸，我们的船并没有沉没，只不过因我神思恍惚，操作失误，让机器手砸中了自己的头，你，还有小春和李良，都没受伤，当然更没有死亡。我脑部严重挫损，昏迷了半年多，当我醒来，看见你肚皮翘翘的，立在我的床前。你在你的房子里，养着我们的孩子。从我昏迷那天起，你每天都用手机给自己肚皮拍照，且洗印出来，编了号，张贴在墙上。满满一墙。阳光照进来，满满一墙都是生长的故事。阳光！阳光！——我记得这名字。我似乎就叫阳光，我在你黑暗得透明的迷宫里，识别盛大和温暖。

图书在版编目（CIP）数据

世事如常 / 罗伟章著. — 北京 ：北京十月文艺出版社，2018.1
ISBN 978-7-5302-1760-3

Ⅰ. ①世… Ⅱ. ①罗… Ⅲ. ①长篇小说—中国—当代
Ⅳ. ① I247.5

中国版本图书馆 CIP 数据核字（2017）第 314829 号

世事如常
SHISHI RU CHANG
罗伟章 著

出　　版　北京出版集团公司
　　　　　北京十月文艺出版社
地　　址　北京北三环中路 6 号
邮　　编　100120
网　　址　www.bph.com.cn
发　　行　新经典发行有限公司
　　　　　电话（010）68423599
经　　销　新华书店
印　　刷　北京盛通印刷股份有限公司
版　　次　2018 年 1 月第 1 版
　　　　　2018 年 1 月第 1 次印刷
开　　本　850 毫米 ×1168 毫米　1/32
印　　张　6.375
字　　数　153 千字
书　　号　ISBN 978-7-5302-1760-3
定　　价　32.00 元
质量监督电话　010-58572393
如有印装质量问题，由本社负责调换。